GEISTESAUGE

DIE HIMMELWÄRTS SAGA
BUCH 2

A.R. KNIGHT

KAPITEL 1

NEUE IMPERIEN

DER SCHWARZE TEICH vor mir blubbert, sprudelt und brodelt. Ein Paar gebräunter, in Tücher gehüllter Arbeiter schwingt lange Stangen durch dieselbe Mischung, die meinen Gott zu mir gebracht hatte. Sie halten den Inhalt in Bewegung und bringen ihn näher an das heran, was wir brauchen.

Gut gemacht.

Ich lächle, während ich mich in der Kammer umsehe, deren Wände mit brennenden Fackeln gesäumt sind, und einen zweiten Teich erblicke, der sich langsam füllt, während weitere Arbeiter Eimer mit der Mischung in eine steinerne Grube kippen. Alchemisten stellen jede neue Charge der Mixtur her; eine Mischung aus Pflanzen, Mineralien und Wasser.

Meine Gottkollegen werden zufrieden sein. Stolz auf das, was du geschaffen hast.

Ignos spricht jetzt viel über seine Gottkollegen, aber das ist nicht das Einzige, was sich geändert hat.

Mit dem Cache erschaffen die Menschen, die mich Kaiserin nennen, ein Wunder nach dem anderen. Es ist, als würde man einem vom Feuer verwüsteten Dschungel beim Wachsen zusehen: Etwas völlig Neues entsteht aus der Landschaft. Mein Volk, unsere Welt verändert sich. Die Worte schmecken seltsam auf meiner Zunge. *Mein Volk.* Die Charre waren bis vor kurzem noch Feinde. Oder bestenfalls Gegner, vor denen man sich in Acht nehmen musste, wenn sie durch den Dschungel in mein Dorf eindrangen.

Jetzt schreien sie meinen Namen, wenn ich über die Märkte gehe. Sie saugen jedes Wort auf, das ich predige. Nehmen jeden meiner Befehle als einen Traum an.

Vor Monaten war ich ein sechzehnjähriges Mädchen ohne echte Zukunft. Eine kleine Solare-Sippe, die darauf wartete, dass etwas passierte. Jetzt werde ich von zwei Priestern gerufen und mir wird gesagt, es sei Zeit, eine Zeremonie zu leiten.

Ich verlasse die Teiche und folge der Fackelspur hinauf und aus dem Tempel heraus. Wenn Ignos mir sagt, dass sie bereit sind, werden wir ein Gerät benutzen, das meine Metallarbeiter herstellen, um eine Nachricht dorthin zu senden, wo die anderen Götter sich aufhalten. Wir werden ihnen mitteilen, dass es Zeit ist, nach Hause zu kommen.

Wenn die anderen Götter ankommen, dann werden wirklich alle sehen, was ich gesehen habe, werden wissen, was ich weiß, und all meine Leute werden gerettet sein.

Ich weiß nicht, was ich von diesem Teil halten soll, aber nicht mehr ums Essen kämpfen zu müssen, nicht mehr die Herzen von Gefangenen herausschneiden und um Regen beten zu müssen, das klingt schon ziemlich gut.

Trotzdem bin ich keine Kaiserin von Nichts. Beweise für die Fähigkeiten meines Volkes zeigen sich, als ich die harten Steinstufen in die Hauptkammer des Vaos hinaufsteige. Die Fenster zu beiden Seiten lassen Licht aus präzisen Winkeln herein, sodass alles in einem goldenen Schein erstrahlt. Mit ihm kommt auch Wärme, die nach der kühlen Luft unter der Erde angenehm ist. Weihrauch, der in mehreren kleinen Fläschchen in der Kammer brennt, überdeckt den Moschusduft einer Stadt im vollen Wachstum.

An den Wänden hängt etwas Neues: drei klare Kugeln mit schwarzen Sockeln, die am Stein befestigt sind. Ich gehe zur ersten und drücke eine kleine, runde, erhabene Stelle nahe am Boden. Die Kugel flackert, grüne Funken springen im Inneren auf. Nach einem Moment beruhigen sie sich und halten eine Kaskade aufrecht, die den Raum erhellt.

„Ein Funkenwerfer, Kaiserin", sagt einer der stets anwesenden Priester, die auf meinen Befehl warten. „Ein neues Wunder, wenn auch eines unserer eigenen Herstellung."

„Unserer eigenen?"

„Die Erfinderin hat das, was der Cache bereitgestellt hat, genommen und ihre eigenen Modifikationen vorgenommen, Kaiserin." Der Priester verbeugt sich tief. „Sie erwähnte, dass Sie den Knopf nur loslassen müssen, wenn Sie möchten, dass er aufhört."

Ich tue es, und die Funken erlöschen sofort. „Sag dieser Erfinderin, sie soll bald herkommen. Ich muss ihr gratulieren."

Dein Volk wird erwachsen, Kaiserin. Ich bin beeindruckt.

Ich lächle über die Stimme in meinem Kopf. Ignos spricht in letzter Zeit nicht mehr so viel. Er sagt mir, er sortiere und filtere mehr Informationen aus dem Cache. Sobald die Teiche bereit sind, werden die Dinge sich schnell entwickeln, und er muss vorbereitet sein. Wenn ich ihn frage, wofür, antwortet er nicht.

Ich mag es, wenn er mit mir spricht. Ignos ist schließlich der Einzige, der wirklich weiß, wer ich bin. Woher ich komme. Er hält unsere große Show am Laufen. Er verhindert, dass mein Volk herausfindet, wer ich wirklich bin.

Ich greife nach oben und richte den Smaragdkopfschmuck so, dass er bequemer sitzt. Der Umhang auf meinen Schultern ist ebenfalls grün, eine Hommage an meine Herkunft. Eine der wenigen, die ich mir erlaube. Ich darf nicht als Solare gesehen werden. Ich darf nicht als weniger angesehen werden als die Menschen, die ich führe.

„Sie sind bereit für Sie." Mein oberster General und Kommandeur, und mein Freund, Malo gesellt sich zu mir in der Kammer. Zur Löwenmähne, die sein Gesicht und seine Schultern umrahmt, hat er eine feine weiß-goldene Robe hinzugefügt, ein Symbol seines Ranges. Ich finde, er sieht in dem schlichten Rock eines Kämpfers besser aus, aber ich komme eben aus einem einfachen Dorf. „Heute nur Verehrung, Kaiserin."

„Nenn mich nicht so", erwidere ich. „Du kennst meinen Namen."

Malo lächelt schief. „Das tue ich. Aber jetzt, besonders jetzt, musst du eine Anführerin sein. Und eine Anführerin braucht ihren Titel."

Ich widerspreche nicht, weil er Recht hat, wie bei den meisten Dingen. Also folge ich Malo, als er vor mir hergeht. Sobald er an der Schwelle zu den großen Stufen erscheint, deren gesprenkelte graue Steine sich vor ihm ausbreiten, ertönen Hörner. Ein Jubel erhebt sich, der anhält und anschwillt, als ich mich Malo anschließe. Als ich meine Hände zur Menge erhebe.

Tausende drängen sich auf dem Platz um das Vaos. Für einen Moment kann ich nicht widerstehen und blicke hinter mich hinauf zu den Zwillingsaltären, all diese Stufen hinauf. Sie leuchten im Mittagslicht von Ignos. Auf jedem dieser Altäre liegt ein Gefangener. Solche, die beim Komplottieren gegen mich erwischt wurden.

Nicht jeder Charre mag den Gedanken, dass ich ihr Imperium anführe.

Einst wollte ich die Opferungen beenden. Ich hatte nie Gefallen daran gefunden, das schwarze Glasmesser zu halten und die Schnitte zu machen. Ignos warnte mich jedoch zu warten. Er sagte mir, dass solche Zeremonien nützlich sein könnten. Er hat Recht.

Ich gehe die Stufen hinauf, die Menge jubelt hinter mir. Heute bin ich dankbar. Ich werde das Messer nicht führen. Stattdessen tragen ein Paar jüngerer Priester diese Last. Neue in meinem Orden, und sie werden das Schneiden übernehmen.

Ich schaue zu und blicke gelegentlich über das Meer lächelnder, jubelnder Gesichter, und diesmal, wenn ich die Riten und Gebete spreche, füge ich neue hinzu. Ich sage meinen Anhängern, sie sollen glauben, sich bereit machen, denn ihre Zeit ist fast da.

Ignos kommt zu ihnen.

KAPITEL 2
DIE JÄGER

SAX GIBT ZU, dass dies einer der schönsten Planeten ist, die er je gesehen hat. Aus dem Weltraum betrachtet, bilden die wirbelnden weißen Schichten über großen Flächen von Blau einen Kontrast zu den braunen und grünen Kontinenten. Die Farben des Lebens.

Und Leben vermischt mit den Sevora bedeutet Gefahr.

„Briefing, wie lange sind die Sevora schon hier?", fragt Bas, seine Partnerin, die Reihe von Terminals vor ihrem roségoldfarbenen Körper. Viel faszinierender als Sax' eigenes glänzendes Grau, einer von vielen Gründen, warum Sax unendlich glücklich ist, dass Bas seine Existenz teilt.

Sie stehen auf der Brücke ihres Raumschiffs. Ein Shuttle, in das sie hineingequetscht wurden, da Oratus massive Kreaturen sind. Vier Klauenarme, zwei Krallenbeine und ein Schwanz, alles bedeckt mit harten Schuppen, sorgen für unbequeme Sitzgelegenheiten.

Bas spricht mit dem Shuttle, mit einem Briefing-Programm, und die plötzliche Schimmerung der Windschutzscheibe beginnt ihre Antwort. Das Programm durchsucht die verfügbaren Daten nach einer Antwort, leuchtet dann grün auf, als es eine findet, und formt sie zu einem gesprächigen Satz.

„Weniger als ein einziger lokaler Orbit", antwortet das Programm mit der Stimme von Evva, ihrer Kommandantin. „Nach herkömmlichen Maßstäben und dem geschätzten technologischen Niveau dieses Planeten habt ihr genug Zeit, um den Prozess zu unterbrechen."

Sevora bewegen sich schnell, um ihren Fußabdruck zu etablieren, um eine Rasse zu erobern und ihre Infrastruktur aufzubauen. Wenn der Planet wirklich primitiv ist, kann es länger dauern. Sax ist jedoch mehr überrascht vom Aussehen dieses Planeten als von allem anderen. Atmosphärische Scans und visuelle Daten deuten auf eine Welt hin, die reich an Ressourcen ist und ein günstiges Klima hat.

Es ist überraschend, dass die Welt nicht bereits besiedelt und in die Galaxie im Großen und Ganzen aufgenommen wurde.

„Evva, warum ist das ein unbekannter Planet? Wir sind nicht am Rande", spricht Sax das Programm an, als würde er mit seiner Kommandantin reden.

Es ist einfacher so.

Die Windschutzscheibe blinkt eine Sekunde später rot auf. Keine protokollierten Antworten.

„Frage übertragen", sagt Sax, und das Programm piept zur Bestätigung.

Evvas Schiff ist weit von hier entfernt. Lichtjahre. Die Briefing-Programme nutzen Quantenabstimmung, um die Entfernungen zu überbrücken – mikroskopische Änderungen in diesem Shuttle-Programm verschieben das designierte auf Evvas Schiff –, aber der Prozess braucht Zeit. Jeder Buchstabe von Sax' Frage würde einzeln gesendet, von Evvas Programm registriert, und dann würde Evvas Antwort, wenn sie sich entschied, sie zu senden, vom Shuttle auf die gleiche Weise empfangen werden.

Deshalb sind Speicherauszüge effizienter – man schüttet einfach alles über eine bestimmte Mission in das designierte Briefing-Programm, bevor man wegspringt, und macht es dem Team leichter, Dinge nachzuschlagen.

Natürlich ist dies nur notwendig, weil sich die Vincere-Streitkräfte aufgeteilt haben. Sie haben das letzte Saatschiff zerstört – einen mobilen Sevora-Brutplatz – und jetzt müssen Sax und Bas einen Sevora aufräumen, der entkommen ist.

Das ist der Grund, warum die Oratus gekommen sind; Ein einziger Sevora, allein gelassen, kann die gesamte Rasse wieder aufbauen. Es ist schon einmal passiert.

Vom Orbit aus verbringen sie Umkreisungen damit, den Planeten zu scannen, und finden heraus, dass die einzige echte Konzentration von Zivilisation in einem breiten Gürtel knapp nördlich des Äquators liegt. Eine Ost-West-Strecke, die eine Reihe von Klimazonen umfasst.

Sie erfassen Strukturen, Bewegungen und sogar einige Anzeichen von Energienutzung. Es ist seltsam, Leben so konzentriert in diesem einen Teil zu sehen, wenn es eine ganze Welt zu erkunden gibt, aber Sax ist nicht hier, um Fragen zu stellen. Er ist nicht hier, um zu erfahren, warum diese Menschen sich entschieden haben, so zu handeln, wie sie es tun. Er ist hier, um sicherzustellen, dass sie weiterhin ihre eigenen Entscheidungen treffen können.

Und wenn sie es nicht können, wird er sie auch vor diesem Schicksal bewahren.

DIE HOHEN, gesunden Halme kündigen eine großartige Ernte an. Ich zeige über einen hügeligen Hang, bedeckt mit gelbem Weizen, auf eine umherziehende Ziegenherde in der Ferne. Es sind mehrere Dutzend, die um ein paar Hirten herum grasen. Hätte ich ein Paar der neuen Fernrohrbrillen, die unsere Metallarbeiter herstellen, könnte ich wahrscheinlich die silbernen Halsbänder um die Hälse der Tiere und die Schockbuzzer in den Händen der Hirten sehen.

„Gehören die auch dir?", frage ich den Mann, der neben mir steht und lacht.

In diesem Lachen steckt echte Freude, ein herzliches Glucksen, das mehr über den Zustand meines Volkes aussagt als alles andere.

„Nein, Kaiserin. Ich kümmere mich um die Ernte, und sie kümmern sich um die Ziegen. Im Austausch gebe ich ihnen Nahrung, und sie geben mir Milch. Es funktioniert für uns beide."

„Es funktioniert für die Charre", sagt Viera, die hinter

mir in ihrer smaragdgrünen Lederrüstung steht, die Hand ständig am Pistolengriff. „Sieht aus, als hättest du ein ziemlich gutes Jahr."

Der Bauer lacht wieder und wirft Viera einen wissenden Blick zu, der zeigt, dass er seinen eigenen Erfolg nicht bereut. „Es war ein wunderbares Jahr für alle. Ignos hat uns begünstigt, und der Dünger der Alchemisten hat unsere Halme groß, hart und stark wachsen lassen. Diese Saison wird die beste sein, die wir je hatten. Niemand in Damantum wird hungern."

„Und keiner eurer Geldbeutel wird leer sein", sage ich. Der Bauer nickt, sagt aber nichts weiter.

Gesellschaften müssen entweder verzweifelt oder wohlhabend sein, bevor sie in etwas Neues investieren. Sei froh, dass deine auf der letzteren Seite dieser Gleichung steht.

„Haben wir genug für einen Tag gesehen?", fragt Viera.

Wir haben die großen Landgüter außerhalb der Stadt besucht. Sind die weiten, sanften Hügel und Berge hinauf- und hinabgeklettert, die auf die glorreiche Metropole blicken, die ich jetzt meine Heimat nenne. Damantum, Stadt der Abertausenden, die mich alle, ob sie wollen oder nicht, Kaiserin nennen.

Ich bin noch nicht an die Umgebung aus Ziegel und Stein gewöhnt, und die Gelegenheit, aus der Stadt herauszukommen, den Wind in der wilden, freien Luft zu spüren, anstatt der stickigen Gerüche von Schwefel und Abfall, war ein Schatz. Einer, den ich nicht aufgeben möchte, bis ich muss.

„Gibt es noch mehr?", sage ich, sowohl zu Viera als auch zum Bauern.

„Kommt drauf an, Kaiserin", sagt der Bauer. „Es gibt nicht viele, die nicht rauskommen würden, um Euch zu danken. Aber die meisten von uns, besonders wenn Ignos sich dem Ende zuneigt, müssen sich darum kümmern, unsere eigenen Familien zu ernähren. Unsere Aufgaben zu erledigen. Das Leben hier draußen wartet nicht auf Zeremonien."

„Du wirst trotzdem auf deine Kaiserin warten", sagt Viera.

„Natürlich, natürlich, ich wollte keinen Respekt verweigern", der Bauer blickt auf seine Hände. Faltig und schwielig, obwohl er selbst nicht so alt ist. „Ich möchte nur sagen, dass meine Frau, meine Kinder, sie werden mich vermissen."

Ich beschatte meine Augen und schaue dorthin, wo Ignos zum Horizont hinabsinkt. Die Geste erinnert mich an die vier Wachen, die in unserer Nähe stehen. Meine Schatten, wie Malo sie nennt. Ein fester Bestandteil meines Lebens, besonders nachdem Jakkan, der ehemalige Hohepriester, Attentäter angeheuert hat, um mich zu töten. Unglaublich loyal, sagt Malo. Persönlich von ihm überprüft. Ich vertraue ihnen.

Ich vertraue auch Viera; einer Lunare-Verräterin, die mir dennoch geholfen hat, zu der zu werden, die ich bin. Als ich sie ansehe, ist das, was wirklich meine Aufmerksamkeit fesselt, was meine Stirn in Falten legt, die Pistole, die durch einen Ledergürtel an ihrer Taille hängt.

Wir schreiten durch Zeitalter voran. Schneller, als du dir je vorstellen könntest. Schusswaffen sind ein notwendiges Übel. Einfach, tödlich. Sie werden dich lange genug am Leben erhalten, um zu besseren Methoden der Kriegsführung zu gelangen.

Obwohl ich, nachdem die Lunare zurückgedrängt wurden, nicht weiß, gegen wen wir kämpfen werden. Es ist klar, dass mein Volk es auch nicht weiß - es gab Feste in den Straßen. Feierlichkeiten. Der Handel mit den Dschungelstämmen boomt und neue Routen zu Völkern im Westen und Norden öffnen sich. Es ist eine gute Zeit, ein Charre zu sein. Es ist eine gute Zeit, eine Kaiserin zu sein.

KAPITEL 4

ERSTE BEGEGNUNG

SIE LANDEN das Shuttle in der Dunkelheit der Nacht über dem Krater, wo der Samen abgestürzt ist. Bas hat den Ort aus dem Orbit entdeckt - eine sich kräuselnde, frische Grube, in der die Verwüstung des Einschlags unter neuem Wachstum noch sichtbar ist.

Für Sax ist es klar, sobald die Einstiegsrampe heruntergeht, dass der Samen schon vor einiger Zeit eingeschlagen ist. Er ist bereits mit kleinen Pflanzen und Farnen überwuchert. Ranken strecken sich um die gefleckte graue Außenseite des Gefährts. Ein kleines Nest pelziger Kreaturen zerstreut sich, als Sax sich seinen Weg zum Schiff bahnt.

Insekten schwärmen um ihn herum, angezogen von den schwachen blauen Lichtern des Shuttles, die Sichtbarkeit bieten, ohne allzu auffällig zu sein. Sax streift das Laub beiseite. Er bestätigt, dass sich der Samen geöffnet hat. Er bestätigt, dass er leer von lebenserhatenden Nährstoffen ist.

„Er wurde ausgelöst", sagt Sax. „Der Sevora ist weg."

Bas, die am oberen Rand der Grube wartet, scheint nicht überrascht zu sein. „Wir haben auf dem Weg hierher reichlich Anzeichen von Leben entdeckt. Wahrscheinlich ist jemand darüber gestolpert."

„Er ist schon eine Weile hier, wenn das Wachstum mit anderen Welten übereinstimmt", antwortet Sax. „Genug Zeit für den Sevora, sich einzufügen."

Der Subtext: Die beiden Oratus müssen auf Widerstand vorbereitet sein.

Sie kehren zum Shuttle zurück, rüsten sich mit je zwei Bergbaugewehren - hitzeschleudernden Gewehren - aus, und Sax greift nach seinen schwarzen Stäben, die, wenn nötig, durch alles schneiden können, was dieser Planet ihnen entgegenwerfen würde.

Die Oratus begeben sich in den Dschungel. Es gibt keinen Pfad, und die dichten, verfilzten Pflanzen bedeuten, dass es schon einige Zeit her ist, seit irgendetwas seinen Weg zur Absturzstelle gefunden hat. Also hört Sax stattdessen. Die Geräusche des Dschungels brechen in Wellen über ihn herein. Das Heulen mysteriöser Kreaturen, scharfe, zirpende Rufe anderer, das Pfeifen des Windes, der zwischen Baumstämmen hindurchschießt und Äste und Blätter vom Baldachin zum Boden klappern lässt. Es ist ein lieblicher Chor, auch wenn er Sax nicht hilft zu bestimmen, wohin er gehen soll.

Aber da ist noch etwas anderes unter den Geräuschen - ein tiefer, beständiger Puls, der seine Beine erschüttert.

Musik.

Bas hört es auch, und sie werfen sich beide einen Blick zu, ihre Augen bestätigen ihre gemeinsame Intuition, dann gehen sie in Richtung des Geräusches. Es geht langsam voran - das Dickicht ist dicht, und die beiden Oratus verpflichten sich, leise zu bleiben. Es ist unklar, auf welche Art von Widerstand sie stoßen könnten, welches technologische Niveau. Es ist besser, einen potenziellen Feind zu überraschen als umgekehrt.

Als sie sich nähern, wird die Musik lauter, und jetzt gibt es auch Gesang dazu. Worte, die Sax überrascht ist zu erkennen. Ein fröhliches Lied von Ernten und Dank. Von Geschenken.

„Sevora-Geschenke", zischt Bas.

Sax stimmt zu. Sie bewegen sich weiter und Sax versinkt im Geheimnis der Jagd. In der seltsamen süßen Zone, in der sich die Zeit dehnt und all seine Instinkte in den Fokus rücken. Wo sich das leiseste Flügelrauschen wie der lauteste Donnerschlag anfühlt.

In diesem Moment bemerkt er, dass sie verfolgt werden.

Sax blickt nach links und sieht eine seltsame Spezies dort stehen. Er zählt zwei Arme, zwei Beine und was wie ein Kopf aussieht, der aus einem beachtlichen Torso wächst. Kleiner als Sax selbst. Obwohl, nach den ruhigen Augen zu urteilen, die ihn anstarren, diese Spezies keine Angst vor den Oratus hat.

Das Geschöpf hält einen kurzen Speer und richtet die Waffe auf Sax. Es stößt den Speer, Spitze voran, in Richtung des Oratus. Nicht nah genug, um zu verletzen, und Sax erkennt die Warnung. Komm näher, sagt das Geschöpf, und diese Spitze wird ihren Weg in Sax' Brust finden.

Sax' Maske würde den Speer wahrscheinlich abwehren, und Sax wäre zweifellos in der Lage, das Geschöpf in Stücke zu reißen. Aber wenn Sax eines sehen kann, könnte es auch andere geben. Einen unsicheren Kampf im Dunkeln zu beginnen und ihr Leben und ihre Gesundheit zu riskieren, wäre ein schlechter Plan.

Obwohl es ihm nichts ausmachen würde, wenn das Geschöpf den ersten Schritt machen würde.

„Was seid ihr?", fragt das Geschöpf. Sax ist für einen

Moment verblüfft, die galaktische Gemeinsprache auf dieser seltsamen Welt zu hören.

Es deutet auf Sevora, und Sax spannt sich an.

„Halt", sagt Bas, als sie Sax' Plan spürt. „Kein Sevora würde fragen, was wir sind. Es würde es wissen, es würde reagieren."

Sie hat Recht. Sax richtet sich auf und bemerkt, dass das Geschöpf in seine eigene Kampfhaltung gefallen ist. Eine Hand an den Lippen, eine kreisförmige Geste formend, und die andere den Speer haltend, die Spitze auf Sax gerichtet, tief und bereit zuzustoßen.

„Wir sind Besucher", zischt Bas. „Neuankömmlinge in eurem Land. Wer seid ihr?"

„Wir? Wir sind die Solare. Dies ist unser Dschungel. Unser Dorf. Warum seid ihr gekommen?"

Weder Sax noch der Krieger entspannen sich. Beide bereit, einander an die Kehle zu springen. Bas jedoch lässt ihren Schwanz Sax' eigenen berühren. Beruhige dich, sagt die Geste, mach keine Feinde, die wir nicht brauchen.

„Wir werden Oratus genannt", antwortet Bas. „Wir kommen von weit her. Jenseits des Himmels. Wir suchen nach einem anderen, der von den Sternen kam. Der Wunder verspricht."

Bas' Antwort funktioniert. Das Geschöpf tritt vor, aber als es das tut, hebt es die Spitze des kurzen Speers. „Es tut mir leid, aber ihr seid zu spät. Der, den ihr sucht, ist schon lange fort."

Sax richtet sich ebenfalls auf. „Derjenige, den wir suchen?"

Das Wesen scheint sich an etwas zu erinnern. Sein Gesicht wendet sich kurz dem Dorf zu. In Richtung der Musik und Geräusche. „Ich werde euch hinbringen. Es gibt andere hier, die das besser erklären können als ich."

„Wir wären dankbar", sagt Bas.

Sie folgen dem Wesen durch das letzte Stück Dschungel. Unterwegs fragen sie, und das Wesen erklärt ihnen, was sie sind: Menschen. Ihr Stamm und Volk heißen Solare. Männer und Frauen, Töchter und Söhne. Der Mann spricht so frei, und Sax versteht nicht warum, bis ihr Begleiter sie Götter nennt.

Ah.

Sax unternimmt nichts, um diesen Gedanken zu zerstreuen.

Sie gehen in eine weite Lichtung, aus der eine Reihe von einfachen Steingebäuden und eine seltsame, hohe Masse aus Holz, Moos und Felsen aufragen. Davor erscheint der Rest des Stammes. Die ganze Gruppe tanzt und singt um angenehme Feuerstellen herum. Gebratenes Fleisch, Früchte und brennender Weihrauch füllen die sechs atmenden Öffnungen, die Sax' Brust mit Gerüchen durchziehen.

Zumindest für einen Moment, denn all das hört auf, sobald Sax und Bas ins Feuerlicht treten. Sobald alle sie anstarren. In der Stille, dort auf der Lichtung, nimmt Sax ein Rascheln um sie herum wahr. Er schaut sich um und sieht an den Grenzen des Dorfes andere Menschen stehen, die Bögen mit auf die beiden Oratus gerichteten Pfeilen halten.

Sie sind in eine Falle gelaufen.

KAPITEL 5
DIE WARNUNG

ICH HAB SCHON WIEDER zu viele Paprika auf den Fisch getan. Das weiße Fleisch ist übersät mit grünen Kreisen, aber ich kann sie nicht mehr runternehmen. Nicht mit Viera, die zuschaut und deren Gesicht schon anfängt zu grinsen. Also nehm ich das ganze Zeug – den Fisch, den Mais, die Paprika und die Stückchen Kohl – und stopf's mir in den Mund. Ganz ohne die Würde und Klasse, die eine Kaiserin eigentlich haben sollte. Aber wir sind allein, unsere einzige Gesellschaft sind ein paar flackernde Kohlenbecken.

Es ist die gleiche Kammer, die ich früher mit Jakkan geteilt hab. Im Vaos, dem großen Tempel mitten in Damantum. Ich bin noch nicht in den Kaiserpalast umgezogen und ich weiß nicht, ob ich das je tun werde. An dem Ort gefällt mir gar nichts und er bringt nur schlechte Erinnerungen mit sich. Geister. Nicht dass ich den Kaiser gut gekannt hätte, aber es fühlt sich irgendwie seltsam an, in das Haus eines toten Mannes zu gehen.

Unangenehm.

Die Hitze baut sich in meinem Mund auf. Ich begegne

Vieras spöttischem Blick und halte durch. Das prickelnde Brennen überzieht meine Wangen und geht meine Kehle runter, als ich schlucke.

Warum tust du dir das an?

Ich ignoriere Ignos. Das hier ist ein Moment, der Konzentration erfordert. Manche Schlachten werden mit Waffen gewonnen, manche mit Köpfchen und Gerissenheit, aber diese hier, die wird durch Standhaftigkeit gewonnen.

„Willste etwas von der Ziegenmilch?", stichelt Viera.

Ich schüttle den Kopf. Das Feuer steigert sich zu einem Inferno, das sich um meine Zunge windet. Ich sage kein Wort.

„Bist du sicher? Ich glaub, ich seh 'ne Träne in deinem Auge."

Da hat sie nicht Unrecht. Ich spüre die Feuchtigkeit an den Rändern. Ich blinzle einmal. Halte meinen Blick, mein Lächeln fixiert. Endlich, endlich beginnt die Schärfe nachzulassen. Ich bin mir ziemlich sicher, dass ich mir irgendwas verbrannt hab, aber ich lebe noch. Hab mich nicht übergeben, hab nirgendwo hingespuckt, bin nicht in Tränen ausgebrochen.

Viera bemerkt, wie die Farbe aus meinen Wangen weicht, denn sie lehnt sich an die Wand der Kammer zurück und lacht. „Gut gemacht, Kaiserin. Schön zu wissen, dass du mit scharfem Essen umgehen kannst."

Ich öffne den Mund, um zu antworten, aber er ist zu trocken, zu verbrannt, um irgendwelche Worte zu formen, also schließe ich ihn wieder und schlucke. Dann hören wir beide ein Geräusch vom Eingang. Sich nähernde Schritte.

Mein Quartett von Schatten steht wie immer draußen, auch wenn die beteiligten Personen in Schichten rotieren. Trotzdem hab ich keine Angst. Alles, was die vier überwinden könnte, würde nur auf Viera und ihre feuerspeiende Pistole treffen. Dahinter hab ich meine eigene kleine Version, extra für mich angefertigt, in einer kleinen Box an meiner Seite verstaut. Ein Messer unter meiner Robe, um meine Taille an einem Baumwollgürtel gebunden. Jede Menge Optionen.

Ich muss keine davon benutzen, denn es ist Malo, der auftaucht, immer noch mit seiner Löwenmähne, und einen anderen unterwürfigen Mann mit sich zieht.

„Meine Kaiserin", Malo verbeugt sich kurz. „Dieser hier ist vor nicht allzu langer Zeit an den Toren von Damantum aufgetaucht. Er behauptet, er käme aus dem Dschungel. Von den Solare und er sei die ganze Nacht gelaufen, um hierher zu kommen."

„Eine weite Reise", sage ich. „Eine, von der ich nicht glaube, dass sie möglich ist?"

Als ich mit Malo hierher gereist bin, hat es eine Woche gedauert, um von meinem Dorf nach Damantum zu kommen. Harter Marsch während der Tagesstunden. Dass ein Mann die gleiche Strecke in zwei Tagen schaffen könnte?

„Erzähl es ihr", Malo schüttelt den Mann mit seiner Hand. Dann lässt er ihn los.

Der Stammesangehörige der Solare fällt zu Boden, legt seine Handflächen flach auf die Steine, und seine Stirn folgt ihnen. Er spricht in den Boden. „Meine Kaiserin, ich kam nicht aus dem Dschungel. Ich bin der Zehnte in der Kette. Gemeinsam haben wir die Nachricht entlang der Route weitergegeben, die Ihr selbst geschaffen habt."

„Die ich geschaffen habe?", frage ich.

Malo hustet. Ich sehe ihn an. „Kaishi, als du uns befohlen hast, die Kommunikation mit den Solare und den umliegenden Städten zu verbessern, haben wir ein System von Läufern entwickelt. Wie dieser hier. Sie sind überall in Charre stationiert, erstrecken sich bis zum Dschungel im Osten und zu den Städten im Westen und Norden, sodass sobald einer eine Nachricht erhält, er zum nächsten Posten läuft und so die schnelle Zustellung wichtiger Informationen sicherstellt."

„Das hättest du auch gleich sagen können", sage ich.

„Tut mir leid", sagt Malo. „Die Botschaft des Mannes hat meinen Kopf verwirrt."

„Dann lass ihn sprechen." Viera wedelt mit einer Hand, in der sie Fisch hält, den sie eine Sekunde später in ihren Mund schiebt. Mir fällt auf, dass auf ihrer Portion viel weniger Paprika sind als auf meiner.

Der Läufer fängt wieder an, in den Boden zu sprechen, und Malo zieht ihn hoch. „Sprich direkt zur Kaiserin."

Die Augen des Mannes huschen zu Malo, dann zurück zu mir. Ich nicke, schenke ihm ein kleines Lächeln. Ich habe gelernt, dass die kleinsten Gesten der Freundlichkeit den entscheidenden Unterschied machen können, um jemanden loyal zu halten. Wertschätzend. Hilfsbereit.

„Ich kann Euch nur sagen, was man mir erzählt hat", stammelt der Mann. „Sie sagen, dass mehr Götter gekommen sind, Kaiserin. Seltsame Kreaturen, größer als jeder von uns. Vier Arme und Schwänze. Sie sprechen in unserer Sprache." Bei Malos Blick korrigiert sich der Mann. „Ich meine, in der Sprache der Solare."

„Du meinst die Lunare", wirft Viera ein.

„Viera", warne ich. Die Frau liebt den Konflikt, und ich habe gerade nicht die Geduld dafür.

Die Charre sprechen eine andere Version meiner Heimatsprache, eine, die sowohl die Dschungel-Solare als auch die Berg-Lunare übernommen haben. Der Handel fördert die Beherrschung beider, obwohl ich bemerkt habe, dass die meisten Charre, einschließlich Malo, nur das absolute Minimum der Partnersprache lernen.

„Fahr fort", sagt Malo.

Der Mann neigt den Kopf. „Diese neuen Götter sagen, sie suchen jemanden, der sich einem abgestürzten-" hier stolpert der Mann über ein Wort, dann findet er es heraus: „Schiff genähert hat. Jemanden, der von Magie und Wundern spricht."

Der Mann sagt es nicht, aber wir denken alle das Gleiche. Ich.

Ich weiß, was das ist. Wer sie sind.

Ich winke den Mann weg. Danke ihm für die Nachricht. Malo begleitet ihn nach draußen, dann kehrt er zurück. Kehrt rechtzeitig zurück, damit ich weitergeben kann, was Ignos gerade in meinen Kopf gespuckt hat.

Sie sind Eindringlinge. Aus einer anderen Welt. Meine Feinde und die Feinde all dessen, wofür du und dein Volk steht. Sie werden alles zerstören, um an dich und mich heranzukommen.

Diese Worte übermittle ich Malo und Viera und gebe dann Ignos' Befehle weiter. Als ich sage, dass wir unsere Streitkräfte sammeln, marschieren und sie eliminieren sollen, scheinen weder Viera noch Malo besonders beunruhigt über den Gedanken an Krieg zu sein, aber sie sind Kämpfer, also warum sollten sie es auch sein?

„Um ehrlich zu sein, Kaiserin", sagt Viera. „Es ist in letzter Zeit ein bisschen langweilig in der Stadt geworden. Ich liebe es hier, aber ich dachte, ich könnte bald wieder einen Ausflug zu den Gruben machen, damit ich nicht aus der Übung komme."

„Du sprichst über Leben und Tod, als wäre es ein Spiel", sagt Malo zur Lunare, die seufzt, sobald der Charre anfängt zu reden. „Jeder Kampf sollte mit Ehre geführt werden. Mit Hingabe. Wenn wir Männer von ihren Familien wegholen und in den Kampf schicken müssen, müssen die Männer wissen, wofür wir kämpfen. Wofür ihr Opfer ist. Dann, wenn wir unseren Sieg erringen, können unsere Soldaten über Jahreszeiten hinweg von ihrem Triumph singen." Dann zuckt Malo mit den Schultern. „Es wird uns helfen, Freiwillige zu sammeln."

„Es wird nicht die Größe unserer Streitmacht sein, die zählt", sage ich. „Sondern die Fähigkeiten. Eine kleine Gruppe unserer talentiertesten, furchteinflößendsten Kämpfer. Solche, die einen Pfeil mit höchster Präzision abfeuern oder sich durch die dichtesten Wälder schleichen können, ohne bemerkt zu werden. Ignos denkt, es werden nur zwei von ihnen sein, obwohl jeder von ihnen hundert der Unseren aufwiegt."

„Hundert?" Das ist das erste Mal, dass Malo überrascht aussieht, und ich spüre auch ein bisschen Eifer. „Dann werden wir vierhundert unserer Besten mitnehmen und hoffen, dass das genug ist."

„Schickt die Nachrichten und informiert die Waffenschmiede; wir werden mehr Waffen brauchen." Ich stehe auf, das Essen schmeckt plötzlich trocken in meinem Mund.

Ich folge Malo aus der Kammer, und als er geht und hinabsteigt, um mit den Vorbereitungen zu beginnen, klettere ich nach oben. Bis ganz nach oben auf den Vaos. Ich kann Nomis in ihrem schimmernden Silber sehen, wie sie über dem feurigen, wunderschönen Teppich schwebt, der Damantum bei Nacht ist. Es ist ein Wunder. Eines, das ich nicht verlieren will.

Ich frage Ignos, ob wir in Ordnung sein werden.

Es kommt keine Antwort.

KAPITEL 6

IRREFÜHRUNG

SAX MACHT SICH BEREIT, zur Baumgrenze zu rennen, als einer der Sänger aus der Gruppe hervortritt. Dieser sieht älter aus, zumindest nach den üblichen Maßstäben, nach denen solche Dinge beurteilt werden. Sein Haar ist grau meliert, seine Haut trägt die Spuren von Kämpfen und Alter. Doch seine Augen sind voller Lebendigkeit. Sein Mund ist fest geschlossen.

„Unser Häuptling", sagt der Wächter, der sie hergebracht hat, und sinkt auf ein Knie nieder.

Sax und Bas tun es ihm nicht gleich.

„Wir suchen jemanden", zischt Sax, als der Häuptling sich nähert.

Er ist mindestens zwei Meter kleiner als die Oratus. Zerbrechlich. Leicht zu brechen. Es ist offensichtlich, dass diese Spezies ihre Anführer nicht allein nach Stärke wählt. Vielleicht sind sie nicht so primitiv, wie sie erscheinen.

„Jemanden, der sich verändert hat", fährt Bas für ihn fort. „Jemanden, der vielleicht von seltsamen Dingen geredet hat. Von anderen Orten, von Wundern und Magie."

Sowohl Sax als auch Bas kennen diese Worte und diese

Rede. Dies ist bei weitem nicht die erste Welt oder die erste Spezies, die im Prozess der Ausrottung der Sevora entdeckt wurde. Nachdem die Sevora bekannt wurden, arbeiteten die Oratus und andere daran, sich so schnell wie möglich in der Galaxie auszubreiten. Um so viele Orte und intelligente Spezies wie möglich aufzuspüren und sie in den galaktischen Verbund zu bringen.

Das hat nicht immer funktioniert. Einige, zu schockiert vom Anblick solch fortschrittlicher Waffen, Spezies und Schiffe, scheiterten einfach daran, sich anzupassen. Entweder schlachteten sie sich gegenseitig ab oder verloren ihre eigenen Wege und wurden zu Zahnrädern, die in der etablierten Ordnung der Galaxie zermahlen wurden. Ihre Kulturen starben, und alles, was sie einzigartig machte, verschwand in ihrer Assimilation.

Selbst das ist jedoch besser, als den Sevora zu dienen.

Sax beobachtet, wie Bas spricht. Die Person zeigt die Anzeichen: Es gibt nicht genug Überraschung, nicht genug Schock. Nicht nur über das, was Bas sagt, sondern auch über die Oratus selbst. Kreaturen, vier Meter groß, mit vier Armen und zwei Beinen, die jeweils in drei großen Klauen enden. Lange Schwänze und Köpfe, mit Mäulern voller scharfer Zähne. Allein Sax' Erscheinung sollte diese Leute in die Flucht schlagen. Dass sie es nicht tut, bedeutet, dass sie fantastische Dinge gesehen oder gehört haben.

Dieser Stamm, dieses Dorf weiß Bescheid.

„Ich habe solche Reden schon einmal gehört", erwidert der Häuptling langsam. „Sie kamen von dort." Er zeigt hinter sie, zum Dschungel und in Richtung der Stelle, wo der Samen abgestürzt ist. „Und sie verschwanden bald darauf."

„Diese Worte verschwinden nicht von alleine", zischt Sax. „Wir müssen denjenigen finden, der sie trägt."

Der Häuptling neigt den Kopf. „Ihr müsst einen Gott finden?"

Sax kann nicht anders. Er zischt vor Lachen. Es ist klar, dass das Dorf, diese Menschen, nicht ganz verstehen, was vor sich geht. Der Häuptling macht einen Schritt zurück, und der neben Sax kniende Wächter zuckt hoch, den Speer fest umklammert.

„Das, Menschen, ist ein Oratus-Lachen", sagt Bas und zischt nun ihrerseits. „Was mein Partner sagen will, ist, dass das, was ihr gesehen habt, kein Gott ist. Eine Spezies, die Tricks spielt. Die versucht, euch und eure ganze Welt zu Sklaven für ihre eigenen Zwecke zu machen."

Der Häuptling schüttelt den Kopf. „Es war keine Kreatur wie ihr. Die Worte kamen aus dem Mund eines Mädchens. Meiner eigenen Tochter."

Sax nickt. Das Wesen scheint die Geste zu verstehen. Gut. „Die Sevora übernehmen die Gedanken derer, die sie gefangen nehmen. Sie sehen aus und klingen wie die, die ihr kennt und liebt, aber sie sind es nicht." Sax zeigt auf eines der Tiere, die sich am Spieß über einem der Feuer drehen. „Eure Tochter ist wie dieses Geschöpf dort. Ein Tier, das brät und wartet, während ein Sevora ihr Leben verzehrt."

Bas gibt einen tadelnden Zischlaut von sich. Eine Warnung, nicht zu dramatisch zu sein. Diese Leute nicht zu erschrecken oder zu verärgern.

Der Häuptling sieht nur traurig aus. „Wie sollen wir euch vertrauen? Ihr erzählt uns, dass meine Tochter von etwas wie dem da eingenommen wurde." Er zeigt auf das Fleisch. Nicht ganz das, was Sax beabsichtigt hatte, aber egal. „Ihr sagt mir, seltsame Wesen, dass wir euch vertrauen sollen. Dass wir euch Antworten geben sollen. Warum?"

Sax blickt auf seine Klauen, langsam genug, dass es für

jeden klar ist, was er tut. „Weil diese Kreatur zerstört werden muss. Weil sie eine Bedrohung darstellt, nicht nur für euch in eurer Welt, sondern für alle anderen."

Wieder einmal lassen die Worte den Häuptling unbeeindruckt.

„Eure Tochter", sagt Bas. Sie ist besser mit solchen Verbindungen. „Ihr sagt, sie sprach von einem Gott?"

„Sie sprach nicht von einem Gott", antwortet er. „Sie war es. Sie ist es. Ignos ist in ihr."

Bas ist im Begriff zu antworten, Sax starrt auf seine Klauen, wie sie im Feuerschein glänzen. Sie sind scharf, bereit.

„Dann werden wir ihn herausholen."

MALO STEHT MIR GEGENÜBER, etwa zehn Schritte entfernt, mit verschränkten Armen und einem spöttischen Grinsen im Gesicht.

„Du benutzt das schon wieder?", sagt Malo, während seine Augen zu meiner rechten Hand und dem, was ich darin halte, wandern.

„Es ist das Einzige, womit ich gut bin", sage ich, obwohl das nicht ganz stimmt.

Ich habe es geschafft, eine der Waffen abzufeuern, die wir Ignos' Wunder nennen. Ich habe sogar das Ziel getroffen.

Die Scherbe jedoch fühlt sich unmittelbarer an. Es gibt ein Gewicht, wenn ich den Seilgriff halte, das den Waffen fehlt. Zu wissen, dass die ineinander greifenden Glasscherben nach vorne peitschen und alles in ihrem Weg zerschneiden werden, wenn ich meine Arme schwinge, gibt der Scherbe ein vertrautes Gefühl. Es ist eine Waffe, die ich verstehen kann. Eine, die ich kenne.

Es ist ein minderwertiges Werkzeug. Eines, das du wegwerfen musst, wenn die Zeit gekommen ist.

Ignos hält die meisten meiner Entscheidungen für minderwertig, also stört mich sein Urteil nicht besonders. Stattdessen stelle ich mich Malo gegenüber, werfe einen Blick auf den silbern aufgehenden Nomis hinter ihm und gehe leicht in die Hocke. Wir haben an der Positionierung gearbeitet – darauf zu achten, dass meine Knie nicht durchgedrückt sind, auf den Fußballen zu ruhen, bereit, in jede Richtung loszustürmen.

Malo bewegt sich nicht. Steht einfach da. Erwidert meinen Blick.

„Ich bin bereit", fordere ich ihn auf, aber er rührt sich nicht.

Er wartet auf dich.

Jetzt erkenne ich es. Die einzigen Waffen, die Malo hat, sind an seinem Gürtel befestigt; kurze Holzstäbe mit bösartigen, scharfen Klauen, die sich von den Spitzen wegkrümmen. Kukris. Die Scherbe hat einen Meter oder mehr Reichweite als diese Dinger, also mache ich einen langsamen Schritt nach vorne und lasse dann mein Handgelenk schnappen.

Die Scherbe gleitet vom Boden hoch, wirbelt Sand auf, während sie sich bewegt und sich auf Malos Gesicht zubewegt. Erst nachdem ich den Zug gemacht habe, wird mir klar, dass ich den Anführer meiner Armee und meinen Freund töten könnte. Aber Malo gleitet einen Schritt zurück, dreht sich zur Seite, und alles, was mir der Überraschungsangriff einbringt, ist ein winziger Schnitt an Malos linker Schulter. Er hält seine Arme weiterhin verschränkt. Wartet auf meinen nächsten Angriff.

„Ich will dir nicht wehtun." Ich lasse die Scherbe wieder in den Sand sinken und ziehe sie dann zu mir zurück.

„Das ist mein Problem, nicht deins", erwidert Malo. „Was hast du da falsch gemacht?"

„Ich hatte dich fast."

„Fast. Was hast du falsch gemacht?"

Ich denke nach, aber plötzlich bin ich gereizt. Malo sollte sich darauf konzentrieren, dass ich ihm beinahe den Arm zerfetzt hätte, und mir nicht Fragen stellen. Ich bin kurz davor, ihm diese Idee an den Kopf zu werfen, als ich sehe, dass er es ernst meint.

In seiner Haltung, in seinem Körper, der immer noch seitlich gedreht ist, liegt etwas, das sagt, dass die Beantwortung dieser Frage eines Tages der Schlüssel zwischen meinem Leben und Sterben sein könnte.

„War ich zu langsam?"

„Du warst zu direkt." Malo wendet sich mir wieder zu und tritt in den Sand. „Jede deiner Bewegungen führte direkt zu dem Angriff, den du geplant hast. In einem echten Kampf darfst du dich nicht verraten. Täusche, und dann greif mich noch einmal an."

„Wirst du nicht wissen, dass ich täusche?"

„Nicht, wenn du es richtig machst."

Ich hole tief Luft. Schaue nach rechts, wo die Lagerfeuer meiner Armee eine glitzernde Konstellation auf dem dunklen Sand bilden. Nach links, wo die Talwand beginnt, zu einer felsigen braunen Klippe anzusteigen. Oben lugt Sternenlicht zwischen einer seltenen Wolkentrift hervor, die dem Glanz von Nomis hinterherjagt.

„Ich bin für heute fertig", sage ich und lockere meinen Griff.

Ich gehe in Richtung des Feuers, mache eine Vierteldrehung nach rechts und gehe los, während die Scherbe hinter mir im Sand schleift.

„Wir haben gerade erst angefangen", sagt Malo, und ich höre, wie er zu mir aufschließt.

Bei seinem dritten Schritt wirbele ich herum. Diesmal benutze ich meinen Körper zusammen mit meinem Arm, um die Scherbe herumzupeitschen. Ihre glitzernden Klingen schneiden in einem Bogen durch die Luft und pfeifen, während ich mich drehe. Ich sehe, wie Malos Augen sich weiten, sehe, wie er fällt und auf dem Rücken im Staub landet, während die Scherbe über ihn hinwegpfeift. Wir beide wissen, dass ich in einem echten Kampf die Waffe zurückziehen und sie auf ihn herabsausen lassen könnte, bevor der Charre-Krieger eine Chance hätte, sich zu bewegen.

„Diesmal überrascht?", sage ich.

Malo setzt sich langsam auf und nickt mir zu. „Viel besser. Obwohl ich nicht erwarten würde, dass dieser Trick bei jedem funktioniert."

„Nur bei dir."

Das hätte ich vielleicht gesagt, aber Viera ist schneller. Sie kommt auf uns zu, und wie sie den Kopf über Malo schüttelt, ist klar, dass sie gesehen hat, was passiert ist.

„Allein die Kaiserin hat diesen Vorteil", erwidert Malo und beginnt, sich aus dem Sand zu erheben.

„Tatsächlich?", sagt Viera. „Weißt du, warum die Lunare die meisten unserer Kämpfe gewinnen, Malo?"

„Weil eure Art sich nicht um Ehre schert."

„Genau."

„Jetzt nervt ihr mich beide", unterbreche ich. „Viera, was machst du hier?"

„Das Essen ist fertig, Kaiserin", Viera schaut zu mir herüber. „Wollte nicht, dass es kalt wird, während ihr hier im Sand spielt."

„Trainieren", Malo gesellt sich zu uns. „Es könnte eine

Zeit kommen, in der keiner von uns sie verteidigen kann, und Kaishi muss für sich selbst kämpfen."

„Mit dem da?" Viera betrachtet die Scherbe mit der gleichen Skepsis, die Malo vorhin gezeigt hat.

„Ich mag es", sage ich wieder. „Es ist effektiv."

„Willst du effektiv, probier die hier", Viera klopft auf ihre Pistolen. „Sofortige Befriedigung. Keine Notwendigkeit, nah ranzugehen. Besonders wenn dein Gegner einen Atem hat wie dieser Kerl hier."

Malo seufzt, dann wendet er sich mir zu: „Morgen, Kaiserin, möchte ich das noch einmal aufgreifen. Viera hat einen Punkt - du musst in der Lage sein, einen Gegner zu täuschen, nicht nur deinen Lehrer." Er geht an uns vorbei, bevor Viera sich eine weitere Beleidigung ausdenken kann.

„Warum bist du so hart zu ihm?", sage ich zu Viera, während wir dem Krieger nachsehen.

„Hart zu ihm? Malo ist es egal, was ich sage."

„Ich glaube, du liegst falsch." Ich legte meine Hand auf Vieras Schulter, um sie davon abzuhalten, den Mund zu öffnen. „Ich möchte, dass meine beiden Freunde aufhören, sich wie Feinde zu verhalten. Wenn Ignos recht hat, wenn das, womit wir es zu tun haben, so schrecklich ist, wie er es mir erzählt, werden wir alle zusammenarbeiten müssen."

„Wenn Ignos recht hat, Kaiserin, könnte es vielleicht keine Rolle spielen."

KAPITEL 8
DIE LUNARE

DIE MORGENDÄMMERUNG FINDET Sax und Bas erschöpft vor. Sie haben die Nacht in Schichten geschlafen, jeweils vier Stunden.

Nicht dass ein Oratus eine volle Nachtruhe bräuchte, um sich erholt zu fühlen, aber ein bisschen hilft schon. Das Frühstück, voll mit dem Fleisch, das der Hauptling als Schweinefleisch bezeichnet, weckt sie einigermaßen auf. Gefolgt von einem warmen Getränk namens Tee; einer wässrigen, kräutrigen Flüssigkeit, die dennoch irgendeinen Teil von Sax' Gehirn auf Hochtouren bringt.

Dann nähert sich der junge Krieger, der sie in der vergangenen Nacht im Wald gefunden hat, und sagt, er werde derjenige sein, der sie nach Osten führt. Dorthin, wo die Tochter des Häuptlings hingegangen ist.

Im hellen Tageslicht ist der Dschungel farbenfroh. Voller sich bewegender Tiere und Vögel. Pflanzen, die sich im Wind wiegen. Summende Insekten, die es nicht durch die Masken schaffen, die Bas und Sax tragen, und die beiden ernten neidische Blicke von dem Krieger, der sich mit klebrigem, stinkendem Saft eingeschmiert hat, was bei Weitem nicht so effektiv ist wie eine Maske.

Sie steigen über Farne und Lianen und über Pfade, die kaum sichtbar sind, bis sie sie schon betreten haben. An einer Stelle hüpfen sie über eine Reihe von Steinen, um den seichten Fluss zu überqueren.

Weder Bas noch Sax sprechen viel während der Reise. Er nimmt Informationen auf, hält Ausschau nach Gefahren. Bas macht wahrscheinlich dasselbe. Es gibt keinen Grund, Worte zu verschwenden.

Erst am Abend, wobei der junge Mann nie müde wird, erreichen sie die Ausläufer und das erste Anzeichen zivilisierten Lebens, das sie seit langem gesehen haben. Eine gehärtete Tiefholzmauer, die am Ende des Pfades auftaucht, mit einem breiten Tor, das sich so weit erstreckt, wie Sax und Bas durch den überfüllten, laubbedeckten Raum sehen können.

Oben auf der Mauer, als der Stern des Planeten sich dem Untergang zuneigt, blicken zwei bleichhäutige Wachen auf sie herab. Anders als ihr Führer, der einen einfachen Moosumhang trägt, tragen diese beiden dunkelgrüne Tuniken, Baumwollkleidung. Dicker als nötig, und das zeigt sich an dem Schweiß, der ihre Gesichter bedeckt.

„Was für Schrecken seid ihr?", ruft einer der Wächter.

Der andere sagt nichts, richtet aber ein breites, graues Metallrohr auf sie. Eine primitive Waffe, wenn auch weit fortgeschrittener als das, was sie in dem kleinen Dorf gesehen haben. Ihre Anwesenheit ist ein Zeichen dafür, dass die Sevora hier ist. Ein Zeichen dafür, dass der Einfluss der Sevora sich bereits ausbreitet. Der Parasit bewegt sich schnell.

„Sie suchen eine Audienz bei eurem Anführer", ruft ihr

Führer. „Sie kamen letzte Nacht in unseren Dschungel, und so haben wir sie zu euch gebracht."

„Bei Avril? Was gibt ihnen das Recht dazu?"

Sax betrachtet den Mann. Er ist wie die anderen Mitglieder ihrer Spezies. Weich, einfach. Und, da ist sich Sax sicher, leicht einzuschüchtern. Er stößt sich von den Beinen ab und springt. Hoch bis zur Spitze des Tores, wo er seine Krallen ins Holz gräbt und hinüberklettert. Jetzt ragt er über dem auf, der die Frage gestellt hat.

Sax starrt auf ihn herab und öffnet seinen Mund ein kleines bisschen, gerade genug, um einen sicheren Blick auf all die Zähne darin zu gewähren.

Sax spürt, wie der andere Wächter seine Waffe auf ihn richtet und den Hahn spannt, und Sax peitscht mit seinem Schwanz. Schlägt die Waffe aus der Hand des Mannes und lässt sie wegfliegen.

„Wir suchen eine Audienz bei eurem Anführer, weil wir eine wollen", zischt Sax. „Dieser Avril wird uns treffen, oder er wird sterben. Zusammen mit euch allen."

Der Blick des Mannes gleitet von Sax' Gesicht nach links. Sax folgt ihm. Auf der anderen Seite der Mauer befindet sich eine ausgedehnte Zeltstadt. Einfache Befestigungen. Kleine Gebäude aus Holz und Stoff. Keine dauerhafte Siedlung. Ein Militärlager. Es gibt viele Soldaten, die zu ihnen hochstarren. Einige greifen nach ihren eigenen Waffen, aber Sax macht sich keine Sorgen. Selbst wenn die Kugeln die Maske durchdringen könnten, was Sax bezweifelt, würden ein paar schnelle Schüsse aus seinem eigenen Bergarbeiter sie zweifellos versteinern lassen.

„Ich kann es ihr sagen", stammelt der Wächter. „Ich kann die Nachricht übermitteln. Wenn sie einverstanden ist, lassen wir euch rein. Bringen euch zu Avril."

„Ihr werdet uns jetzt zu ihr bringen", zischt Sax. „Sie wird nicht ablehnen."

Der Mann wird noch blasser, zu einem Weißton, den Sax bei Lebenden nicht gewohnt ist.

Es gibt einen Stoß, ein Kratzen, als Bas selbst über die Mauer klettert. Als sie den anderen Wächter packt und ihn hochhebt, weg von der Kante.

„Wir werden mit eurem Anführer sprechen, und wir werden euch nichts antun", brüllt Bas der sich versammelnden Menge zu. „Wenn ihr versucht, uns zu verletzen, uns in irgendeiner Weise anzugreifen, werden wir euch alle abschlachten. Und wir werden es genießen."

Das Letzte scheint den Ausschlag zu geben. Waffen werden fallen gelassen. Schwerter kehren in ihre Scheiden zurück. Gerade so haben sich die beiden Oratus eine gefangene Truppe verschafft.

„Wo ist sie?", fragt Sax den Wächter, den er immer noch in seinen Klauen hält.

„In unserer Hauptstadt natürlich", sagt der Mann. „Marilo, tief in den Bergen."

„Dann werdet ihr uns dorthin führen. Jetzt."

ES SIND NUR MONATE VERGANGEN. Eine einzige ganze Jahreszeit ist vorbei. Trotzdem fühlt sich mein Zuhause für mich wie eine andere Welt an. Ich sehe den Tier, der nur ein Viertel so hoch ist wie der Vaos und in Breite und Pracht unendlich kleiner. Ich sehe unsere Steinhäuser, die meinem alten Ich so groß vorkamen und jetzt wirken, als könnten sie alle in einen einzigen Damantum-Innenhof passen. Meine gesamte Kindheit zusammengepresst in einen Bruchteil des Reiches, über das ich jetzt herrsche.

Was auch immer von dem Mädchen übrig ist, das dieses Dorf verlassen hat, stirbt, als ich Vater sehe.

Als ich ihn das letzte Mal verließ, hatte er vom Tier auf mich herabgeschaut. Hatte zusammen mit dem Rest meines Dorfes zugesehen, wie ich mein spärliches Gepäck, meinen Moosumhang, zusammengerafft hatte und mit den Charre-Soldaten – Malo eingeschlossen – aus meiner Heimat marschiert war.

Jetzt sieht er mich an der Spitze einer großen Streitmacht. Sieht mich in feinen Roben gekleidet, mit

Smaragden an Ohren und Hals, mehr am Körper tragend als der Wert seines ganzen Dorfes. Vater sieht seine Tochter nicht mehr. Das ist offensichtlich.

Du bist über ihn hinausgewachsen.

Ich zucke bei Ignos' Worten zusammen. Es ist ein Unterschied, etwas zu wissen oder es gesagt zu bekommen. Vater, und Mutter neben ihm, führen eine kleine Gruppe unserer Dorfjäger an; Gesichter, die ich erkenne. Menschen, die mich einst um Besorgungen baten, die mit mir durch die Bäume rannten bei unseren Spielen. Jetzt starren sie mich mit verschlossenen Gesichtern an, verborgenen Seelen.

Sie gehen auf mich zu, während ich am Rand der Lichtung stehe, mit Malo und Viera an meiner Seite und mehreren hundert Charre-Kriegern in meinem Rücken. Der übliche Solare-Respekt gebietet es, dass ein Besucher nicht ohne die Erlaubnis der Ältesten ein Dorf betritt, und trotz der Fähigkeit meiner Armee, meine Heimat ein Dutzend Mal dem Erdboden gleichzumachen, halte ich mich an diesen Brauch.

„Kaishi", sagt Vater, als er zu mir kommt. Ich sehe einen Funken Erkennen, als er Viera an meiner Seite bemerkt – die Lunare hatte in unserem Dorf gehandelt, bevor Malo ankam –, aber ich unterbreche jede weitere Äußerung.

Ich trete vor, schlinge meine Arme um Vater und ziehe ihn fest an mich. Ich lasse los und tue dasselbe bei Mutter, die, wie ich bemerke, die Umarmung bereitwilliger erwidert. Sie umarmt nur ihre Tochter, während Vater die Anführerin eines rivalisierenden Reiches umarmt. Als ich zurücktrete, bemerke ich jedoch, dass beide ein leichtes Lächeln nicht unterdrücken können. Ihre aufkeimende Freude wärmt mein Herz mehr als alles andere.

„Sie waren hier", fährt Vater fort und errät, warum ich gekommen bin.

„Wer waren sie?"

„*Was* sie waren, ist die bessere Frage", erwidert Vater, und ich höre ein Raunen durch die Dorfjäger hinter ihm gehen.

Ein Raunen, das nur lauter wird, als Vater ein Paar Monster beschreibt, größer als jeder Mann und mit vier Armen, einem Schwanz und Klauen so lang wie Malos Kukri-Klinge.

„Aber sie sind nicht mehr hier", stellt Malo fest, als Vater seine Beschreibung beendet.

„Wir haben sie weggeschickt. Nach Osten." Vater kann es nicht lassen, Viera anzusehen.

„Ihr habt sie zu meinem Volk geschickt", sagt Viera.

„Natürlich. Warum nicht, wenn man mit Verwüstung konfrontiert wird, sie an jemand anderen weitergeben?"

„Besser unsere Feinde als wir selbst", erwidert Vater.

„Dann werden wir ihnen folgen", sage ich und versuche, Viera im Zaum zu halten. „Entweder wir fangen sie ab, bevor sie die Berge erreichen, oder wir helfen den Lunare, sie abzuwehren. Es könnte sogar eine Chance für unsere beiden Reiche sein, zusammenzukommen."

Vielleicht könntet ihr mit vereinten Armeen sogar gewinnen.

„Zwei Reiche?", fragt Vater.

Die Charre, die Solare und die Lunare. Drei Völker, mit den Solare zwischen mächtigeren Nachbarn eingeklemmt. Niemand, Vater eingeschlossen, könnte glauben, dass die Solare überleben würden, sollten entweder die Charre oder die Lunare den anderen den Dschungel überlassen. Gegenseitige Furcht hält mein altes Dorf am Leben. Ignos hat mir gesagt, dass die Zeit dafür zu Ende geht – ich habe seine

Führung, und ich sollte die Solare und ihre Ressourcen in meinen wachsenden Einflussbereich bringen.

„Es wird besser sein, Vater", sage ich langsam und messe seine Reaktion auf jedes Wort. „Mit den Ressourcen der Charre und den Wundern, die Ignos bereitstellt, werden die Solare glücklicher sein. Gesünder. Es wird keine Angst mehr geben."

„Du würdest über uns herrschen?", fragt Vater, und seine Stimme ist unschuldig.

Vorsicht.

Ich brauche Ignos' Warnung nicht. Dieser Mann ist mein Vater. Ich habe tausend Auseinandersetzungen mit ihm gehabt, habe zugesehen, wie er die verbalen Finten von hundert Händlern und Besuchern aus anderen Dörfern zunichtemachte. Mich auf einen Wortkrieg mit ihm einzulassen, ist eine Entscheidung, die ich nicht treffen möchte. Also beende ich den Kampf, bevor er beginnen kann.

„Ich *herrsche* bereits über euch", sage ich. „Als eure Tochter und eure Kaiserin. Als wir die Lunare zurückschlugen, schworen mir die Stämme, die mit ihnen waren, ihre Treue. Ebenso wie das Volk der Charre."

„Wir haben das nicht getan." Vater richtet sich auf.

„Ihr werdet es jetzt tun." Ich lege harten Stahl in meine Stimme.

Der Dschungel wird für einen langen Moment still.

„Du weißt, dass wir dir nicht widerstehen können, Kaishi", sagt Vater schließlich und macht eine Handbewegung zurück zu dem Dorf hinter ihm. „Wir sind klein, einfach. Alles, was wir haben, ist unsere Unabhängigkeit. Das Recht, selbst zu bestimmen, was richtig ist."

Was sie nirgendwohin gebracht hat. Du wirst sie besser machen. Du wirst die Welt besser machen, mit meiner Hilfe.

„Wenn die Lunare wieder kommen, was wird dann

passieren?", sage ich. „Wessen Tochter wirst du das nächste Mal opfern, um sie wegzuschicken?"

Ich kann sehen, dass diese Worte wehtun. Meine Eltern sehen mir nicht in die Augen. Sogar Malo, der abgehärtete Krieger, der mich von diesem Ort weggebracht hat, wirft mir einen besorgten Blick zu. Ich gebe nicht nach. Schaue nicht weg.

„Es gibt keine andere Wahl, Vater", fahre ich fort. „Du wirst dich anschließen, genauso wie alle anderen Solare. Gemeinsam werden wir eine bessere Welt erschaffen."

Er gibt nicht nach. Ich sehe, wie er eine Hand auf Mutters Schulter legt, und ich weiß, was als Nächstes kommt.

Ich bin hergekommen, um Vater zu helfen, nicht um ihn zu töten. Also spreche ich zuerst.

„Du hast mir gesagt, als ich ging, ich solle mich nicht wehren. Hast mir gesagt, dass alle hier leiden würden, wenn ich es täte", spreche ich leise, sodass diejenigen hinter Vater sich anstrengen müssen, um mich zu hören. „Ich sage dir jetzt dasselbe. Schließ dich mir an, hilf mir, die Monster zu finden, die hierhergekommen sind, und rette dein Dorf. Rette unser Volk."

Meine Worte löschen das Feuer in seinen Augen, und als sein Funke erloschen ist, nickt Vater. Zum ersten Mal seit Monaten umfassen seine Hände die meinen, aber ich spüre keine Liebe in seinem Griff, nur Traurigkeit.

Sie werden es verstehen, Kaishi, wenn du sie aus ihrer harten Existenz befreist. Sie werden dich dafür lieben.

Ich hoffe es, aber ich glaube es nicht.

KAPITEL 10

IN DIE DUNKELHEIT

ZEHN MENSCHEN FÜHREN sie durch die Höhlen. Fünf vorne und fünf hinten. Ein Verhältnis, mit dem Sax sich wohl fühlt, da die engen Höhlen bedeuten, dass sein Schwanz allein alle hinter ihm zu Boden werfen könnte, während seine Klauen sich mit denen vor ihm befassen. Dass Bas neben ihm ist, bedeutet nur, dass jeder Widerstandsversuch so sinnlos, so nutzlos wäre, dass er unvorstellbar ist.

Was die Haltung ihrer Wachen, ihre gesenkten Schultern und ihr keuchendes, nervöses Atmen verrät. Ihre Angst erfüllt die Luft und vermischt sich mit dem kühlen, rostigen Geruch des Mineralwassers, das aus dem Bach kommt, der ihren Weg teilt. Das Rinnsal benetzt die Steine zu ihrer Rechten, bildet gelegentlich kleine Tümpel und rauscht dann wieder weiter, immer weiter nach unten.

Der Zustand dieser Welt und der Kreaturen darauf lässt Sax Dunkelheit erwarten, und er ist bereit, seine Maske auf ein Infrarotspektrum umzustellen, als sie den Punkt des Tageslichts hinter sich lassen. Bis er ein bläuliches und violettes Leuchten vor ihnen bemerkt. Die

Wachen erwähnen dies nicht, sondern stapfen weiter voran. Sax weigert sich, Fragen zu stellen, und seine Geduld wird Sekunden später belohnt, als die Quelle in Sicht kommt.

Pilze und Moos, die auf den Felsen in Flecken leuchten. Die Stiele schimmern blau, während sie aus dem Boden wachsen, aus Rissen im Gestein oder aus den Erdflecken, die sich in den Spalten vermischen. Das Moos klammert sich an die Decke, ein phosphoreszierendes Pink, sein Schein hell genug, um eine Vorstellung davon zu geben, wohin sie gehen, wenn auch immer noch zu schwach, um den Weg so klar wie am Tag zu erkennen.

„Kultiviert?", sagt Sax zu dem Wächter, der sie anführt, demjenigen, den er an der Mauer gepackt hatte, während sie entlangtappen.

„Überall in Lunare, ja", antwortet der Wächter, und ein wenig Stolz macht sich bemerkbar. „Sie sind der einzige Weg, wie wir hier unten Licht bekommen, abgesehen von Fackeln. Du wärst überrascht, wie viele Stöcke du verbrennen musst, um ein Imperium zu beleuchten."

„Also pflanzt ihr diese Dinger entlang eurer Routen."

„Unter dem Fels zu leben, kommt nicht von selbst." Als wolle er den Punkt verdeutlichen, tritt der Wächter vorsichtig um etwas herum, das wie Schutt von einem herabgefallenen Felsen aussieht. „Es braucht Cleverness, es braucht Mut, Probleme anzupacken, anstatt zu hoffen, dass sie sich von selbst lösen. Deshalb kommen die Oberflächenstämme nicht mit uns klar."

„Wenn sie nicht mit euch klarkommen, warum seid ihr dann noch hier?"

Bas berührt erneut seinen Schwanz, aber Sax ignoriert seinen Partner diesmal. Wenn sie in einen gefährlichen Ort marschieren, um gefährliche Leute zu konfrontieren und den Kopf ihres Anführers zu fordern, will Sax alles über sie wissen. Was diese Menschen antreibt, wovor sie Angst haben und warum sie sich entscheiden, außerhalb des Lichts zu leben.

Die Höhle öffnet sich zu einer breiten Kammer, die vom Bach in zwei Hälften geteilt wird, und dicke Stalagmiten und Stalaktiten ragen wie fremdartige Skulpturen vom Boden und von der Decke empor. Flecken von Moos und Pilzen verleihen dem Ort eine surreale Ausstrahlung, und für einen Moment fühlt sich Sax, als wäre er wieder an Bord des Samenschiffs, gefangen in dieser Albtraumwelt blinkender Unterhaltung, wo die Parasiten die Leben vergessen konnten, die sie denen gestohlen hatten, die sie verdienten.

„Es ist wohl schwer, die Heimat zu verlassen", sagt der Wächter, als sie durch den Raum knirschen. „Es ist ja nicht so, als hätten sie es da oben besser. Müssen mit Stürmen klarkommen, vielen Insekten, gefährlichen Tieren. Hier unten ist es ruhig, und in den Städten immer warm. Ich sage nur, wenn wir wollten, könnten wir sie einnehmen."

Nicht, wenn sie so schlecht angreifen würden, wie sie verteidigen, aber Sax sagt das nicht. Sie sind jetzt weit von ihrem Shuttle entfernt, und weder er noch Bas haben eine Ahnung, wie diese Tunnel zusammenhängen. Wenn ihre Wächter beschließen würden wegzulaufen, hätten die beiden Oratus es schwer, irgendwohin zu finden.

„Wie lange seid ihr schon hier?", fragt Sax. „Wie viele Zyklen?"

„Zyklen?"

Sie sprechen die galaktische Gemeinsprache, kennen aber keine Zyklen? Ein Stamm benutzt die primitivsten Speere, Bögen und Pfeile, während dieser hier Gewehre schwingt. Die Unterschiede hier sind verwirrend. Unsinnig. Es sei denn, jemand von außen hat eingegriffen.

„Eine Standardzeiteinheit", erklärt Bas. „Zyklen werden durch wichtige Ereignisse markiert. Wie die Niederlage der Sevora oder die Kolonisierung eines neuen Systems."

„Ich verstehe die Worte nicht, die ihr benutzt", antwortet der Wächter. „Aber die Lunare sind schon länger in diesen Bergen, als ich lebe, mein Vater und sein Vater auch. Noch länger, würde ich vermuten."

Lang genug für eine natürliche Evolution? Sax ist kein Biologe, aber es gibt bestimmte Trends zwischen den Arten in der Galaxie; die Flaum haben große Augen, pelzige Mäntel und kleine Körper, weil sie ursprünglich auf einer Kraterwelt mit wenig Licht lebten. Kalt, mit mageren Nahrungsvorräten. Kann nicht allzu unähnlich diesen Höhlen gewesen sein, und doch sehen die Menschen, die die Oratus durch diese unterirdischen Pfade führen, abgesehen von ihrer blassen Haut, ungeeignet für einen Ort wie diesen aus.

Sax wälzt diese Gedanken in seinem Kopf, während sie durch weitere und engere Gänge stapfen, bis sie sich wieder in eine Kammer öffnen. Diese jedoch ist viel größer als die erste. So groß, dass Sax die Decke, die gegenüberliegende Wand nicht sehen kann. So groß, dass sie Häuser, Straßen, eine ganze Stadt enthält, beleuchtet in Blau- und Rosatönen von Pilzen und Moos.

„Du denkst, das hier ist groß?", lacht der Wächter und schaut die beiden an. „Gove ist nur ein Außenposten, nichts weiter. Ein Ort zum Ausruhen, bevor wir morgen nach Marilo aufbrechen."

Aus dem Dorf dringen Geräusche, das Surren von Bohrern und das Hämmern. Gerüche von Ruß und Kochfeuern hängen in der feuchten Luft, und Sax bemerkt, dass der Bach mitten durch die Stadt zu fließen scheint. Sie gehen weiter eine Allee entlang, die parallel dazu verläuft, und Sax ist sich der neugierigen Blicke sehr bewusst, die auf ihm ruhen, während sie sich fortbewegen. Ihre Klauen verursachen sicherlich eine Panik, da ist sich Sax sicher.

Das Zentrum von Gove besteht aus einem runden Platz, der vom Bach in zwei Hälften geteilt wird. Zwei Fußgängerbrücken mit silbernen Geländern über grauen Steinbögen verbinden die beiden Hälften. Auf jeder Seite steht ein aufgeschnittener Geode, wobei die beiden Bruchkanten einander über das Wasser hinweg zugewandt sind, aufgestellt auf kleinen Sockeln.

Ladenfronten, in deren Fenstern diese Pilze leuchten, preisen Angebote für Unterkunft, Bergbauausrüstung und Nahrung an. Doch es scheint niemand hier zu sein außer ihnen zehn. Sogar die Geräusche von Hämmern und Bohrern verstummen, als die Gruppe sich in die Mitte des Platzes bewegt.

Als der Wächter in der Nähe des Geoden anhält, als die anderen neun sich um Sax und Bas herum aufstellen, wissen die Oratus bereits, was gleich passieren wird. Ihre Klauen sind bereit. Ihre Schwänze peitschen hin und her. Diese Lunare sind im Begriff, einen fatalen Fehler zu begehen.

„Sieht so aus, als würdet ihr zwei euch in Höhlen nicht auskennen", sagt der Wächter. „Wir hatten die ganze Zeit über Läufer, die uns vorausgeeilt sind. Gove ist auf euch vorbereitet."

Der Wächter hebt seine rechte Hand, und Sax bemerkt, dass die Angst, die den Mann oben auf der Mauer ergriffen hatte, nun von Selbstsicherheit gestützt wird. Irgendetwas hat ihm seinen Mut zurückgegeben.

Als das Grollen einsetzt, ein vielstimmiger Chor, der von Böden und Decken widerhallt, versteht Sax. Aus jeder der sieben Straßen, die in den Platz münden, schreiten weißpelzige Bestien heran, jede von ihnen von einem bleichhäutigen Wesen geritten. Augenlos, seltsam und monströs, ragen die Fassoths über ihre scheinbaren Herren hinaus.

Diese Dinge sollten nicht hier sein. Nicht auf einer Welt so weit entfernt vom besiedelten Raum.

Doch hier sind sie, und den Oratus bleibt nichts anderes übrig, als sich zu ergeben.

DAS OBJEKT IST UNNATÜRLICH. Es liegt zwischen den Bäumen und auf einigen von ihnen, die es mit seiner grauen Masse zu Boden gedrückt hat. Ignos sagt mir, es sei aus Metall und Stück für Stück zusammengesetzt, was die dünnen Linien erklärt, die es durchziehen. Wie Schuppen, nur eckig und perfekt. An der Vorderseite befindet sich eine Wölbung mit etwas, das wie eine durchsichtige Platte aussieht.

Glas. Um hindurchzusehen und gleichzeitig Schutz zu bieten.

Ich gehe unter dem Schiff entlang – so nennt Ignos es – und schaue nach oben. Zwischen meinem Kopf und dem Boden des Schiffes liegen mehrere Meter, und hier sehe ich, dass das Grau von schwarzen Streifen durchzogen ist. Als ob es verbrannt wäre. Ich sehe, wo die drei Stützen, zwei hinten und eine vorne, aus dem Schiff ragen. Die Verbindungen sind groß und kreisförmig.

Charre-Krieger und Jäger aus meinem alten Dorf betrachten mit mir das Schiff. Einer hatte das Gefährt vor einigen Tagen gesehen. Nachdem die zwei Kreaturen in meinem Dorf angekommen waren, nachdem Vater gelogen hatte, um sie wegzuschicken. Jetzt bin ich hier, mit Viera, Malo und einem Teil meiner Truppe, um zu versuchen, etwas über die neuen Götter herauszufinden, die beschlossen haben, unsere Welt zu besuchen.

Götter. Es ist nicht der Name, den Ignos für sie möchte, aber es ist das, was die Stammesangehörigen sagen. Was sonst könnte schließlich so anders sein? In einem Gefährt ankommen, das so völlig anders ist als alles, was wir haben?

Ich sorge mich um dich. Sie tun es nicht. Ich werde dir Wunder schenken. Sie werden euer Leben nehmen.

Gut und Böse bestimmen nicht, was einen Gott ausmacht. Ich lege meine Hand an die vordere Stütze, spüre das Metall und wie heiß es in Ignos' Licht wird. Das Schiff hat hier das Blätterdach zerstört, und das Licht ist so hell, dass meine linke Hand ständig über meinen Augen schwebt, um sie zu beschatten.

Dabei kann ich sehen, dass der Dschungel keine Zeit verschwendet, das Schiff als sein Eigen zu beanspruchen; in den Falten bilden sich Nester, Bündel aus Blättern und Zweigen. Farne und Ranken wagen sich vorsichtig von Boden aus die Stützen hinauf und umschlingen die Füße des Schiffes.

Es ist schon eine Weile hier. Weit mehr als eine Woche.

„Kaishi", sagt Malo und gesellt sich zu mir unter die vordere Wölbung. „Kann Ignos uns sagen, was drin ist? Oder wie wir hineinkommen?"

Ich kann nicht. Das ist keine Tür, die ich für dich öffnen kann.

Als ich den Kopf schüttle, seufzt Malo. „All das wirft dann nur weitere Fragen auf."

„Es beantwortet eine", sage ich, und Malo wartet

darauf, dass ich fortfahre. „Warum sie hierher kamen. Schau."

Ich zeige auf die Überreste des abgestürzten Samens, das Loch, in dem ich Ignos vor so langer Zeit gefunden habe.

„Sie haben diesen Ort nicht zufällig gewählt." Ich gehe zum Rand der Grube. Dränge aufkommende Erinnerungen zurück, den Moment, als ich meine Arme und Beine nicht spüren konnte, die saugende schwarze Tinte. „Sie wollten diesen Samen. Sie wollen Ignos."

„Wir wussten, dass sie dich wollen." Malo scheint nicht beeindruckt zu sein.

„Aber nicht mich." Ich schaue an mir herunter. „Zumindest glaube ich nicht, dass sie Kaishi wollen. Was sie wollen, ist Ignos, der Gott in mir."

Malo neigt den Kopf. „Ignos ist in dir? Physisch?"

„Ich weiß es nicht", sage ich. „Als ich Ignos traf, fand ich einen wie diesen, aber viel kleiner. Ignos sagt, es war seiner. Also muss er darin gekommen sein, oder?"

Das tat ich.

„Warum sollte ein Gott in so einem kleinen Schiff reisen müssen?", fragt Malo und wendet sich dann wieder dem größeren, neueren zu. „Wenn diese Götter in etwas so viel Größerem kommen, dann sind wir vielleicht wirklich in Schwierigkeiten."

„Vater sagte, es waren zwei von ihnen. Denkst du, wir könnten gegen so wenige verlieren?"

Malo schüttelt den Kopf. „Vor einer Jahreszeit hätte ich nein gesagt. Jetzt, mit dem, was wir gesehen haben, mit dem, was wir entfesselt haben? Ich weiß es nicht, Kaishi. Ich weiß nicht, ob wir im Krieg der Götter überhaupt eine Rolle spielen."

Ich nicke. Ignos hatte Ähnliches angedeutet. Was das, was ich als Nächstes sage, leichter macht.

„Malo, wenn sie wegen mir, wegen Ignos, hierher gekommen sind und wir sie nicht aufhalten können?" Malo bemerkt den Ton in meiner Stimme und hört aufmerksam zu. „Ich werde sie mich mitnehmen lassen. Sie versprechen lassen, den Rest unseres Volkes in Ruhe zu lassen. Dann werden wir überleben."

„Aber du wirst es nicht."

„Der Kaiser, als wir den Charre gegenüberstanden, ritt an der Spitze", sage ich und erinnere mich. „Er stellte sich vor seine Armee, sein Volk, in dem Wissen um die Risiken. In dem Wissen, dass sein Opfer es wert sein würde. Ich kann dasselbe tun."

Malo legt eine Hand auf meine Schulter. „Dann, meine Kaiserin, dürfen wir nicht versagen. Wir werden diese Götter aus unseren Ländern vertreiben und ihnen klarmachen, dass wir nicht ihre Beute sind. Du wirst als Retterin in deine Stadt zurückkehren, und die Welt, die du und Ignos euch vorstellt, wird Wirklichkeit werden."

Seine Berührung, seine Worte bringen mich zum Lächeln. „Ich hoffe es, Malo. Das tue ich."

Wir bleiben noch eine Weile bei dem Schiff, können aber keinen Weg hinein finden, also gebe ich das Signal zur Rückkehr ins Dorf, als Ignos zum Horizont hinabgleitet. Am Morgen werden wir wieder marschieren. Nach Osten, durch den Rest des Dschungels und in Richtung der Berge. In Richtung der Lunare.

In Richtung Krieg.

KAPITEL 12

EINE INSPEKTION

SIEBEN FASSOTHS und jetzt siebzehn Wachen. Sax schätzt, dass er und Bas ihre Waffen ziehen und ein oder zwei der großen Kreaturen mit ihren Minensuchgeräten erledigen könnten, bevor die anderen sie zerquetschen würden. Was die Sevora frei lassen würde, ihre Vorherrschaft fortzusetzen.

Nein. Ein Kampf ist nicht der richtige Weg. Sax entspannt seine Muskeln und bewegt seine Klauen weg von den Stäben, die in seine Maske geklemmt sind.

„Ihr habt uns", sagt Bas, der Sax' Bewegungen liest. „Obwohl wir nie behauptet haben, dass wir euch schaden wollen."

„Es geht nicht darum, was ihr behauptet habt, sondern darum, was ihr seid. Ich bin Avril, und die Lunare, die ihr bedroht, sind mein Volk", kommt die Stimme vom Dach eines der Gebäude, und Sax bemerkt, wie sich über dem flachen Dach eine Frau der Spezies lehnt. Sie ist die erste, die er mit schockweißem Haar gesehen hat, mit einem viel blasseren Gesicht als die anderen. „Monster, habt ihr Namen? Oder soll ich euch nur als Albträume betrachten?"

Sie ist auch die erste, die sie ohne Furcht ansieht.

„Wir sind Besucher", zischt Sax, und beide geben ihre Namen preis. Es besteht wenig Risiko dabei - entweder ist dies der Sevora-Wirt, und sie werden alle bald tot sein, oder sie sind es nicht, in diesem Fall werden die Oratus gehen und nie wiederkehren. „Wir suchen nach einem Problem, das sich entschieden hat, auf eurer Welt zu landen."

Sax und Bas führen sofort eine Einschätzung von Avril durch. Die Wachen zeigen ihr offensichtlich Ehrerbietung, also muss sie die Anführerin sein. Doch sie hat nicht befohlen, sie zu töten, was jeder Sevora tun würde. Es sei denn, es hat bereits begonnen, sich zu vermehren. Es sei denn, es beabsichtigt, auch die Oratus zu fangen.

„Ich könnte argumentieren, dass ihr das Problem seid", sagt Avril, ohne sich von ihrem Platz zu bewegen, und Sax sieht ein Paar Schatten hinter ihr. Wahrscheinlich weitere Wachen. „Habt ihr nicht meine Befestigung außerhalb des Berges gestört? Habt ihr nicht meine Soldaten gezwungen, euch hierher zu bringen?"

„Was wir getan haben, ist nichts im Vergleich zu dem, was passieren wird, wenn ihr uns daran hindert, unsere Mission zu erfüllen", antwortet Bas.

„Dann überzeugt mich. Jetzt."

„Seid ihr frei?", fragt Sax, bevor Bas etwas sagen kann.

„Frei?"

„Trefft ihr eure eigenen Entscheidungen? Können eure Leute selbst entscheiden, was sie mit ihrem Leben machen wollen?" Sax geht nicht auf die Ironie hierin ein, da er weiß, dass er keine solche Freiheit für seine eigene Existenz hat. Trotzdem, wenn er die Wahl hätte, würde Sax sich entscheiden, genau hier zu sein.

Nun, vielleicht nicht genau hier, umgeben von Tod, aber -

„Ich tue es. Die Lunare tun es." Avril ist jetzt neugierig, entspannt sich.

„Das, wonach wir suchen, wird das ändern. Es wird diese Freiheit zerreißen und euch zu Sklaven machen. Zu Hüllen, die dazu da sind, seinen Wünschen zu dienen."

„Wenn wir so einem Wesen begegnen würden, würden wir es zerstören."

„Die Sevora bleiben nicht im Offenen", unterbricht Bas. „Sie schleichen sich in euren Verstand, sie nehmen euch, wenn ihr nicht bereit seid. Sie könnten jetzt gerade hier sein, und ihr würdet es nie wissen."

„Sie können nicht gesehen werden?"

„Sie leben in euch." Sax scannt die Menge, während er die Worte sagt, und er sieht, wie die Augen der Wachen seinen folgen.

Gemurmel kommt auf, und Unsicherheit breitet sich aus. Fragen springen auf ein Dutzend Lippen und sterben ungefragt, als Sax beobachtet, wie die Wachen ihre Freunde einschätzen. Wer von ihnen könnte einer der Haustiere dieses Wesens sein?

„Es muss irgendein Zeichen für dieses Ding geben, das ihr sucht", sagt die Frau. „Oder warum wärt ihr hier und würdet danach suchen?"

„Ein Sevora", sagt Bas, „versucht zuerst, seine eigene Gesellschaft wieder aufzubauen. Eine Welt zu erschaffen, in der seine Art gedeihen kann. Ihr werdet seine Anwesenheit an dem plötzlichen Funken von Genialität erkennen. An den wundersamen Erfindungen von Dingen, die eurer Welt unbekannt sind."

Diese Worte treffen die Frau, und ihr Gesicht verfällt in Nachdenklichkeit. Es dauert einen langen Moment, bevor sie spricht.

„Vor nicht allzu langer Zeit zog eine große Streitmacht

von uns aus diesen Bergen aus, um den ständigen Konflikten ein Ende zu setzen, die dieses Land plagen. Kriegführende Stämme, die nie müde zu werden scheinen, die Kinder der anderen auf die Spitzen von Altären zu schicken. Wir ziehen es vor, unsere eigenen nicht zu opfern, und dachten, unsere zivilisierteren Wege zu verbreiten. Allerdings wurde unsere Streitmacht gestoppt. Aufgehalten von einer Armee mit Waffen, die sie nicht hätten haben sollen, die über unsere eigenen Fähigkeiten hinausgingen. Waffen, die sie noch vor Monaten nicht hatten."

„Östlich von hier?", fragt Sax.

Avril schüttelt den Kopf. „Westlich. Das Charre-Imperium. Regiert jetzt, wie man mir sagt, von einer jungen Priesterin. Eine, die, wie ihr sagt, mit einer Reihe von Wundern an die Macht kam. Die viel verspricht und dann liefert."

Der Dorfälteste. Der alte Mann. Entweder hat er gelogen oder Avril lügt jetzt. Eine Sevora-Taktik. Wenn Bas und Sax täten, was Avril vorschlägt, wenn sie weggingen und den ganzen Weg zurück nach Westen gingen, würden sie so viel Zeit verlieren. Genug für einen Sevora, um einen Fluchtplan zu entwickeln oder tödlichere Werkzeuge zu entwickeln.

„Wir können euch ein Angebot machen", sagt Sax, und Avril wartet und lässt Sax fortfahren. „Lasst uns euch untersuchen. Euch als frei von Sevora bestätigen. Wenn ihr es seid, dann werden wir gehen und nach dieser Priesterin suchen, die ihr erwähnt habt."

„Und wenn ich es nicht bin?"

„Dann werdet ihr nichts spüren", antwortet Sax. „Euer Tod wird schnell und schmerzlos sein."

„Eurer wäre es nicht", sagt Avril. „Tötet mich hier und

so viele werden über euch herfallen, mein Volk wird euch zu Staub zermalmen."

„Dann lasst uns hoffen, dass es nicht dazu kommt."

Avril nimmt die Worte emotionslos entgegen, verschwindet aber vom Dach. Momente später stößt sie die Vordertür eines der naheliegenden Geschäfte auf. Sie schreitet auf Sax zu, der mit entschlossener Miene auf sie herabblickt.

„Was ist dein Test?", fragt Avril.

„Steh still", antwortet Sax.

Er greift hinter sich und packt einen dünnen silbernen Stab, der an der Rückseite seiner Maske befestigt ist. Er bringt ihn nach vorne und hält ihn neben Avrils Kopf.

Die Wachen um sie herum spannen sich an, und die Fassoths lehnen sich gegen ihre Sättel, bereit, beim geringsten Befehl loszustürmen. Mit seiner rechten Vorderkralle dreht Sax den silbernen Stab so, dass er auf einer Höhe mit Avrils linkem Ohr ist. Sie starrt ihn jetzt aus nächster Nähe an, und er kann sehen, dass ihre Augen eine Art rosa-rote Farbe haben. Eine faszinierende Farbe.

Sax bewegt den silbernen Stab, sodass er das Ohr der Frau berührt, und dann drückt er auf eine leichte Vertiefung, die sich ein Drittel des Weges nach oben auf dem Gerät befindet. Es summt mit einer Frequenz, die zu hoch ist, um sie zu hören, aber Sax spürt die Vibrationen. Ein Sevora würde sie durch all seine vielen Nerven spüren, zitternd und sich lösend würde die Kreatur versuchen, dem zwickenden Schmerz zu entkommen.

Nichts passiert, und Avril starrt Sax weiterhin an, bis er den Stab wegzieht.

„Erzählen Sie mir mehr über diese Kraft im Westen", zischt Sax, und Avrils Mundwinkel verziehen sich zu einem Lächeln.

MEHRERE MARSCHTAGE VERGEHEN, bevor die hölzernen Mauern des Lunare-Außenpostens durch den morgendlichen Dschungelnebel sichtbar werden. Eine Barriere, die meine Truppe leicht durchbrechen könnte, indem sie sie niederbrennt.

Ich hoffe, dass wir das nicht tun müssen.

Ein Paar Lunare-Wachen, die mit schussbereiten Gewehren auf dem Tor stehen, starren auf Viera, Malo und mich, als wir uns nähern. Es besteht die Möglichkeit, dass sie einfach auf uns schießen, also marschieren drei Charre-Krieger mit dicken, langen und breiten Schilden vor uns. Die Deckung ist nicht vollständig, aber sie macht die Chancen für einen guten Schuss gering, und meine Reihe von Bogenschützen mit gespannten Bögen und bereiten Pfeilen stellt sicher, dass die Lunare nur einen Schuss abgeben könnten.

„Wir sind hier, um zu reden", rufe ich, während die beiden Wachen bei meiner Annäherung schweigen.

„Ganz schön viele Leute nur zum Reden!", erwidert die rechte Wache.

„Es ist ein gefährliches Thema", sage ich. „Wo ist der Anführer dieses Außenpostens?"

„Beschäftigt."

„Wisst ihr, mit wem ihr redet?", unterbricht Viera. „Das ist die Kaiserin der Charre. Ihr werdet sie mit Respekt behandeln, oder ich schieße euch von dort oben runter."

Ich bin zugleich genervt und geschmeichelt von Vieras Antwort. Es ist schön zu wissen, dass sie sich sorgt, obwohl ich hier keinen Kampf will, wenn ich es vermeiden kann. Ich habe nicht die Tausende und Abertausende von Kriegern mitgebracht, die ich für einen Angriff auf die Lunare bräuchte. Es ist eine chirurgische Truppe mit einem einzigen Ziel.

„Ich weiß sehr wohl, mit wem ich spreche", sagt die Wache. „Und ich bin kein Teil des Charre-Imperiums, also rede ich mit ihr, wie es mir verdammt noch mal passt."

„Viera", sage ich leise, aber bestimmt. „Überlass das mir."

Ich bin ein wenig überrascht, als meine Freundin mit einer leichten Verbeugung nachgibt und den Mund hält. Ich hole tief Luft, blicke zurück zur Wache, die jetzt ein dämliches Grinsen trägt. Als hätte er einen Kampf gewonnen.

„Zwei Dinge könnten hier vorbeigekommen sein", beginne ich. „Sie müssen euch seltsam vorgekommen sein. Anders als alles, was ihr je gesehen habt. Sie waren auf der Suche nach mir."

Sie waren hier. Die Wachen verraten es durch ihre Blicke. Selbst ich bemerke den schnellen Blickwechsel zwischen den Wachen, einen Moment stummen Einverständnisses, um zu entscheiden, wie sie antworten sollen. Dass sie weder ahnungslos noch verwirrt sind, sagt mir alles, was ich wissen muss.

„Wir haben gesehen, wovon du sprichst. Zwei von denen. Fies aussehende Monster." Die Wache zeigt über seine Schulter in Richtung des Berges, der sich hinter dem Außenposten erhebt. „Wir führen sie gerade nach Lunare. Sie wollten ein Gespräch mit unserem eigenen Anführer, Avril."

„Ein Gespräch?", frage ich.

„Weiß nicht, ob es mehr als das sein wird", sagt die Wache. „Jedenfalls sind sie auf der anderen Seite dieser Mauern, was ein Ort ist, den du so schnell nicht zu Gesicht bekommen wirst. An deiner Stelle würde ich deine Armee nehmen und nach Hause gehen."

Ich habe zwei Möglichkeiten: Ich kann einen Angriff befehlen, die Mauer angreifen und vielleicht gewinnen. Ich würde Männer verlieren, aber darauf haben wir uns letzte Nacht vorbereitet. Oder ich kann zurückweichen. Abwarten, was passiert.

Sie sind hier wegen dir. Wegen mir. Was auch immer sie in diesem Berg finden, es wird nicht das sein, wonach sie suchen. Wir wissen jedoch, dass sie zurückkommen werden, sobald sie wissen, dass du hier bist. Das können wir nutzen. Uns vorbereiten.

„Könnt ihr eine Nachricht für mich überbringen? Von der Charre-Kaiserin?", sage ich zu der Wache, die mit den Schultern zuckt. „An Avril oder an diese Kreaturen, wenn sie gefunden werden können. Lasst sie wissen, dass ich hier auf sie warte."

„Wenn du deine Armee in den schlammigen Dschungel stecken willst, nur zu", sagt die Wache. „Ich werde deine Worte weitergeben, und wenn diese Dinger dich in Stücke reißen, kommen wir gleich hinterher. Nehmen, was sowieso uns gehören sollte."

Ich bin versucht, meine Hand zu heben. Die Pfeile

fliegen zu lassen. Aber eine Kaiserin kann nicht der Versuchung nachgeben. Sie muss zuerst an ihr Volk denken. Das ist es, was Vater tat, und das ist es, was ich jetzt tue, als ich unsere Gruppe zurückbefehle - die drei Krieger, die die Schilde halten, heben sie an und werfen Schatten auf meinen Rücken.

„Du meinst, wir sollen warten?", sagt Malo, sobald wir unter dem Schutz der Bäume sind. „Hier sitzen, während die Lunare einen Hinterhalt planen oder einen großangelegten Angriff?"

„Wir können nicht zurückmarschieren, Malo", antworte ich. „Lass unsere Krieger das Lager aufschlagen. Kochfeuer anzünden. Und Verteidigungsanlagen errichten."

„Also erwartest du doch einen Kampf hier", sagt Viera, und sie sieht nicht allzu enttäuscht von dieser Idee aus.

„Ignos denkt, diese Kreaturen werden uns unabhängig davon verfolgen. Also ja, sobald sie merken, dass die Lunare nicht haben, wonach sie suchen, denke ich, werden sie hinter mir her sein."

„Weshalb wir nach Damantum zurückkehren sollten", argumentiert Malo. „Dort haben wir starke Mauern und Tausende, die für dich kämpfen werden. So weit zu kommen, war ein Fehler."

„Tausende, die für mich sterben würden, Malo." Ich lehne mich an einen Baum, seine kühle Rinde etwas, das ich in meinen Monaten bei den Charre zu wenig gespürt habe. „Ich kann nicht riskieren, dass diese Dinger Damantum zerstören würden, um an mich heranzukommen."

„Ich glaube, sie hat ihre Entscheidung getroffen, Löwenmann." Viera stellt sich neben mich und erwidert meinen Blick auf Malo, der seine Augen auf Viera richtet.

„Kaishi, du hast mich gebeten, deine Wachen zu

führen. Deine Armeen", Malo spricht jetzt gleichmäßig, in dem Ton, der sagt, dass er meine volle Aufmerksamkeit will, „Ich bin nicht der erfahrenste Krieger, den wir haben, noch der brillanteste General in deinen Reihen, also kann ich nur annehmen, dass du mich hierher gesetzt hast, weil du dem vertraust, was ich zu sagen habe."

„Weil du mein Freund bist", erwidere ich.

„Dann hör mir jetzt zu." Malo zeigt zurück zum Lunare-Außenposten. „Sie werden nicht stillsitzen, während eine Charre-Streitmacht vor ihren Grenzen ruht. Wir werden auf diese Kreaturen warten, und während wir das tun, werden die Lunare einen eigenen Angriff vorbereiten. Mit einem Schlag werden sie uns alle auslöschen, und unser Land wird ohne seine Anführer zurückgelassen. Es ist ein gefährlicher Fehler, hier zu bleiben."

Die Oratus, die Dinge, die hinter dir her sind, werden nicht warten. Sobald sie wissen, dass du hier bist, werden sie kommen, egal ob diese Lunare bereit sind, ihnen zu folgen oder nicht.

„Ignos sagt, die Kreaturen werden schnell über uns herfallen", sage ich. „Wir bereiten uns vor und warten hier zwei Tage. Wenn die Kreaturen bis dahin nicht angegriffen haben, ziehen wir uns zurück."

Das ist nicht das, was Malo hören will, aber ich bin immer noch die Kaiserin. Ich bin immer noch seine Anführerin, und der Löwenkrieger widersetzt sich mir nicht. Malo wendet sich ab, ruft die Befehle, und meine Truppe bricht in hektische Aktivität aus.

Meine rechte Hand verweilt auf dem Griff der Scherbe, und ich warte darauf, dass der Tod zu mir kommt.

DAS TAGESLICHT IST VIEL HELLER, nachdem man lange Zeit unter der Erde verbracht hat. Es dauert nur einen Moment, bis die Maske die Filter für Sax anpasst und seine Sicht abschirmt, sodass er klar die Vorderseite des Berges hinuntersehen kann, wo die aufgereihten Lunare-Streitkräfte hinter ihrer Holzwand warten. Mehrere Fassoths stehen zwischen den Wachen, mit dicken Seilen an Türmen befestigt, die auf großen rollenden Rädern sitzen. Lunare-Soldaten klettern darauf herum und nehmen Positionen ein, als ob sie jeden Moment einen Angriff erwarten würden.

„Der Feind wartet direkt hinter unseren Mauern", erklärt Avril, als sie bemerkt, dass Sax und Bas zuschauen. Die Anführerin der Lunare ist mit ihnen zurückgekehrt und hat sie auf dem ganzen Weg mit Fragen überhäuft.

Anfangs warf Sax einige eigene Fragen ein, Einwürfe über die Kultur und Methoden der Lunare, wie sie sich unter den Bergen entwickelt und gewachsen sind. Avrils Antworten erwiesen sich jedoch als unbefriedigend. Vage und voller Unbekannter, obwohl Sax vermutet, dass ihre

ausschweifenden Erklärungen ebenso sehr darauf zurückzuführen sind, dass Avril das Wissen fehlt, wie auf den
Wunsch, die Oratus in die Irre zu führen.

Was jedoch weiterhin klar ist, ist dass die Sevora keinen
Platz in der Lunare-Gesellschaft haben. Keine der Methoden, der Systeme, die diese höhlenbewohnenden
Menschen anwenden, stimmen mit dem überein, was Sax
bei den Parasiten sieht. Sie sind sauber, auch wenn die
Anwesenheit von Dingen wie den Fassoths Sax seltsam
vorkommt.

Als Avril jedoch das Fragen übernahm, war es an Sax,
auszuweichen. Sie wollte technische Beschreibungen,
Baupläne und Anleitungen, wie man die Masken und die
Bergleute herstellt, wie man wie die Oratus durch die
Sterne surft. Sax gab ihr nur die vagesten Vorstellungen, die
losesten Skizzen.

Bas trug Schweigen bei. Es ist nicht die Aufgabe der
Oratus, neue Spezies in die galaktische Gemeinschaft
einzuführen.

„Werden sie angreifen?", fragt Sax Avril. „Der Feind?"

„Mir wurde gesagt, sie hätten ihr Lager außerhalb der
Reichweite aufgeschlagen, aber nah. Kleinere Befestigungen errichtet. Sie würden sich damit nicht die Mühe
machen, wenn die Charre uns bald angreifen wollten."

„Also stellen sie eine Falle."

„Ich würde es keine Falle nennen", sagt Avril. „Sie
warten auf euch. Sie respektieren euch."

„Wie viele?"

„Mehrere hundert. Es ist keine große Streitmacht."

Avril sagt es nicht, aber ihre Antwort macht es deutlich:
Diese Charre sind nur wegen der Oratus gekommen. Um
Sax und Bas zu holen und ihre Bedrohung zu beenden.
Und der einzige Grund, warum sie wissen würden, dass die

Oratus eine Bedrohung sind, wäre, wenn ein Sevora es ihnen gesagt hätte.

„Wir werden heute Nacht zuschlagen", sagt Sax.

„Braucht ihr Unterstützung?"

Sax ist im Begriff, nein zu sagen, aber Bas kommt ihm zuvor: „Wir brauchen nichts, aber wenn du bereit bist, es anzubieten, würde eine Ablenkung es leichter machen."

„Ich denke, das können wir bereitstellen." Avril zeigt auf die mobilen Türme. „Sie haben Kanonen. Laut, groß und perfekt, um Aufmerksamkeit zu erregen."

Sie sind jetzt fast unten auf dem Bergpfad und stampfen über den Kiesweg. Ignos treibt in seinem nachmittäglichen Abstieg, und Wolken jagen ihm nach und versprechen Regen. Bessere Deckung für ihren Angriff.

„Avril", versucht Sax den Namen, aber das Zischen entstellt ihn. „Warum hilfst du uns?"

„Weil ohne ihre Kaiserin die Charre fallen werden."

Sax hält inne, überrascht von dem Mangel an Täuschung. Kein Versuch, ihre nackten Ambitionen zu verschleiern. Andererseits kümmert es Sax nicht, was auf diesem Planeten oder mit dieser Spezies passiert. Wichtig ist nur, dass die Sevora nicht die Kontrolle erlangen.

„Beunruhigt Sie das?", fragt Avril und sieht Sax' Zögern.

„Meine Mission hat nichts mit euren Machtkämpfen zu tun", sagt Sax. „Solange wir die Sevora finden, ist nichts anderes von Bedeutung."

Regen und Dunkelheit fallen bald darauf, begleitet vom Krachen des Donners und zuckenden Blitzen. Sax und Bas versammeln sich an der Spitze der Lunare-Streitkraft – mit Avril, die von der hölzernen Mauer aus zuschaut. Es ist eine schnelle Überprüfung, um sicherzustellen, dass beide, frisch genährt mit Pilzsuppen und Dschungeltierfleisch, bereit sind; Masken auf Nachtsicht eingestellt, Bergleute aufgeladen und einsatzbereit, Stimulanzien-Fläschchen griffbereit, falls nötig.

Sax hebt seine rechte Vorderklaue zu Avril, die ihre rechte Hand als Antwort hebt. Dann springen die beiden Oratus. Zuerst auf Avrils Höhe. Als sie sich ducken, bereit, darüber zu klettern, hört Sax Avril sagen: „Viel Glück, Götter. Ich hoffe, ihr findet, wofür ihr gekommen seid, und ich hoffe, ich sehe euch nie wieder."

„Einverstanden", zischt Sax zurück, und dann sind sie über der Mauer.

Sowohl Sax als auch Bas landen in der Hocke auf dem Boden und stürmen dann nach links. Weg vom Hauptweg und in die Bäume. Sie gehen nicht weit, bevor sie ein Paar dickstämmiger, belaubter Bäume erklimmen. Klettern ganz nach oben, wo die beiden über das Blätterdach hinausragen und Wind und Regen auf ihre Masken prasseln.

Von hier aus können sie selbst in diesem Sturm die gepunkteten orangefarbenen Gluten von Feuern sehen. Auf Bodenhöhe, unter dem Blätterdach, wird genug des strömenden Wassers blockiert, um solche Dinge zu ermöglichen. Nicht dass Sax sich beschwert – ein klarer Weg zu ihrem Ziel ist alles, worum er bitten kann.

Gemeinsam hüpfen die beiden von einem Baum zum nächsten und timen ihre Sprünge so, dass sie mit Blitzeinschlägen und lauten Donnergrollen zusammenfallen. Es geht langsam voran, aber Avril bat um Zeit, um diese massiven Dinge in Bewegung zu setzen, und es ist besser für die Oratus, wenn sie nicht gesehen werden.

Aber diese Menschen sind keine Narren. Oder die Sevora haben sie gut unterwiesen, denn schon bald springt Sax auf einen anderen Baum und landet beinahe auf einem von ihnen. Der Krieger ist mit Rinde und Schmutz bedeckt, obwohl der Regen ihn in Streifen abwäscht. Trotzdem ist er in der Nacht größtenteils unsichtbar, und Sax bemerkt ihn erst, als der Krieger einen schockierten Schrei ausstößt.

Sax sitzt auf einem dicken Ast, und sein Schwanz umschlingt bereits den Baumstamm – eine Methode, um sich zu stabilisieren, falls der Ast brechen sollte. Weniger als einen Meter entfernt, auf einem zweiten Ast, kauert der Mensch, der sich bereits von seinem Schock erholt und seinen kleinen Bogen mit Pfeil in Anschlag bringt. Sax hat keine Zeit, eine Waffe zu ziehen, also lehnt er sich statt-dessen nach vorn zum Baum und beißt durch den Ast, der den Mann hält. Oratus-Zähne können Metall schneiden, und das Holz zerfetzt wie Flaum angesichts dieser Rasiermesser.

Der Mann verschwindet, stürzt den ganzen Weg hinunter auf den Dschungelboden. Er könnte überleben, aber als Sax nach Bewegung Ausschau hält, den Regen ausblendet und die Maske auf den Körper fokussiert, ist kein Geräusch zu hören.

„Sie haben Späher in den Bäumen", sagt Sax, wobei die Maske ihn mit Bas verbindet und die Worte zu ihr sendet.

„Hast du einen gesehen?"

„Ja. Er ist gefallen."

Bas' zischendes Lachen kommt durch die Maske, und Sax kann nicht anders, als einzustimmen. Leise allerdings.

Dann geht es weiter zum nächsten Baum.

Schließlich breiten sich unter ihnen flackernde Feuer aus. Gruppen von Kriegern, einfacher und spärlicher gekleidet als die Lunare, kauern um die Flammen. Schutz-dächer und kleine Zelte, bedeckt mit Tierfellen, säumen das Gebiet – die kleine Konzession an Unterkunft hier. Wie Avril sagte, ist dies ein Lager, aber keine Siedlung. Nichts hier ist auf Dauer angelegt.

Es ist nicht schwer, das Quartett von Wachen vor einem Feuer zu erkennen, das weiter entfernt ist als die anderen. Die vier stehen in angespannter Haltung, mit Speeren in den Händen, und blicken nach außen. Sogar nach oben, aber Sax und Bas – die hoch oben in einem Baum fünf Meter von ihrem Paar entfernt ist – sind zu weit weg, um in der Dunkelheit gesehen zu werden. Für Sax erscheinen die Wachen als hellgrüne Formen, und hinter ihnen, um das Feuer kniend, sind zwei weitere.

Eine ist kleiner als die anderen Kreaturen. Avril und die anderen Lunare deuteten an, dass der Sevora-Wirt jung sei. Diese Größe würde passen.

Einem rollenden Donnergrollen folgt Momente später ein lauterer, direkterer Knall. Etwas bricht durch die Bäume weit zu Sax' Rechten; die Lunare planen, weit vom Lager entfernt zu schießen, um die Oratus nicht zu treffen.

Ihre Ziele ignorieren das Geräusch nicht. Die Krieger, die unter Sax sitzen, springen auf die Füße, gruppieren sich zu Trupps und stürmen in den Wald hinaus. Die vier Wachen um ihr Ziel herum verlagern sich in Richtung des Geräusches, verlassen aber ihre Posten nicht.

„Gut ausgebildet", zischt Sax.

„Sie werden kein Problem darstellen", erwidert Bas.

Und jetzt ist da ein fünfter, der aus den Reihen der davoneilenden Krieger herbeistürzt. Das Quartett macht für ihn Platz. Noch einer, um den man sich kümmern muss. Und zwar schnell; die Lunare führen keinen richtigen Angriff durch – es ist nur eine Ablenkung und nichts weiter. Die Oratus haben kein großes Zeitfenster.

„Wir können nicht warten", sagt Sax. Er hört ein zustimmendes Zischen.

Der Oratus schleudert sich vom Baum in Richtung der vier Wachen, mit ausgestreckten und bereiten Klauen.

DER ZWEITE KNALL wirft mich zu Boden. Nicht weil er in meiner Nähe einschlägt, nicht weil er die Erde unter meinen Füßen aufwirbelt oder die Äste über meinem Kopf zersplittert, sondern weil er mich an den letzten Krieg erinnert, den ich erst vor Monaten in den Wüsten im Westen geführt habe, wo solche Explosionen meinen Aufstieg zur Kaiserin ankündigten.

Viera hilft mir sofort auf die Beine, und ich bemerke, dass sie in ihrer linken Hand bereits eine ihrer Pistolen gezogen hat. Meine vier Schatten verteilen sich und bilden eine lockere Barriere zwischen uns und der Richtung, aus der der Lärm kam. Zwischen dem Prasseln des Regens ertönen die Rufe der Charre, die ihre Gruppen zum Sammeln und zum Ausrücken auf der Suche nach dem Feind auffordern.

„Geht's dir gut?", fragt Viera, als ich aufstehe.

„Ja, alles in Ordnung", sage ich. „Ich war nur überrascht. Ich hätte nicht gedacht, dass die Lunare angreifen würden."

„Ich auch nicht."

Malo bahnt sich seinen Weg durch die Schatten und mustert Viera und mich eindringlich, um sicherzugehen, dass ich nicht verletzt bin.

„Wir verteilen uns, um anzugreifen", sagt Malo. „Obwohl es keine typische Lunare-Strategie ist, aus der Ferne zu feuern."

„Vielleicht wollen sie sehen, wie wir reagieren, um uns näher an ihre Mauern zu locken", erwidert Viera.

„Meine Krieger wissen, dass sie nicht so weit vordringen sollen", sagt Malo. „Sie werden sich von den Mauern fernhalten, aber wenn die Lunare uns wirklich aus ihrer Deckung heraus angreifen können, müssen wir uns bewegen, Kaiserin."

Ich will Malo gerade zustimmen, als ein Blitz die Nacht erneut in grelles Licht taucht. Meine Augen folgen dem Blitz, und in diesem Moment sehe ich eine seltsame, unnatürliche Form in den Blättern. Ich bin nicht die Einzige; auch die Schatten rufen alarmiert. Viera schiebt mich hinter sich und zieht ihre zweite Pistole. Ich greife nach meiner Scherbe, Malo zückt sein Kukri, während die Schatten näher an uns heranrücken, wo sie als Einheit kämpfen können.

Sie haben nicht einmal eine Chance. Hellblaue Blitze, wie ich sie noch nie gesehen habe, schießen wie der Blitz am Himmel hervor und treffen die Schatten von zwei Seiten. Vier Lichtblitze, und meine vier Wachen liegen brennend am Boden. Ich habe nicht einmal Zeit zu begreifen, was passiert ist, bevor ihre Angreifer vor mir auf dem Waldboden landen.

Ich weiß sofort, dass dies die Wesen sind, die Ignos fürchtet. Sie gleichen nichts außer meinen Albträumen, mit ihren vier langen, bekrallten Armen, peitschenden Schwänzen und Mäulern voller klaffender Zähne. Sie fauchen jetzt auch, ein rasselndes Brüllen, das mich einen weiteren Schritt zurückweichen lässt.

Oratus.

„Hässlicher, als ich dachte", verkündet Viera und hebt ihre Pistolen, um beide abzufeuern.

Die Schüsse treffen die Kreatur rechts, ein grau geschupptes Ungetüm, und es scheint, als würden spinnenwebartige Risse in der Haut des Wesens erscheinen. Aber sonst nichts. Kein Taumeln, kein zu Boden fallen oder nach hinten kippen. Stattdessen stürzt sich das Monster auf Viera, seine beiden vorderen Klauen zielen auf die Kehle der Lunare.

Malo springt vor den Angriff, seine beiden Kukris fangen die Schläge der Kreatur ab. Der Oratus – ich benutze Ignos' Namen für sie automatisch, wie aus einem Instinkt heraus – hat jedoch noch zwei weitere Klauen, und mit diesen packt er Malos Taille und schleudert den Krieger zur Seite. Viera versucht nachzuladen, aber sie hat kaum eine Waffe bereit, als der rosa geschuppte Oratus sie erreicht, sie mit seinem Schwanz zu Fall bringt und dann am Boden festhält.

Ich stehe den beiden Kreaturen nun allein gegenüber.

„Was wollt ihr?", frage ich, obwohl ich glaube, es zu wissen.

„Bist du die Kaiserin?", fragt der Graugeschuppte und spricht meine Sprache ohne Probleme mit seiner rauen Stimme.

„Ja, die bin ich", sage ich. „Warum greift ihr uns an?"

Die beiden Oratus blicken einander an, dann sieht mich der Rosa an. „Sevora, versuch nicht, uns anzulügen. Wir wissen, was du bist."

„Sevora?" Ich habe das Wort noch nie in meinem Leben gehört.

„Du weißt, was wir sind", fährt der Rosa fort. „Ich kann das Wissen in deinen Augen sehen-"

„Ignos hat es mir erzählt!", rufe ich verzweifelt, um zu verhindern, dass sie Viera verletzen.

Ich sehe, wie Malo sich vom Boden aufrappelt, mit flachen Schnitten an den Seiten, wo der Graugeschuppte ihn gekrallt hatte. In einem weiteren Moment könnte der Krieger sie vielleicht überraschen.

„Ignos?", fragt nun der Graugeschuppte.

„Mein Gott", sage ich. „Die Stimme in meinem Kopf."

„Der, der aus dem abgestürzten Samen kam?"

„Samen?"

Es könnte einen Weg geben, das hier zu überleben, Kaishi. Sag ihnen die Wahrheit. Die ganze Wahrheit.

„Er muss im Dschungel abgestürzt sein. Ihr müsst ihn gefunden haben, ein Oval, in einer Grube umgeben von Steinen und brennenden Dingen."

Ich fange Malos Blick mit meinen Augen auf und schüttle leicht den Kopf, um den Krieger fernzuhalten. Nach der Art, wie der Graugeschuppte Malos Angriff abge- wehrt hat, fürchte ich, dass ein weiterer Angriff Malo nur noch mehr verletzen würde. Ich bin bereit, Ignos' Idee zu versuchen, also beginne ich, die Geschichte zu erzählen. Ich spreche schnell, gehe leicht über Details hinweg, und die beiden Monster hören sich alles an.

„Könntest du deinen Schwanz etwas lockern?", hustet Viera. „Kann hier kaum atmen."

Ich bin überrascht zu sehen, wie der Rosa zuhört und seinen Schwanz leicht von Vieras Brust hebt. Ich bin weniger überrascht zu sehen, wie der Graue plötzlich mit seinem Schwanz ausschlägt, Malos Beine erwischt und ihn zu Fall bringt.

„Du kommst mit uns", sagt der Rosa. „Jetzt."

„Dann kommen wir mit", verkündet Viera.

„Nein", sagt der Graugeschuppte.

„Doch", sage ich. „Oder ich werde kämpfen. Und ich glaube nicht, dass ihr mich töten wollt."

Wenn sie mich tot sehen wollten, hätten die beiden Oratus das schließlich längst tun können.

Wieder blicken die Oratus einander an, dann zurück zu mir. Dann macht der Graugeschuppte einen Schritt nach vorn, ich sehe, wie der Schwanz zuckt, und spüre einen stechenden Schmerz.

Nichts weiter.

KAPITEL 16

LEBENSENTSCHEIDUNGEN

SIE SOLLTEN ALLE TOT SEIN. Die drei. Eine, die Kaiserin, die junge Frau, sollte als Erste hingerichtet werden. Dann die beiden mit ihr im Laderaum, um sicher zu gehen. Bas nimmt sie als Kontrollen. Um ihre natürliche, nicht-Sevora-Biologie mit der infizierten zu vergleichen.

Ein sinnloses Experiment.

Sax und Bas waren auf diesen Planeten gekommen, um die Sevora zu finden, und sie hatten Erfolg gehabt. Ein Hieb mit seinen Klauen und die Sache wäre erledigt. Aber Sax kann seiner Partnerin nicht so einfach trotzen. Nicht dort, in diesem stürmischen Dschungel. Also hilft Sax Bas dabei, die drei Menschen herauszuholen. Trägt sie in einem langen Sprint durch den Dschungel, Stim-Packs – wobei Bas ihre Abneigung gegen die Droge aufgrund der Notwendigkeit überwindet – dienen dazu, sie in Bewegung zu halten, selbst wenn die Erschöpfung sie eigentlich umhauen sollte. Die verängstigten Menschen unternehmen nichts – die Rasierklingen nahe ihrer Kehlen sind eine ständige Erinnerung an die Konsequenzen.

Jetzt sind sie im Shuttle. Die drei Gefangenen hinten

reingestopft. Die mit den Pistolen, die, die Sax' Maske zerbrochen hatte, hat nicht aufgehört zu reden. Wechselt zwischen Drohungen und Fragen. Sax wollte sie zum Schweigen bringen, schlug vor, dass eine menschliche Kontrolle – der schweigende, verwundete Krieger – genug sei. Wieder lehnte Bas ab. Sagte, dass sie versuchen sollten, so viel wie möglich zu lernen.

Sie denkt irgendwie, das sei der Schlüssel. Dass man sich um die Sevora kümmern kann, wenn die Oratus nur herausfinden, was diese Menschen so besonders macht. Sax blickt vom Terminal und seinem Briefingprogramm zu Bas. Er hat alle Informationen gesendet, die nun zu Evvas Schiff übertragen werden.

Sie werden im Orbit warten müssen, um zu sehen, was Evva als Nächstes befiehlt. Um zu sehen, was der Oratus-Kommandeur mit dieser neuen Spezies machen will. Mit diesem neuen Problem.

„Du denkst, ich bin zu weich", sagt Bas und liest seine Gedanken.

Wie immer.

„Wir haben, Bas, als eine Antwort begonnen", knurrt Sax – er kann seine Frustration nicht verbergen. „Wir sind die Lösung für das Sevora-Problem. Und doch verschonen wir hier einen? Wir nehmen eine Spezies mit, die wir nicht kennen? Eine Spezies, die uns nichts bedeutet? Anstatt unsere Mission zu erfüllen?"

„Schüttle den Blutrausch aus deinen Augen, Sax. Unsere Mission ist es, die Galaxie vom Sevora-Problem zu befreien. Nicht, sie alle zu töten."

„Es hat bisher gut funktioniert."

„Wirklich?" Bas tritt zur Konsole, wechselt vom Briefingprogramm zum Standard-Datenarchiv auf jedem Vincere-Schiff.

Eine Enzyklopädie der Welten, Rassen, Geschichte. Alles da zur Referenz, wenn nötig. Sax weiß, was sie aufrufen wird, sieht trotzdem zu, wie sie durch die Bildschirme drückt und zu einer Erzählung ihrer eigenen Rasse gelangt.

Eine brutale Geschichte wird auf der Windschutzscheibe angezeigt, außerhalb derer der blau-grüne Planet sich nach links dreht, während sie ihre Umlaufbahn fortsetzen. Es ist hauptsächlich ein Diagramm. Eine Zeitleiste, die alle wichtigen Ereignisse abdeckt, die dazu geführt haben, dass die beiden jetzt hier sind.

„Sieh dir all die Kämpfe an. Sieh dir all die Male an, in denen wir den Sevora über einer Welt nach der anderen begegnen. Wir werfen alles gegen sie, Zyklus um Zyklus. Jagen sie in ein unvermeidliches Ende nach dem anderen, und dann kommen sie zurück." In Bas' Stimme liegt eine Hitze, die Sax lange nicht gehört hat.

Blutrausch, der gewöhnliche Oratus-Trieb zu töten. Es ist der Höhepunkt ihrer Leidenschaften. Eine Mischung aus Instinkt und Liebe, die zusammenkommt, um die Oratus zu der reinen Verwüstung zu machen, die sie sein sollten. Doch in ihrer Stimme hört Sax jetzt denselben Antrieb.

„Wie oft sind wir zu dem gekommen, was wir das letzte Saatschiff nannten. Der letzte Sevora. Nur um zu gewinnen und festzustellen, dass die Sevora sich bereits bewegt haben. Dass sie bereits wachsen. Dann fängt alles wieder von vorne an. Milliarden und Billionen von Leben verbrannt. Einschließlich unserer eigenen."

„Unsere eigenen?" Sax betrachtet seine Klauen. Er lebt noch, soweit er feststellen kann.

„Was haben wir getan, Sax? Eine Reise auf der Nova? Ein sterbender Stern? Der Rest ist alles Kampf. Der Rest ist alles Blut und Eingeweide und Klauen und Reißen. Riskieren unsere Leben in diesem endlosen Kampf. Diese drei da hinten? Die Menschen? Wenn sie den Schlüssel zur Blockierung der Sevora-Kontrolle haben, dann müssen wir von ihnen lernen. Herausfinden, wie man das beendet."

„Was, wenn du falsch liegst?", antwortet Sax. „Was, wenn der Sevora lügt, wenn er clever ist und den Menschen zurücklässt, um uns zu infizieren? Was dann? Ist es das wert, alles dafür zu riskieren?"

„Ich denke schon."

Sax richtet sich zu seiner vollen Größe auf. Bas tut es ihm gleich und sie sehen sich in die Augen.

„Wir sind dazu gemacht, Waffen zu sein, Bas. Wir sind keine Wissenschaftler. Wir forschen nicht und gestalten nicht die Galaxie. Wir sind nicht dazu bestimmt, mehr zu sein als Schwerter, um unsere Feinde zu spalten. Wir haben hier einen." Als er keine Veränderung in Bas' Gesicht sieht, ändert Sax den Kurs. „Lass uns einen Kompromiss schließen. Wenn der Sevora die Kreatur unter seiner Kontrolle hat, dann ist es ein Risiko. Selbst wenn sie dem Sevora widersteht, wer weiß, wie lange? Wir können den Infizierten jetzt töten. Die Mission erfüllen. Dann Evva von den anderen beiden erzählen. Sie können untersucht werden. Mehr kann von diesem Planeten gesammelt werden."

„Wie lange wird das dauern, Sax? Wie viele Zyklen mehr?" Bas gibt nicht nach. „Du willst es nicht einmal versuchen."

„Ich will uns nicht verlieren", sagt Sax. „Ich will nicht, dass etwas passiert, was nicht passieren muss. Wir haben diesen Krieg fast gewonnen, Bas. Lass uns ihn jetzt nicht verlieren, indem wir uns selbst in Gefahr bringen." Er dringt nicht zu ihr durch, also erhöht Sax erneut sein Angebot. „Wenn wir das machen, Bas, werde ich um Zeit bitten. Du weißt, dass wir sie uns verdient haben. Evva wird sie uns geben. Wir können zurück zur Nova gehen oder irgendwo anders hin. Einige dieser Wunder sehen, die wir verpasst haben. Und lass diejenigen, die wissen, was sie tun, sich darum kümmern. Der Krieg könnte sogar vorbei sein, wenn wir zurückkommen."

Dieses letzte Angebot wirkt, obwohl Bas es mit einem heftigen Aufflackern ihrer Lüftungsschlitze und einem misstrauischen Nicken akzeptiert. Sie glaubt immer noch, das weiß Sax, dass dies die falsche Entscheidung ist. Aber es gibt Maßstäbe, Abstufungen hierbei. Einen Sevora entkommen und einen von ihnen übernehmen zu lassen, ist ein Risiko, das sie nicht eingehen können. Also stimmt Bas zu.

Sie werden den Infizierten eliminieren und die anderen für die Forschung behalten.

Der Übergang zum Frachtraum des Shuttles bedeutet, sich durch Stapel von Vorräten zu quetschen. Kisten und Behälter voll mit Nährstoffbrei und Stim. Im hinteren Teil, mit Gurten festgezurrt, um das Material beim Landen zu stabilisieren, befinden sich die drei Gefangenen. Sie sind gefesselt und sitzen in einer Reihe mit dem Rücken zur Wand.

„Was habt ihr jetzt mit uns vor?", sagt die Gesprächige. Sie hat Sax gesagt, ihr Name sei Viera, aber Sax hat Schwierigkeiten, das Wort zu bilden. „Habt ihr euch endlich entschieden, uns umzubringen? Ich sehe diesen wahnsinnigen Glanz in deinen Augen. Ihr nehmt uns gefangen und dann tötet ihr uns kaltblütig."

„Nicht dich", sagt Sax. Er zeigt auf die infizierte Kreatur, die gerade wieder zu Bewusstsein kommt. „Die da."

Es hat keinen Sinn mehr zu warten. Sax hebt seine

rechte Vorderklaue und ignoriert Vieras plötzliches Geschrei. Der dritte Gefangene, bisher mürrisch und still, erfasst die Stimmung und fügt seine eigenen Proteste hinzu.

Aber es gibt einen Ton, den Sax nicht ignorieren kann. Das scharfe Ping einer eingegangenen Übertragung. Sax hält inne. Das Geräusch hallt durch das ganze Shuttle und stellt sicher, dass es im gesamten Schiff gehört wird. Es sollte unmöglich sein, dass eine Antwort so schnell kommt. Unmöglich, dass Evva antwortet. Er hat eine lange Nachricht hinterlassen. Eine, die alles beschreibt.

Doch wie bei jeder offiziellen Kommunikation muss Sax aufgrund der Übertragungszeit mit den wichtigsten Informationen beginnen.

Dass eine neue Spezies gefunden wurde, eine, die die Sevora anscheinend nicht kontrollieren können.

„Sax", beginnt Bas.

„Ja", seufzt Sax und er senkt seine Klaue. „Lass uns sehen, was sie zu sagen hat."

Die Antwortnachricht ist kurz. Zweifellos, weil Evva denkt, dass Sax genau das tun wird, was er geplant hat. Das Risiko minimieren. Die Gefahr beseitigen.

„Töte sie nicht. Bring sie zur Kobaltstation, an diesen Koordinaten."

Die Befehle sind prägnant und klar.

Es folgt eine Liste von Zahlen. Leicht in das Navigationssystem des Shuttles einzugeben. Die Station ist nur einen Sprung entfernt, obwohl Sax sie nicht kennt. Wie auch immer, die Infizierte lebt.

Vorerst.

KAPITEL 17

GEFANGENE ANSICHTEN

AUFZUWACHEN, nachdem man einen Schlag auf den Kopf bekommen hat, fühlt sich schrecklich an. Ein pochender Schmerz begrüßt meine sich öffnenden Augen. Ich bin nicht gerade unglücklich über die Ablenkung, denn was ich sehe, ergibt keinen Sinn. Es sind nicht die steinernen, vergilbten Wände der Tempel, die ich kenne. Oder die grünen und belaubten Dschungel, durch die ich mein ganzes Leben lang gelaufen bin. Stattdessen ist es eine Vielfalt von Farben, die mit hartem Grau verwoben sind. Große Würfel sind um mich herum gestapelt, gestreifte Etiketten tragen Worte, die ich lesen kann: Nährstoffe. Wasser. Ich schüttle den Kopf.

Mein Gehirn wieder in Ordnung bringen.

Ignos brabbelt Worte, die ich nicht verstehe. Anscheinend wacht er genauso auf wie ich.

„Bist du wach, Kaishi?" Es ist Viera, die spricht. Eine kühle Kaskade der Erleichterung durchströmt mich, als mir klar wird, dass sowohl sie als auch Malo in der Nähe sitzen. „Wie fühlst du dich? Lebendig?"

„Ich glaube schon", antworte ich.

Sie haben uns noch nicht getötet. Warum?

Ich habe keine Antwort auf diese Frage. Ich bin zu beschäftigt damit, mich umzusehen. Andere Kisten umgeben uns in diesem dunklen Raum und grüne Lichter leuchten in Kugeln an der Decke. Schwach. Es gibt einen dünnen Luftzug, obwohl der Luft jeder Geschmack fehlt, an den ich gewöhnt bin. Sie ist fade, abgestanden. Kein Geruch von irgendetwas. Meine Ohren nehmen ein stetiges Rauschen wahr, das ich in meinen Knochen spüre. Unnatürlich und konstant. Dinge bewegen sich um mich herum und unter mir.

Ich kämpfe gegen den Drang zur Panik an, wenn auch nur, weil Viera und Malo mich besorgt ansehen, und wenn sie stabil sind, wenn sie nicht schreien und brüllen und weinen, dann kann ich das auch nicht tun.

„Wo sind wir?", frage ich.

„Ich habe gehört, wie sie das hier Shuttle nannten", antwortet Malo in der Charre-Sprache, obwohl er im letzten Monat mehr von meiner und Vieras Sprache gelernt hat, hauptsächlich, denke ich, weil er es leid ist, nicht zu wissen, was wir über ihn sagen. „Nachdem sie dich, ähm, bewusstlos geschlagen haben, haben sie Viera und mich mitgenommen. Wir konnten uns nicht wehren." Malo schaut weg, und ich kann sehen, dass er sich schämt. Er hat als mein Leibwächter versagt.

Versagt als Anführer meiner Krieger.

„Du hast es versucht", sage ich. „Du hast dich für mich eingesetzt. Du hast für mich gegen etwas gekämpft, das du keine Hoffnung hattest zu besiegen."

Keine Hoffnung ist noch milde ausgedrückt.

Ich blitze vor Wut gegen Ignos' Kommentar auf. Keine Hoffnung, sie zu besiegen? Warum dann? Warum waren wir nicht vorbereitet? Ignos musste wissen, dass das kommen würde.

Nichts, was ich hätte tun können, hätte euch gerettet. Ich habe versucht, dein Volk so schnell wie möglich voranzubringen. Uns ist die Zeit ausgegangen.

Das kommt mir seltsam vor. Ignos ist ein Gott. Er kann die Zeit und alles andere kontrollieren. Wie konnte es nicht genug geben? Wie konnten wir nicht vorbereitet sein?

Weil ich nicht der einzige Gott bin. Weil es andere gibt, die versuchen, gegen mich zu kämpfen. Und sie wünschen nicht, dass ich oder du Erfolg haben.

„Alles in Ordnung, Kaishi?", sagt Viera wieder. „Redet Ignos immer noch? Ich hätte gedacht, er würde jetzt den Mund halten, da er nichts getan hat, um dir zu helfen."

„Ich versuche das selbst herauszufinden", sage ich. „Er ergibt keinen Sinn."

„Götter tun das selten."

Auf einmal wechseln die grünen Kugeln zu rot, und ein tiefer Ton hallt durch das Shuttle. Worte, Worte, die ich erkenne, aber nicht verstehe, ertönen. Eine zischende Stimme ruft zur Vorbereitung auf. Sagt, wir würden bald springen.

Springen?

Es ist am besten, wenn du die Augen schließt. So ist es einfacher.

Als ob ich jetzt noch irgendetwas befolgen würde, was Ignos sagt. Nicht nach dem, was er getan hat, oder besser gesagt, was er nicht getan hat.

Also halte ich meine Augen offen und bereue es.

Es ist, als würde das Universum zerreißen. Alles vor mir und um mich herum und in mir scheint sich zu verdrehen und zu verschieben und zu dehnen. Sich so weit auseinanderzuziehen, bis ich das Gefühl habe, der Abstand von meiner rechten Hand zu meiner linken beträgt tausend Kilometer. Ich bin gleichzeitig überall und nirgendwo, in Schmerzen und im Paradies. Dann schnelle ich zurück. Wie ein Läufer, der gegen einen Stein prallt. Alle meine Sinne werden auf einmal taub und durcheinander, so dass ich nichts fühlen kann, außer dass ich fehl am Platz bin.

Bleib ruhig. Es wird vorübergehen.

Ich werde mir bewusst, dass Malo und Viera schreien. Tränen strömen über mein Gesicht. Es ist eine Frage der Rückgewinnung der Kontrolle über meinen eigenen Körper. Mich selbst wieder zusammenzusetzen, als wäre ich ein Baum, der alle seine Blätter verloren hat und sie nun eines nach dem anderen wieder an meine Äste heften muss.

„Bleibt ruhig", sage ich zu Viera und Malo. „Konzentriert euch auf euch selbst. Findet eure Teile und zieht sie wieder zusammen."

Ich weiß nicht, ob sie verstehen, was ich sage, oder ob sie es überhaupt hören, da sie immer noch zusammenhanglosen Unsinn schreien. Ich rede trotzdem weiter mit ihnen. Sanfte Stimmen. Sie haben Ignos nicht in ihren Köpfen. Sie haben nichts, das ihnen sagt, dass es vorübergehen wird, dass das, was passiert ist, nicht tödlich ist. Aber gemeinsam bringen wir uns drei vom Abgrund zurück. Bis wir, mit Vieras rotem und erschlafftem Gesicht und Malo, der nach Luft schnappt, okay sind.

Wir leben.

„Wir werden in Kürze andocken", die Stimme der Rosagoldenen. Ich erkenne sie, obwohl ich nicht weiß, woher sie kommt. „Gratulation. Ihr habt einen Sprung überlebt."

Ihr zischendes Lachen hallt durch die Kisten.

KAPITEL 18

DIE RAUMSTATION

COBALT HÄNGT wie ein Spinnennetz in einer dunklen Ecke des Weltraums. Es gibt nicht einmal einen anderen Stern in der Nähe. Sie alle funkeln in der Ferne. Aber so ist das eben mit den Amigga-Forschern. Ihre Projekte sind alle so geheim – sie erzählen den Vincere, es sei, um Kontamination zu vermeiden –, dass sie ihre Stationen abseits der bewohnbaren Teile der Galaxie bauen. Wo niemand weiß, was sie tun.

Amigga-Erfindungen erscheinen jedoch wie durch Zauberei. Neue Schiffe oder Geräte, Methoden zur Terraformung von Welten oder zu deren Heilung, wenn etwas schiefgegangen ist. Sax weiß, dass alle seine Waffen, die Maske, von den Amigga stammen, die ihre eigenen Ziele verfolgen und die Vorteile an die Vincere und den Rest der Galaxie weitergeben.

Was auch jeder weiß, ist, dass die Amigga auswählen, was sie an alle anderen weitergeben. Was sie für sich behalten ... nun, Sax hat keine Zeit für Spekulationen.

Evvas Befehle sind klar. Nachdem sie den Sprung abgeschlossen haben, liefert das Briefing-Programm mehr Informationen von der Kommandantin. Sax spielt es ab, während Bas in der Nähe zuhört.

„Ich nehme an, ihr habt die Exemplare gerettet. Liefert sie an die Station. Sorgt dafür, dass sie gut versorgt werden. Die Amigga dort werden sich um die Tests kümmern. Sie werden sehen, ob wir etwas daraus gewinnen können." Es gibt ein Rauschen, Störgeräusche. Als Evvas Stimme zurückkommt, ist es etwas anders. Weniger Hintergrundgeräusche. Sie hat den Standort gewechselt. „Sax, Bas. Ich spreche jetzt direkt zu euch. Avan, der gefangene Oratus, den ihr mir vom Samenschiff zurückgebracht habt? Ich hatte die Gelegenheit, mich mit dem zu befassen, was er sagt. Es könnte etwas Wahres dran sein, und einige seiner Behauptungen betreffen die Amigga. Bleibt wachsam. Wenn etwas schiefgeht, rettet zuerst euch selbst. Die Exemplare, wenn ihr könnt."

Und das war's. Eine Warnung mit wenig Details.

„Das sieht ihr nicht ähnlich", sagt Sax. „Irgendetwas bringt Evva durcheinander."

„Oder jemand hört ihr zu." Bas hat immer die vernünftigeren Ideen. „So oder so, wir sind hier."

Die Station ist ein langes, flaches Dreieck. An der äußersten Spitze befindet sich eine Kugel, groß und rund. Der Kern der Station. Wo die Amigga sich aufhalten. Die anderen beiden Spitzen sind näher bei ihnen, und als sie sich nähern, öffnet sich ein weißes Rechteck in der Grundmauer. Eine Andockbucht. Groß genug, um mehrere Shuttles aufzunehmen.

Was bedeutet, dass *Cobalt* einigen Verkehr erwartet oder erwartet hat, obwohl die Bucht jetzt leer erscheint. Der erste Teil des Andockens an der Station ist knifflig — um etwas Schwerkraft zu erzeugen, dreht sich *Cobalt* um den einsamen Punkt und seine Kugel. Bas steuert das

Shuttle und muss zunächst die Drehgeschwindigkeit von *Cobalt* anpassen und dann das Shuttle immer näher an die Station heranführen. Sax beobachtet, wie sich das weiß-blaue Leuchten des Inneren von *Cobalt* nähert, eine brennende Narbe vor dem ansonsten schwarzen Hintergrund.

„Warum fliegen wir hierher?", fragt Sax, als Bas das Shuttle auf das automatische Landeverfahren umstellt. „Wenn Evva denkt, dass die Amigga ein Risiko sein könnten, sollten wir dann nicht woanders hinspringen? Vielleicht zurück zur Hauptflotte der Vincere."

„Sie hat nicht gesagt, dass sie Beweise hat", entgegnet Bas. „Ich denke nicht, dass wir die Mission aufgrund einer Vermutung abbrechen sollten, besonders angesichts ihres Potenzials."

Das Shuttle gleitet hinein und feuert die Mikrodüsen, um nicht gegen Boden und Decke zu stoßen – die leere Bucht bedeutet, dass sie auf die offene Mitte zielen, sodass die Seiten kein Problem darstellen. Ein kräftiges rotes Licht flammt auf, als sie eintreten, und zeigt Sax, dass die gesamte Bucht nicht unter Druck steht. Keine ausgeklügelten elektromagnetischen Schilde hier. Stattdessen ist die Bucht leer. Keine losen Dinge, die herausgesaugt werden könnten, wenn das Vakuum eindringt.

Eine schwere Luftschleuse, doppelt so hoch wie Sax und dreimal so breit, befindet sich an der Rückwand und führt zweifellos weiter in die Station hinein. Das Innere der Bucht ist komplett weiß gestrichen. Nicht das übliche militärische Grau der Vincere, sondern glänzendes Perlweiß. Sogar die Lichter sind weiß. Makellos, steril.

Sax findet es blendend.

Die Mikrodüsen machen die Landung einfach, und die Stützen klappen problemlos unter dem Schiff aus. Hinter ihnen schließen sich Ober- und Unterteil des massiven

Tors, um den Kosmos auszusperren. Das rote Licht beginnt sich langsam in Richtung Grün zu verschieben, während Sauerstoff in den Raum gepumpt wird; um sicherzustellen, dass es sicher zum Atmen ist.

„Es ist eine ältere Station", Sax blickt von der Konsole auf, wo er in der Enzyklopädie gegraben hat. „Sie existiert seit Beginn des achten Zyklus."

„Warum hat Evva uns dann hierher geschickt?", erwidert Bas. „Mit dem, was wir vielleicht haben, sollten wir bei den Besten sein."

„Wenn du den Amigga gegenüber misstrauisch wärst, wenn du denen an der Macht nicht vertrauen würdest, würdest du uns dann zu den Neuesten und Besten schicken? Zu den Amigga, die die meiste Aufmerksamkeit bekommen?"

Sax überrascht sich selbst mit diesem Gedanken, aber er passt: Hier draußen, auf dieser älteren Modellstation, wären sie weit weg von neugierigen Blicken. Die Amigga, die *Cobalt* betreiben, sind vielleicht nicht Teil von Evvas Bedenken, wollen vielleicht einfach ihre Experimente hier draußen im Dunkeln, allein durchführen.

Außer dass jemand hier ist. Obwohl der Balken noch nicht ganz grün ist, gibt es Bewegung in der Andockbucht. Sax fängt es auf, als es sich bewegt, und er kann das Ding nicht einordnen. Es ist blau und kugelförmig. Ähnelt einem Oratus, obwohl es ganz eindeutig keiner ist. Es hat keine definierten Merkmale. Keine Augen, keinen Mund. Seine Haut ist perfekt glatt, als wäre sie aus einer Form gegossen. Es wartet in der Nähe des Shuttles und starrt sie durch die Windschutzscheibe an.

„Was ist das?", fragt Bas.

„Ich weiß es nicht, aber ich werde bereit sein." Sax bewegt sich, um die Maske aufzusetzen, die sicher auf den

Ausrüstungsgestellen im hinteren Teil der Brücke aufbewahrt wird – so konzipiert, dass die Oratus, die das Shuttle steuern, nie weit von ihren Waffen entfernt sind.

Obwohl sie beschädigt ist, erfüllt die Maske immer noch ihren Zweck. Sie umhüllt seine Klauen, seine Arme, seinen Oberkörper und seine Beine. Bedeckt Sax mit einer größtenteils intakten Versiegelung. Genug, um Schutz zu bieten, genug, um die Waffen zu halten, die er mitbringt. Bas macht dasselbe mit ihrer. Als der Balken draußen in der Bucht grün aufleuchtet, verschwenden sie keinen Gedanken an die Gefangenen, an die Exemplare.

Sie senken die Landungsrampe.

Das Ding bewegt sich auf sie zu, bevor sie überhaupt den Boden erreichen. Es streckt Sax eine Gel-Klaue entgegen. Eine traditionelle Oratus-Begrüßung. Beide Oratus sollten ihre Klauen geben, sie fest umklammern. Dann folgt eine Berührung der Köpfe. Ein Symbol der Verwandtschaft, des gemeinsamen Ziels.

Aber dieses Wesen ist kein Oratus. Sax starrt auf die Klaue, bis das Ding sie zurückzieht.

„Willkommen, Oratus. Ich bin Dalachite, und ich sehe, Sie haben meinen Vertrauten kennengelernt", dröhnt Dalachites Stimme durch die Stationsinterkom. Sie ist tief und gurgelnd. Eine, die ungeübt im Sprechen ist. „Clever, nicht wahr? Meine eigene Erfindung. Sieht genauso aus wie Sie."

„Dieses Ding ist eine Abscheulichkeit", erwidert Sax. „Nichts daran ist echt."

Er weiß nicht, von wo aus der Amigga, denn das ist Dalachite offensichtlich, ihn beobachtet, also spricht Sax den Vertrauten an.

„Nun, dann fürchte ich, Sie werden Ihre Vorurteile überwinden müssen. Meine Vertrauten sind überall auf der

Station. *Cobalt* würde ohne sie nicht funktionieren. Aber sagen Sie mir, haben Sie es? Das Exemplar?"

Also war Evva, oder jemand, in Kontakt mit dem Amigga.

„Wir haben es", sagt Sax. „Einer von ihnen, glauben wir, ist infiziert."

„Mit dem Sevora. Ja. Es ist aufregend, nicht wahr?"

Sax muss sich fast ein Lachen verkneifen, wie unterschiedlich seine Vorstellung von aufregend von der Dalachites ist, aber er unterdrückt den Drang. Er erinnert sich an Evvas vertrauliche Worte und fragt: „Was werden Sie mit ihnen machen?"

„Das geht Sie nichts an, Oratus." Dalachite legt einen Ton hochmütiger Gereiztheit an den Tag, als ob Sax sich in Dinge einmische, die weit über sein Verständnis hinausgehen. „Sie sind hier als mein Gast. Sie erfüllen eine Mission. Ich lade Sie ein, dies jetzt zu tun. Wenn Sie mir bitte Ihre Gefangenen übergeben würden."

Bas geht zurück in das Shuttle. Es ist eine unausgesprochene Bewegung, eine stillschweigende Übereinkunft zwischen den beiden. Bas scheint die Exemplare besser zu verstehen als Sax, also wird sie sie herausholen. In der Zwischenzeit hält Sax Ausschau nach Waffen. Irgendein Anzeichen dafür, dass dies eine Art seltsamer Hinterhalt sein könnte. Irgendetwas, das Evvas Warnung Glaubwürdigkeit verleihen könnte.

Es gibt nichts. Nur das leere Blau des Vertrauten.

„Wie lange?", fragt Sax. „Wie lange sind Sie schon auf der Station?"

„Seit *Cobalt* geboren wurde", antwortet Dalachite. „Sie müssen verstehen, Oratus. Amigga reisen nicht. Wir bewegen uns nicht und nehmen keine anderen Jobs an. Wir sind einfach, und wir bauen unsere Häuser um uns herum.

Cobalt ist genauso ein Teil von mir wie jedes Organ. Wie meine Haut und Knochen."

Das beantwortet das. Sax fällt nichts anderes mehr ein, also stehen die beiden schweigend da, bis, mit dem Klirren von Klauen auf Metall, Bas wieder auftaucht und die drei Exemplare hinter sich herführt.

Fast sofort verändert sich der blaue Vertraute. Die Klauen sinken zurück in die Zentralmasse, die sich zusammenzieht, bevor wieder Gliedmaßen hervorspringen, diesmal jedoch in der Form der Exemplare. Der Schwanz verschwindet, und die Beine werden weicher. Fünf kleine Flagellen bilden sich an jedem Fuß, jeder Hand.

„Entzückend", sagt Dalachite. „Es ist viel zu lange her, dass ich eine neue Spezies zum Spielen hatte. Schaut euch das an. Finger und Zehen? Ja. Das wird Spaß machen."

„Hier geht es nicht um Spaß", spricht Bas jetzt. Die Menschen sind alle zu verängstigt oder von der Welt um sie herum sprachlos. „Es geht darum, den Krieg zu lösen. Es geht darum, ein Heilmittel für die Sevora-Infektion zu finden."

„Natürlich geht es darum. Natürlich werde ich das tun, aber zuerst einmal." Der Vertraute, obwohl er nicht die Quelle von Dalachites Stimme ist, blickt die Exemplare an. „Lassen Sie uns Sie alle unterbringen. Bitte folgen Sie dem Vertrauten."

Das war's mit den Höflichkeiten. Das blaue Ding ignoriert Sax völlig und winkt stattdessen den Menschen, ihm zu folgen. Sie starren zurück, nicht ganz sicher, was es will, bis der Vertraute sie erneut vorwärts winkt. Bas sagt ihnen, sie sollen gehorchen, und dann tun es die Menschen. Die infizierte Frau gefolgt von den anderen beiden. Eine braune und eine blasse. Sax und Bas beobachten, wie sie gehen, wie sich die Tür aus der Bucht hinter ihnen öffnet und schließt.

„War's das?", sagt Bas, als sie allein in der Andockbucht stehen. „Gehen wir?"

„Du hast Evva gehört", spricht Sax jetzt durch die Maske und starrt Bas an, sodass das leiseste Flüstern zwischen ihren beiden Masken wie der klarste Schrei klingt.

„Also bleiben wir." Bas scheint mit dieser Idee einverstanden zu sein. „Wir bleiben und beobachten. Stellen sicher, dass der Amigga tut, was er soll."

Sax stimmt zu. Er hat kein Verlangen danach, die Menschen überleben zu sehen. Aber das Bild dieses blauen, falschen Oratus bleibt in seinem Kopf. Wenn er einen Vorwand findet, es zu zerstören, wird er es tun.

KAPITEL 19
ALLES IST NEU

ÜBERFORDERUNG. Das ist die einzige Möglichkeit, es zu beschreiben. So viele neue Dinge, so weit jenseits von allem, was ich je gedacht hatte.

Sie treffen mich eines nach dem anderen. Zuerst kommt das Shuttle. Aufstehen, es durch eine seltsame Metallrampe verlassen. Etwas, das unnatürliche Geräusche macht, wenn ich darauf gehe. Meine Beine, meine Arme fühlen sich leicht an, und bei jedem Schritt habe ich das Gefühl, davonzuschweben. Stattdessen zwinge ich meine Füße bei jedem Schritt nach unten. Jedes Mal, wenn ich den Boden berühre, ist es ein Sieg.

Wohin gehe ich? An einen Ort, wie ich ihn noch nie zuvor gesehen habe. Ein reines Leuchten ergießt sich von oben, und doch wirkt es irgendwie leblos. Zuerst denke ich, es müsse Ignos sein, aber dann schaue ich nach oben, als wir unter dem Shuttle hervorgehen, und sehe, dass es nicht so ist. Wie im Inneren des Schiffes der Kreatur gibt es Kugeln an der Decke, die diese Strahlen erzeugen.

Der Boden ist glänzend schwarz. So glänzend, dass ich mich darin spiegeln kann. Die einzige Unterbrechung in den alabasterweißen Wänden kommt von einer seltsamen grünen Linie, die auf gleicher Höhe mit der Glasabdeckung an der Vorderseite des Shuttles zu sein scheint. Malo und Viera bleiben wie ich still. Es gibt nichts, was wir sagen könnten, das für den Moment relevant wäre. Hier ergibt nichts einen Sinn.

Wir klammern uns jetzt an unseren Verstand.

Dies ist eine Raumstation. So ist es, außerhalb eurer Welt zu leben.

Ignos ist gedämpft. Die Erklärung ist nur oberflächlich. Es ist nicht schwer zu verstehen, warum. Ich bin immer noch wütend auf ihn. Immer noch erzürnt darüber, dass der Gott meines Volkes solche Dinge vor mir verbergen konnte. Dass er uns so unvorbereitet auf das lassen konnte, was kommen würde. Ich beginne jetzt zu überlegen, was für ein Gott er ist. Wenn Ignos nicht allmächtig ist, was ist er dann?

Ich bin ein Führer. Dein Freund. Der einzige Weg, wie du das hier durchstehen wirst.

Darin hat Ignos einen Punkt. Er scheint zumindest zu wissen, was vor sich geht. Er scheint zu verstehen und drängt mich, zu folgen, als das seltsame blaue Wesen uns vorwärts winkt, und als das rosa-goldene Monster den Befehl wiederholt, tue ich es.

Der Boden ist kalt unter meinen nackten Füßen. Meine Haut bekommt eine Gänsehaut, als die kühle Luft auf uns trifft. Keiner von uns trug viel im Dschungel. Es war Sommerzeit. Also sind wir hier, in dünnen Baumwollum-hängen und Wickeln, und frieren.

Wir gehen auf die Tür zu, die groß und breit genug für uns alle ist. Wir könnten nebeneinander gehen, wenn wir wollten, obwohl uns etwas dazu zwingt, in einer Reihe zu bleiben. Wir bewegen uns auf ein Ziel zu, gehen nicht zum Plaudern, und jeder von uns ist in seiner eigenen Welt.

Es ist wie Magie, als sich die Tür öffnet. In einem Moment steht eine Ansammlung von gepressten Silberplatten in unserem Weg. Im nächsten sind sie verschwunden. Ich glaube, sie schießt nach oben, aber ich bin mir nicht sicher, da es so schnell geschieht. Dahinter liegt ein Gang mit abzweigenden Wegen und mehr weißen Kugeln, die an der Decke leuchten. An den Wänden ist nichts außer demselben sterilen Weiß. Ich frage mich, ob wir vielleicht im Dschungel gestorben sind und dies das Jenseits ist. Eine unergründliche Leere.

Du bist sehr lebendig, Kaishi. Vergiss das nicht. Sonst könnte es sein, dass du es nicht mehr lange bist.

Das blaue Ding, das wie die Kinderzeichnung eines Vaters aussieht, führt uns hindurch. Sobald wir im Gang sind, beginnen seine Arme zu winken, und eine Stimme ertönt aus der Luft. Ich sehe keinen Mund, ich sehe keinen Lautsprecher, aber dennoch kommen Geräusche durch die Luft. Sie spricht in unserer Alltagssprache, und ich mache mir Sorgen, dass Malo es nicht verstehen wird.

„Willkommen in eurem neuen Zuhause. Willkommen. Es ist ein Ort, an dem ihr erfahren werdet, wie klein euer altes Leben wirklich war. Hier werdet ihr lernen, hier werdet ihr euch verändern. Hier werdet ihr einen großen Dienst für den Rest der Galaxie leisten." Die Stimme wird immer aufgeregter. Wie ein Priester, der sich auf einen großartigen Abschluss hinarbeitet.

Nur mag ich nicht, was sie sagt. Ich habe schon früher Versprechungen gehört. Ich habe sowohl große als auch kleine Leute über alle möglichen wunderbaren Dinge reden hören, die auf mich zukommen würden. Ich habe gesehen, wie sich diese Versprechen häufiger als nicht als Lügen herausstellten.

Das Ding bemerkt meine Skepsis, denn die blaue

Kreatur hält an und dreht sich zu mir um. Obwohl es keinen Mund hat, höre ich wieder Worte, die von überall her zu kommen scheinen.

„Ich sehe Zweifel in deinen Augen", fährt die Stimme fort, und ich höre verletzten Stolz heraus, wie bei einem Jäger, dessen Geschick ich in Frage gestellt hätte. „Denkst du wirklich, dass dir hier etwas zustoßen wird? Ihr seid Preise. Ihr seid Wunder. Ihr seid meine wertvollsten Besitztümer."

„Besitztümer?" Das ist jetzt Viera.

„Oh ja. Ihr seid auf *Cobalt*. Ich bin Dalachite, und ihr seid in meinem Zuhause. Ihr werdet hier bleiben, solange ich euch brauche." Das blaue Ding dreht sich dann auf dem Absatz um und geht weiter.

„Dieses Wort gefällt mir nicht", flüstert Viera, während wir uns bewegen.

„Ich glaube es nicht", sage ich. „Wir mögen zwar woanders sein, aber wir sind immer noch wir selbst. Es besitzt uns nicht. Es hat keine Kontrolle über unsere Körper oder unseren Geist."

„Noch nicht", sagt Dalachite. „Hier vorne rechts sind eure Quartiere. Jeder von euch hat ein Zimmer, und ihr werdet den Rest ignorieren. Es mag am Anfang vielleicht nicht alles sein, was ihr euch wünscht, aber wir werden zusammenarbeiten, um es nach eurem Geschmack zu gestalten. Folgt meinem Vertrauten, und er wird für euer Wohlbefinden sorgen."

Das blaue Wesen führt uns daraufhin einen kurzen Flur entlang, an dem sich sechs Türen befinden, wobei nur drei grüne Kreise darüber haben. Bei der ersten zeigt der blaue Mann auf Malo.

„Du zuerst jetzt. Komm schon." Dalachite gibt den

Befehl freundlich, als würde es uns auffordern, an einer hübschen Blume zu riechen.

„Er versteht dich nicht", sage ich. Malo schaut mich an, und obwohl ich keine Angst in seinen Augen sehe, erkenne ich Vorsicht. Verwirrung. Ich übersetze für das Wesen: „Es möchte, dass du hineingehst."

„Sollte ich?", fragt Malo. „Ich würde lieber bei dir bleiben."

„Ich glaube nicht, dass wir eine Wahl haben. Nicht jetzt."

Malo akzeptiert den Befehl seiner Kaiserin. Er geht an mir vorbei, folgt dem ausgestreckten Arm des Vertrauten und betritt den Raum. Die Tür schließt sich hinter ihm, sobald er eintritt. Wir wiederholen den Vorgang bei der nächsten, wobei Viera hineingeht, und die Lunare verspricht, mich in einer Minute zu besuchen.

Jetzt sind wir bei der letzten angekommen. Mein Zimmer. Die Tür öffnet sich, als sich der Vertraute nähert, und drinnen sehe ich etwas, das wie ein Bett aussieht. Es ist keine Matte, kein mit Baumwolle gefülltes Tuch. Es ist riesig und scheint eine Art silbrige Masse in einem Metallrahmen zu sein. Der Rest des Raumes wird von einem breiten schwarzen Bildschirm an einer Wand eingenommen. Zu meiner Linken, gegenüber dem Bett, befindet sich anscheinend ein Tisch.

„Ich weiß, es wirkt karg", sagt Dalachite. „Aber du wirst viel Zeit hier verbringen. Schlafe, wie es deine Spezies erfordert. Ein Ort, um gelegentlich Zeit zwischen den Sitzungen zu verbringen. Du wirst es mögen lernen."

„Was passiert als Nächstes?", frage ich den Vertrauten, denn auch wenn Dalachites Stimme nicht von ihm kommt, muss ich etwas anschauen.

„Als Nächstes? Als Nächstes entdecken wir, wer du

bist. Wie ihr in das Universum passt, das wir kennen. Dann vielleicht etwas Schlaf. Etwas Nahrung."

„Und danach?", sage ich, weil alles, was Dalachite beschrieben hat, unwichtig klingt.

„Dann finden wir heraus, was wir mit diesem Ding in dir machen sollen. Dem Parasiten, der anscheinend deinen Verstand nicht kontrollieren kann."

Und meine Welt bricht zusammen.

KAPITEL 20

EINE PLANÄNDERUNG

WENN DIE ORATUS auf der *Cobalt* bleiben wollen, müssen sie einen Weg nach drinnen finden. Sie betrachten die geschlossene Tür aus der Andockbucht. Sax möchte seine Krallen daran ausprobieren. Sehen, ob die Tür einem Oratus standhalten kann, der darüber kratzt. Aber er tut es nicht. Dies ist eine Forschungsstation, und in der Hierarchie seiner Galaxie stehen die Amigga für sich. Sie stehen weder über noch unter den Oratus, sondern sind gleichgestellt.

Daher kann Sax die Station nicht zerfetzen. Zumindest nicht, wenn er keine Konsequenzen in Kauf nehmen will.

„Sie werden dich töten." Bas liest seine Gedanken, sagt das, was er denkt. „Wenn du diesen Ort beschädigst, könnte der Amigga selbst es tun. Oder Evva, sobald sie davon erfährt."

„Das ist das Problem", sagt Sax. „Sie bringen Waffen an einen Ort, wo Waffen nichts zu suchen haben. Wie kann es meine Schuld sein, wenn ich das tue, wofür ich gemacht bin?"

Sax geht zur Tür. Er macht fünf lange Schritte, bei

jedem schicken die Krallen kribbelnde Schauer seine Beine hinauf, als sie auf dem Metallboden klicken und widerhallen. Es ist eine Empfindung, an die er sich gewöhnt hat. Das Leben im Weltraum macht das mit einem; Teppich ist zu teuer, zu unnötig. Die Tür hat ein rotes Licht darüber. Eine Standardausführung für diese Stationen. Für Vincere-Schiffe. Rot bedeutet verschlossen, grün bedeutet offen und blau bedeutet nur für die richtige Person. Sax vermutet, dass es nicht viele Leute auf der Station gibt, sodass blau nicht oft vorkommt.

„Sax." Bas' Warnung ist nicht nötig. Sax wird die Tür nicht angreifen.

Zumindest noch nicht.

Stattdessen hebt er eine Hand, ballt seine Krallen zu einer Faust zusammen und ist gerade dabei zu klopfen, als die Tür aufschwingt. Es ist jedoch zu spät: Sax' Faust fliegt bereits nach vorne. Der blaue Familiar, der immer noch wie ein Mensch aussieht, erscheint genau an der falschen Stelle.

Sax zerschmettert das Gesicht des Familiars.

Es ist, als würde man Wasser schlagen. Sax' knochige, geschuppte Knöchel treiben Wellen in das Gesicht des Familiars, und es zerspringt. Blaue Masse überschwemmt den Flur, Sax und alles andere. Das Durcheinander lebt jedoch nur für einen Moment. Der Schleim kehrt seine Richtung um, kommt wieder zusammen und rast zurück zu seinem Besitzer. Rinnsale, die zu ihrem Eigentümer zurückkehren. Sax beobachtet, wie eine Linie an seinem Bein hinunter zum Boden gleitet, hinüberflitzt und in den Fuß des Familiars absorbiert wird.

„Das war aber nicht sehr nett", sagt Dalachite. „Ich weiß nicht, was sie euch Oratus heutzutage beibringen, aber früher war es nicht üblich, dass wir unsere Partner mit Fäusten im Gesicht begrüßten."

Sax öffnet den Mund, um eine Entschuldigung vorzubringen, aber der Amigga fährt darüber hinweg.

„Nicht, dass es eine Rolle spielt. Tatsächlich hast du einen wertvollen Dienst geleistet. Ich wollte schon immer sehen, wie meine Familiars mit einem Schlag umgehen würden, den ich ihnen nicht selbst versetzt habe. Und sieh nur, sie sind brillant! Biomasse. Ich habe sie selbst hergestellt, genau hier auf der *Cobalt*. Sie wird immer zurückkehren; elektrische Impulse, verstehst du. Sie verbinden die Zellen, und wenn sie nah beieinander sind, regt die Energie sie dazu an, sich wieder zusammenzufügen!"

Sax kann Dalachites Ergebnissen nicht widersprechen: Der blaue Familiar sammelt sich und sieht bereits so aus, als hätte Sax ihn nicht berührt.

„Ich wollte das nicht", presst Sax die Entschuldigung heraus und kommt dann zu dem, was er sagen will. „Wir bleiben, zumindest für eine Weile."

„Gut, gut. Nach einiger Überlegung habe ich meine frühere Position überdacht." Dalachites Begeisterung trifft Sax falsch. Warum sollte der Amigga wollen, dass sie hier bleiben? Die Antwort kommt einen Moment später: „Ich habe viele Experimente, die getestet werden müssen, und wie du dir vorstellen kannst, verirren sich nicht viele in diesen entlegenen Winkel der Galaxie."

„Ist es nicht deine Entscheidung, hier zu sein?", fragt Bas und tritt vor, um sich Sax anzuschließen.

„Natürlich, aber es bringt Kosten mit sich. Wie ich schon sagte, wird es jedoch eine Menge geben, was wir tun können. Außerdem könnte es mit diesen anderen Proben nützlich sein, euch in der Nähe zu haben. Zusätzliche Sicherheit."

Als ob dieses Ding zusätzliche Sicherheit bräuchte. Sax ist nicht dumm. Er vermutet, dass Dalachite mehr als einen dieser Familiars hat. Diese Hände, so wässrig sie auch sein mögen, sehen aus, als könnten sie bei Bedarf eine Waffe halten. Vielleicht ist es das, wovon Evva gesprochen hat, vielleicht ist es das, was sie meinte, als sie sagte, sie sollten bereit bleiben.

Der Familiar führt sie den Flur entlang, und sie biegen schnell rechts ab, anstatt geradeaus zu gehen. Sie durchqueren einen weiten Raum mit mehreren Tischen. Eindeutig eine Kantine, die für weit mehr als die null Bewohner gedacht ist, die sie jetzt hat. Bas stellt die offensichtliche Frage: „Wo sind alle?"

„Wie ich schon sagte, die *Cobalt* ist eine alte Station. Die Forschung, die ich durchführe, erfordert nicht viel zusätzliche Besatzung, also warum für all die Nährstoffe bezahlen? Warum für die zusätzlichen Einrichtungen bezahlen? Wir haben die letzte Gruppe von Wissenschaftlern vor einem Zyklus ausgeschifft. Wie ihr wahrscheinlich feststellen könnt, war es einsam. Ich bin froh, dass ihr hier seid."

Sax ist nicht beeindruckt von dem, was er von den Nahrungsvorräten sehen kann. Die gleiche Art von Nährstoffbrei, die sie auf dem Shuttle haben, und es ist nicht einmal die aromatisierte Sorte. Dies *ist* eine alte Station. Er will Bas gerade sagen, dass sie vielleicht nicht allzu lange hier bleiben sollten, sonst würden sie noch verrückt werden, als er bemerkt, dass der Familiar ihn direkt anstarrt. Auch ohne Augen kann Sax die Aufmerksamkeit des Dings spüren, und es lässt seinen Schwanz zucken.

„Die Experimente, Freunde. Es gibt Dinge, die ich versucht habe, mit meinen Familiars zu trainieren. Seht ihr, sie sind meine erste und letzte Verteidigungslinie. Sie sind auch mein größtes Projekt. Doch gegen mich selbst zu kämpfen ist etwas einschränkend. Würdet ihr?"

„Würden wir was?", fragt Sax.

„Meine Vertrauten trainieren? Das Design, meine ich. Ein bisschen Bewegung wird ihnen eine Menge beibringen. Betrachte es als eine Art, dich für die Nutzung meiner Station zu revanchieren. Für das Essen meines Essens."

„Es ist schon gewagt, das hier als Essen zu bezeichnen."

„Und es ist gewagt zu behaupten, du seist angenehme Gesellschaft", erwidert Dalachite. „Wir machen hier beide Kompromisse. Also lass uns das Beste daraus machen, einverstanden?"

Sax blickt zu Bas, und sein Gefährte zuckt mit den Schultern. „Wir beide?"

„Oh nein, nur einer von euch. Vorerst. Dieser Vertraute wird den anderen zu euren Quartieren führen."

„Ich werde das Shuttle entladen, wenn du die erste Runde übernehmen willst", sagt Bas.

Sax weiß, dass das bedeutet, dass Bas sich bewaffnen wird. Sich bereit macht, um zu Hilfe zu eilen, falls Sax es braucht. Es ist eine leichte Entscheidung, das anzunehmen.

Dann führt der Vertraute ihn aus der Messe hinaus in ein tiefes Labyrinth von Gängen. Das Erste, was Sax tun wird, sobald er einen Moment Zeit hat, ist, den Plan dieses Ortes aufzurufen und auswendig zu lernen, wie man von hier nach dort kommt. Er mag es nicht, verloren zu sein. Es macht es allzu leicht, in eine Falle zu tappen.

Oder in einen Hinterhalt.

Der Vertraute führt Sax in einen großen Raum. Sogar gewaltig. Anders als die anderen Räume bedeckt hellgrüne Polsterung den Boden und die Wände.

In einer Ecke steht ein Schrank, und er ist rot schattiert. Die Standardfarbe für Erste Hilfe. Dies ist nicht nur ein Übungsraum für Vertraute, dies ist ein Trainingsbereich für viele Dinge. Der blaue Vertraute geht zur Mitte des

Raumes und zittert dann. Seine Hände und Füße wachsen und hängen herab. Seine Brust und Schultern schrumpfen.

Die Gliedmaßen des Vertrauten sammeln sich am Boden, teilen sich und bauen sich dann wieder zu einer anderen Person auf. In Sekunden stehen zwei Vertraute vor Sax, jeder etwas kleiner, kürzer und dünner als der erste.

„Sind sie nicht wunderbar?", sagt Dalachite. „Natürlich werde ich sie diese neue Form benutzen lassen. Ein Oratus nimmt zu viel Masse ein. Sie wären ziemlich klein."

„Was willst du, dass ich tue?", sagt Sax. „Wenn ich sie auch nur berühre, zerfallen sie in Stücke."

„Lass uns zunächst eine Vorstellung von ihrer Geschwindigkeit bekommen. Versuche, sie zu verfolgen."

Es liegt ein Schwung in Dalachites Stimme, der Sax sagt, dass es volles Vertrauen in seine Kreationen hat. Dass der Oratus versagen wird, und zwar kläglich.

Das Amigga irrt sich.

Die beiden Vertrauten springen von Sax weg, in entgegengesetzte Richtungen, und rennen auf die Wände zu. Sax beobachtet einen Moment, erfasst ihre Linien und macht sich auf den Weg zum näheren, der sich in Richtung der Wand zu seiner Linken bewegt. Es ist seltsam, etwas zu jagen, das keinen definierten Körper hat, das wie eine Flüssigkeit erscheint, die sich in einer Form bewegt. Aber dann wieder ist Sax in seinem Leben vielen seltsamen Kreaturen begegnet.

Jede hatte eine Schwäche.

Als der Vertraute die Wand erreicht, einen Atemzug vor Sax, hält er nicht an. Er drückt sich nicht zurück oder dreht sich um und kauert vor dem herannahenden Oratus. Nein, er beginnt, die Oberfläche hinaufzulaufen. Seine Füße saugen sich an den Seiten fest, und der Vertraute bewegt sich direkt über Sax. Das Problem ist, Sax kann springen. Weit. Er spannt seine Beine an und springt, vier Klauen ausgestreckt, direkt auf den Rücken des Vertrauten zu, während dieser die Wand hinaufklettert. Sax ist bereit zuzupacken, diese Klauen zu versenken und zu zerreißen zu beginnen.

Aber es gibt nichts zum Festhalten. Sax fährt einfach durch den Vertrauten hindurch und lässt ihn in einem Regen aus blauem Gel explodieren. Die Teile des Vertrauten spritzen auf den Boden des Raumes, während Sax es schafft, sich mit seinen Krallen an der Wand festzuhalten und seine Klauen in die weiche Oberfläche zu graben.

Der Oratus dreht seinen Kopf. Starrt auf die Pfützen unter ihm, während sie sich sammeln und wieder formen.

„Nicht schnell genug." Dalachite seufzt. „Etwas, das bei zukünftigen Iterationen verbessert werden muss. Trotzdem, lass uns weitermachen."

„Womit weitermachen?", sagt Sax, an der Wand hängend.

„Basierend auf der Geschwindigkeit deiner Bewegungen ist es unwahrscheinlich, dass meine Vertrauten in der Lage sein werden, dir auszuweichen oder dich zu überholen. Also lass uns das Spiel ändern. Warum versuchen wir nicht ein bisschen Kampf. Dich zur Abwechslung mal in die Defensive bringen."

„Oratus gehen nicht in die Defensive."

„Wenn du meinst."

Unter Sax formt sich der Vertraute, den er zum Explodieren gebracht hatte, wieder in seine menschenähnliche Gestalt. Während Sax zuschaut, gehen beide Vertraute zum roten Schrank und öffnen ihn. Drinnen kann Sax die Regale sehen, die einst dazu gedient hatten, Erste-Hilfe-

Kästen, Verbände oder medizinische Notfallausrüstung zu halten.

Jetzt aber ist der Schrank voller Gefahr; Minen, und Waffen persönlicherer Natur.

Jeder der Vertrauten nimmt sich scharfe Klingen, fast einen Meter lang. Solche, die sich nach oben krümmen, zum Träger hin, je näher sie zur Spitze kommen. Die Vertrauten drehen sich zu Sax um, positionieren sich getrennt und warten.

Geben Sax eine Chance, seine Optionen zu überdenken.

Dann stürmen sie vorwärts, ihre Schritte synchronisiert, und treffen gleichzeitig auf den Boden. Sax ist an der Wand, was gut ist, da er außerhalb der Reichweite dieser Schwerter ist. Bis er sich erinnert, dass sie klettern können. Die zwei Vertrauten erreichen die Seite unter Sax und beginnen wieder, die Wand zu ihm hinaufzulaufen. Beide heben die Schwerter hoch über ihre Köpfe, um anscheinend einen starken Überkopfschlag auszuführen.

Es ist fast, als ob sie nicht realisierten, dass der Oratus einen Schwanz hat. Bevor sie die Schlagdistanz erreichen, dreht sich Sax und fegt mit seinem Schwanz über die Wand, schneidet durch ihre zerbrechlichen Körper. Bei dem plötzlichen Verlust des Zusammenhalts fällt das ganze wässrige Durcheinander auf den Boden.

Eines der Schwerter landet mit der Spitze zuerst und steckt wie ein Monument der Niederlage nach oben.

Dalachite sagt diesmal nichts. Es muss es nicht: die Vertrauten zeigen, dass der Kampf nicht vorbei ist. Die blaue Flüssigkeit zieht sich zusammen, jetzt als Einheit, und erhebt sich in eine vollständige Oratus-Form. Vier Arme, zwei Beine und der Schwanz, obwohl das Ender-gebnis kleiner ist als Sax. Der Vertraute nimmt die Klingen auf, eine in jeder seiner beiden Vorderklauen. Diesmal hält er Abstand.

„Also ist es jetzt ein Feigling", sagt Sax zum Raum, in der Hoffnung, dass das Amigga es hören kann.

„Es lernt", erwidert Dalachite. „Jedes Mal, wenn du es besiegst, wird sich mein Vertrauter anpassen."

Es wird sich noch sehr anpassen müssen, bevor es eine Bedrohung für Sax darstellt. Er spürt ein leichtes Ziehen in seinem Magen. Der Kampf ist so langweilig, dass Sax hungrig wird. Zeit, das hier zu beenden. „Willst du, dass ich angreife?"

„Ich will, dass du es als Feind behandelst", sagt Dalachite. „Denn sei versichert, so behandelt es dich."

Gut.

Sax gräbt seine Beine in die Wand. Wenn das Amigga sehen will, wie Sax seine Feinde behandelt, erwartet es eine Show.

KAPITEL 21

DIE WAHRHEIT

ALLES IN ALLEM haben Offenbarungen mein Leben nicht regelmäßig auf den Kopf gestellt, weshalb ich von den letzten Monaten immer noch wie betäubt bin. In weniger Zeit als zwei Jahreszeiten wurde ich von meiner Familie weggerissen, in die höchsten Ränge einer rivalisierenden Zivilisation gestoßen und dann von Wesen entführt, die aus den dunkelsten Albträumen entsprungen sind. Durch all das hatte ich Ignos. Entweder direkt in meinem Kopf oder davor als Kraftquelle, wenn nichts anderes funktionierte.

Kaishi?

Ist alles eine Lüge? Der Glaube meines Vaters? Der Glaube meines Stammes, dass die Welt, in der wir leben, von einer gerechten, wenn auch kompromisslosen Macht regiert wird?

Du musst dich beruhigen. Denk nach. Hör mir zu.

Die Opfer. So viele Menschen. So viele Herzen, die auf den Steinplatten herausgerissen wurden. Alles umsonst. Ich kann nicht-

HALT!

Ich blinzle. Meine Welt verschiebt sich wieder aus dem

Nebel der Tränen. Sie verschwimmen die leeren Wände, und die Fremdartigkeit meines grau-weißen Gefängnisses droht, mich wieder in die Verzweiflung zu stürzen.

Es stimmt, Kaishi. Ich bin nicht dein Gott.

Vielleicht ist es die Offenheit des Eingeständnisses, oder vielleicht bin ich wie ein Felsbrocken am Rande eines Abhangs sowieso kurz davor, die Kontrolle zu verlieren, aber die Worte lenken meine Verwirrung in Richtung Wut. Ich habe ein Ziel.

Also schieße ich los.

Es sind keine Worte, die ich dem Ding in meinem Kopf entgegenschleudere, sondern undeutliche Hitze, lodernde Wut und Verrat. Salve um Salve von gebrochenem Vertrauen und zerschmettertem Geist. Wenn dieses Ding vor mir gestanden hätte, würde ich schreien. So aber balle ich meine Hände so fest, dass ich spüre, wie sich meine Nägel in meine eigene Haut bohren. Ich lasse nicht locker.

Ignos - ich weiß jetzt, dass das nicht sein Name ist, aber in diesem Moment blinder Wut fällt mir kein anderer ein - zuckt zurück. Ob ich ihm tatsächlich Schmerzen zufüge, weiß ich nicht. Es ist mir egal. Es muss wissen, was es getan hat. Wie es alles ruiniert hat.

Hab ich das denn?

Natürlich hat es das! Sieh dir an, wo wir sind? Was wir tun?

Du hast dein Volk gerettet, oder nicht? Deinen Stamm?

Ja, das mag stimmen. Aber die Art und Weise-

Deine Arbeit hat ein Bündnis zwischen deinem eigenen Volk und den Charre geschmiedet, nicht wahr? Und die Wunder, die ich dir gegeben habe? Wird das nicht ihre Stärke für die kommenden Jahreszeiten sichern?

Ignos hämmert mit Logik auf mich ein, und ich kämpfe darum, meine Wut aufrechtzuerhalten. Zu Hause, im

Dschungel und umgeben von Freunden und Familie, hätte ich diese Argumente beiseite gewischt, hätte geschoben und gekämpft und gekratzt, bis ich meinen Standpunkt klargemacht hätte. Hier jedoch, wo ich auf unsicherem Boden stehe, stabilisieren Ignos' Worte. Sie präsentieren die Möglichkeit, den Beweis, dass ich vielleicht doch kein völliger Versager bin, weil ich einem seltsamen Wesen von jenseits des Himmels vertraut habe.

Mir wird klar, dass meine Panik, meine Tränen und meine Wut nicht wegen meines Volkes, meiner Familie oder der Solare sind.

Es geht nur um mich.

Ein Klopfen an der Tür dringt gedämpft, leicht und leblos durch. Ohne den Klang von echtem Holz. Trotzdem schaue ich in die Richtung, und diese Handlung hilft, die Wolken fernzuhalten.

„Du kannst reinkommen", rufe ich.

Es gibt einen Moment des Zögerns, dann kommt eine Antwort durch: „Ich glaube, das kann ich tatsächlich nicht."

Es ist Malo, und ich bin sofort auf den Beinen. Die Tür sitzt in ihrem Rahmen; ein erhabenes Perlband umschließt einen Eingang, der doppelt so hoch ist wie ich. Im Vergleich zu den Öffnungen in unserem Familienhaus und sogar den großen Charre-Gebäuden ist sie riesig. Es gibt keinen Griff. Ich versuche, dagegen zu drücken, aber die Tür reagiert nicht.

„Weißt du, wie man sie öffnet?", frage ich und schaue mich um die Tür herum um.

Rechts neben dem Türrahmen befindet sich ein schwarzer Knubbel; eine hervorstehende Halbkugel, die mich anzustarren scheint. Ich berühre sie mit der Fingerspitze, und sie ist hart. Kühl und glatt, zu glatt für natürliches Gestein.

„Als ich mich meiner Tür näherte, öffnete sie sich einfach", antwortet Malo. „Kannst du irgendetwas sehen?"

Ich bin es.

Ich halte inne.

Die Tür. Sie erkennt meine Anwesenheit und sperrt dich ein.

Macht Sinn. Warum sollte Ignos nicht weiter mein Leben ruinieren?

Es gibt natürlich einen Weg daran vorbei.

Ich warte auf eine Liste von Anforderungen. Irgendeine aufwendige Zeremonie, die ich durchführen muss, um den schwarzen Knubbel zu besänftigen.

Keine Zeremonie. Frag. Bitte die Amigga, die diese Station betreibt, die Tür zu öffnen.

Ich weiß nicht, was eine Amigga ist, also nehme ich an, dass Ignos von dem blauen Wesen spricht.

Dalachite, Kaishi. Die Stimme, die hier immer zuhört. Frag sie.

Also tue ich es.

„Dalachite, ich weiß nicht, was du bist", sage ich in die Luft, und während ich spreche, höre ich Malo fragen, was ich tue, und ignoriere ihn. „Aber kannst du meine Tür öffnen? Ich weiß nicht wie."

„Ich kann die Tür für dich öffnen", sagt Dalachite. „Aber wenn ich das täte, bräuchte ich deine Zusicherung, dein Versprechen, dass du nicht versuchen wirst zu gehen."

„Gehen?", erwidere ich.

„Deine Kammer. Du musst drinnen bleiben, es sei denn, meine Vertrauten kommen, um dich zu holen."

„Was? Warum?"

„Oh, es ist eigentlich ganz einfach. Siehst du, ich habe noch viel über dich zu lernen. Es gibt zwei Möglichkeiten, wie ich das tun kann: Entweder ich nehme dich mit, lasse dich intakt, und wir lernen gemeinsam - das würde ich bevorzugen - aber wenn das zu gefährlich wird, wenn die Chance besteht, dass die Sevora in deinem Kopf entweichen oder jemand anderen infizieren könnte, dann ist es sicherer, dich zu lähmen. Jene Teile deines Nervensystems zu entfernen, die es dir erlauben, dich zu bewegen. Dann werde ich lernen, was ich kann."

Ich erinnere mich an den blauen Vertrauten. Er hatte keine Waffe gehalten, hatte nicht bedrohlich gewirkt. Doch die Leichtigkeit, mit der Dalachite davon spricht, mir zu schaden ...

Es kann alles tun, was es sagt, und Schlimmeres. Hör auf es, Kaishi. Unsere Chance wird später kommen.

„Ich werde nicht gehen", sage ich zu der Stimme.

Eine Sekunde später schießt die Tür auf, und Malo tritt ein. Ohne zu zögern, umarmt er mich, und ich erwidere die Geste. Es ist schön, diese Arme um mich zu spüren. Schön, überhaupt irgendeine Art von Unterstützung zu fühlen. Auch wenn unter Malos drahtigen Muskeln Anspannung liegt.

Die gleiche Angst, die meine Knochen verkrampft.

„Wo sind wir?", flüstert Malo die Worte, aber es ist eine Frage, die ich nicht beantworten kann.

„Weit weg von zu Hause", gebe ich die einzige Antwort, die ich kann. Für den Moment reicht das.

„Zu Hause", Malo drückt fest zu, lässt dann los und tritt zurück. „Glaubst du, wir werden es wiedersehen?"

„Ich denke, du könntest", sage ich. „Dalachite spricht ständig mit mir, als wäre ich eine Art Experiment. Etwas, das entdeckt wurde. Ich glaube nicht, dass es mich gehen lassen wird."

Wir werden sie zwingen.

„Ich werde dich nicht verlassen", sagt Malo. „Du bist meine Kaiserin."

Ich lache. Ich kann nicht anders. „Malo, ich bin eine Lüge. Ein Betrug. Dieses Ding, dieses Ding in meinem Kopf? Es ist nicht Ignos. Es ist nur ein weiteres Wesen. Es hat uns benutzt."

Ich kann an Malos verwirrtem Gesichtsausdruck erkennen, dass er es nicht versteht.

„Siehst du dieses blaue Ding da draußen? Das, das uns hierher geführt hat? Und die zwei Monster, die uns aus dem Dschungel geholt haben? Es ist wie sie", ich schreie jetzt, aber ich merke es nicht. „Es kommt von woanders her. Es ist in mir drin und es spricht mit mir und es tut nur so. Es will, dass wir Dinge für es tun, Malo. Es kümmert sich nicht um unser Volk. Nur um sich selbst."

Gegenseitig vorteilhaft, Kaishi. Was mir hilft, hilft dir. Siehst du das nicht?

Ich ignoriere Ignos. Es ist jetzt nicht schwer. Früher fühlte es sich an, als würde ich meinen eigenen Gott ablehnen, wenn ich es wegschob. Den Kern meiner Kindheit und meines Stammes. Jetzt, jetzt ist es wie eine lästige Fliege wegzuschlagen. Ich tue es ohne einen zweiten Gedanken.

„Das spielt keine Rolle", Malo setzt sein Gesicht in einen geraden Blick. „Du bist immer noch du. Ich bin immer noch ich. Wir werden einen Weg finden, hier rauszukommen."

„Du bist immer noch du", sage ich. „Aber ich bin so weit von mir entfernt, wie ich es je war. Ich habe meine Familie verlassen. Mein Volk. Alles für dieses Ding in meinem Kopf."

„Aber du hast immer noch Freunde. Du hast mich."

Ich höre ein Schieben aus dem Flur, und bevor ich Malo eine weitere mürrische, genervte Bemerkung entgegnen kann, erscheint Viera. Ihre Augen kreuzen sich zwischen Malo und mir, und dann kräuselt sich ihr Mund zu einem sardonischen Lächeln.

„Ich sehe, es hat Malo zuerst rausgelassen", sagt Viera auf Lunare.

„Sprich so, dass Malo es verstehen kann", antworte ich Viera.

„Ich sage nur, dass es schön ist, euch beide zu sehen", erwidert Viera auf Charre.

Plötzlich liegt Spannung im Raum. Ich weiß nicht, warum Malo auf Vieras Worte nur mit einem kurzen Nicken antwortet. Es scheint, als sollten wir alle zusammenhalten. Dass wir so weit von dem entfernt sind, was wir kennen, dass wir drei alles sind, was uns geblieben ist. Also versuche ich, es zu durchbrechen.

„Es tut mir leid", sage ich zu Malo. „Ich bin gerade hin- und hergerissen. Aber du hast recht. Wir müssen einander helfen. Wenn wir nach Hause wollen, müssen wir zusammenarbeiten, um einen Weg zu finden."

Sei vorsichtig, was du sagst. Oder besser gesagt, wie du es sagst.

Ich stelle die Verbindung her: Dalachite, die Stimme, die aus den Wänden kommt, spricht in der gleichen Sprache, die Viera und ich benutzen. Aber die Charre, Malo, ihre Sprache ist anders. Die Stimme versteht sie vielleicht nicht, weiß vielleicht nicht, was zwischen unseren Lippen hindurchgeht. Ich warne die anderen beiden, bei Charre zu bleiben, und es gibt keinen Widerspruch.

„Wir kennen einen Weg von der Station", sagt Viera. „Das ist der Weg, auf dem wir hergekommen sind."

„Ich erinnere mich, wie man dorthin zurückkommt", sagt Malo. „Wenn wir dorthin gelangen können, können wir vielleicht herausfinden, wie ihr ... Ding funktioniert."

Wir suchen nach Worten. Nach einer Möglichkeit, das Schiff zu beschreiben. Mir wird klar, dass ich die Antwort immer noch trage. Ich blicke auf mein Armband, den Cache. Es ist immer noch an meinem Handgelenk.

„Ich habe das hier", sage ich und nicke auf das Artefakt. „Es kann uns helfen, aber ich brauche Zeit. Zeit, um zu lernen, wie man es benutzt, um diese Station zu verstehen."

„Dann werden wir dir Zeit geben", sagt Malo. „So viel du brauchst. Ich werde dich verteidigen."

„Verteidigen? Ich bin schon froh, wenn wir nicht sterben." Viera blickt zurück in den Flur. „Apropos Sterben, eines dieser blauen Dinger ist auf dem Weg zurück. Ich schätze, dieses Treffen ist so gut wie vorbei."

Viera hat nicht unrecht. Ein paar Sekunden später betritt der Lunare den Raum, um einem weiteren blauen Vertrauten Platz zu machen. Es sieht meine Freunde nicht einmal an, sondern zeigt mit einem glatten aquamarinblauen Finger auf mich.

„Zeit für deine erste Sitzung, Proband. Bitte folge dem Vertrauten", sagt Dalachite über die Lautsprecher.

Ich spüre die nervösen Blicke meiner Freunde, aber sie können hier nichts für mich tun. Dalachite sagte, es bevorzuge mich lebendig, also muss ich darauf vertrauen, dass ich es auch bleiben werde.

Zumindest für eine Weile.

KAPITEL 22

BEISPIELTEST

EIN WEITER SPRUNG trägt Sax über den Kopf des Vertrauten hinweg. Über die Schwerter, die im Flug nach ihm schnappen könnten. Sax rollt sich ab, als er auf dem Boden aufkommt, und nutzt seinen Schwanz, um sich über den Purzelbaum bis ans andere Ende zu schieben. In der Nähe, wo der rote Schrank halb offen steht und mit Waffen glänzt.

Er hört die Schritte des Vertrauten auf dem Boden, wenn auch nur ein trauriges, leises Trommeln. Keine echten Oratus-Klauen. Sax könnte seine benutzen, aber diese Schwerter haben Reichweite. Stattdessen stürzt er zum Schrank.

Sax greift hinein und schnappt sich ein Paar kurze Bergbauwaffen, wirbelt herum, als der Vertraute näher kommt, und drückt ab. Der Vertraute sollte in Stücke gesprengt werden. Energie sollte herausschießen, durch diese seidenglatte blaue Haut dringen und sie in Pfützen zerplatzen lassen. Aber als Sax abdrückt, passiert nichts. Es gibt nur ein schnelles Klicken, aber die tödlichen Strahlen bleiben aus. Der Vertraute bewegt sich weiter vorwärts, schwingt die Schwerter hoch und lässt sie auf Sax nieder-krachen.

Also tut Sax, was er kann, und wirft die Bergbauwaffen hoch, um zu blocken. Die Schwerter treffen mit einem lauten Kreischen auf, als sie in die Metallwaffen schneiden. Sie kommen nicht ganz durch; die Klingen bleiben in der unteren Hälfte der Läufe stecken. Sax spürt den Ruck und hat eine Idee.

Mit seinen Vorderklauen schleudert Sax die Bergbau-waffen nach links. Die Schwerter, die darin feststecken, werden dem Vertrauten aus den Händen gerissen und fliegen mit. Sie treffen die Wand, aber Sax sieht das nicht mehr. Er bewegt sich bereits vorwärts, seine mittleren Klauen schlagen nach dem Vertrauten.

Die Schwäche von Dalachites Schöpfung wird offen-sichtlich. Es versucht, Sax' Angriff abzufangen. Versucht, Sax' Klauen mit seinen eigenen zu fangen. Aber da ist keine Kraft. Keine Substanz. Jede einzelne von Sax' Klauen fährt geradewegs durch den Vertrauten und zerreißt seine Arme. Zerfetzt seine Beine. Bis der Oratus, oder was einer sein sollte, erneut nur ein Spritzer auf dem Boden ist.

„Weißt du, was dein Problem ist, Amigga?", ruft Sax der Stimme zu, blauen Schleim von einem gierigen Biss von seinem Maul tropfend. „Deinen Vertrauten fehlt es an Gewicht. An genug Realität. Wenn du gegen etwas wie mich kämpfen willst, dann musst du deinen Vertrauten Körper geben, die funktionieren."

Eine Weile kommt nichts. Die Zellen des Vertrauten fließen zu einer Pfütze zusammen und bleiben dort. Sax, gelangweilt von der Stille, geht hinüber zu den Bergbau-waffen und Schwertern, hebt sie vom Boden auf, trennt sie. Sieht sie sich genauer an.

Die Bergbauwaffen sind Standardausrüstung, wenn

auch, wie so vieles andere auf der Station, etwas veraltet. Ihnen fehlt die Kraft von Sax' eigenen Waffen; sie können nicht durch dicke Wände schlagen, wie die Tore des Saatschiffs. Die Schwerter hingegen sind nicht besser als Übungswaffen.

Ihnen fehlen die Fähigkeiten derer, die Sax zuvor benutzt hat. Ein Schlitz im Griff, der es den Klingen erlaubt, ein- und auszufahren. Verkabelung zum Erhitzen, falls die Klinge durch Metall schneiden muss. Eine Funktion, die es den Waffen ermöglicht hätte, durch Sax' improvisierte Verteidigung zu schneiden.

Minuten vergehen und Sax geht zur Tür, aber sie ist nicht offen. Er findet keinen Weg, sie zu öffnen. Er versucht, Dalachite zu rufen, erhält aber keine Antwort. Einen Moment lang fragt sich Sax, ob er hier drin sterben wird. Verhungern oder ersticken als Strafe für die Beleidigung, die er den Schöpfungen des Amigga zugefügt hat.

„Es tut mir leid", verkündet Dalachite ohne Vorwarnung. „Ich musste mich um eine andere Angelegenheit kümmern. Ich sehe, du hast kurzen Prozess mit meinem Experiment gemacht."

„Kurzer Prozess ist noch untertrieben."

„Ja. Aber meine Vertrauten sind neu. Du hattest Zyklen, um dich zu entwickeln und zu verfeinern. Ich werde mich nicht entmutigen lassen. Es ist auch nicht fair, von einem Oratus zu erwarten, wie ein Roboter zu kämpfen, oder dich für deinen Erfolg zu bestrafen. Ich werde die Tür entriegeln, und du kannst weitergehen."

„Ich mache das, um nett zu sein, Amigga", sagt Sax. „Ich bin nicht dein Gefangener oder dein Spielzeug. Lass mich nächstes Mal kommen und gehen, wie es mir beliebt."

„Natürlich, Oratus. Natürlich."

Die Tür öffnet sich ruckartig und Sax verlässt den Trainingsraum. Er geht zurück durch die Gänge, diesmal lässt er sich von seinen Ventilen leiten. Er riecht den Duft von kochendem Essen. Von Nährstoffbrei, der in seinen essbaren Zustand erhitzt wird. Der Geruch von Bas; ein süßer, starker Duft, der sagt, dass sein Paar auch beschäftigt gewesen ist.

Als er diesmal in die Küche kommt, hat Bas eine Reihe von farbigen Riegeln auf dem Tisch ausgebreitet. Nährstoffbrei fängt so an: eine weiche, schwammige Flüssigkeit, die beim Erhitzen zu einem Cracker härtet. Einer, der vollgepackt ist mit Vitaminen und Energie. Stimulanzien und Steroiden, um die Muskeln im Weltraum stark zu halten, wo solche Dinge bei geringem Schwerkraftwiderstand schnell verfallen.

„Ich habe ausgeladen, was wir brauchen", sagt Bas, als Sax eintritt. „Unsere Quartiere gefunden."

„Ich habe gewonnen." Sax wartet darauf, dass Bas ihm gratuliert, aber sein Paar lacht nur, ein kurzes zischendes Geräusch.

„Erwartest du eine Auszeichnung? Ich wäre beleidigter gewesen, wenn du gegen etwas verloren hättest, das Amigga gemacht hat."

Sax würde zustimmen, aber der Kampf lässt ihn nicht los. Wie schnell sich der Vertraute verändert und angepasst hat, bereitet Sax Kopfschmerzen. Also erzählt er Bas die Geschichte. Erklärt das Hin und Her. Beschreibt, wie der Vertraute sich teilen und wie er die Waffen benutzen konnte.

„Die Bergbauwaffen waren diesmal nicht geladen", schließt Sax. „Aber sie hätten es sein können. Sie werden es eines Tages sein. Daran habe ich keinen Zweifel. Dalachite wird versuchen, uns zu töten."

„Wenn das stimmt, dann sind wir in der Unterzahl",

erwidert Bas. „Du und ich können eine Armee töten, aber nicht eine, die immer wieder zurückkommt."

„Es sei denn, wir beseitigen die Quelle", antwortet Sax.

„Noch nicht", sagt Bas. „Noch nicht, Sax. Wir können Dalachite jetzt töten und damit die ganze Reise wertlos machen, die Proben unerforscht lassen und unsere potenzielle Lösung für das Sevora-Problem unerkundet. Alles wegen einer Ahnung. Alles, weil du Angst hast. Oder wir bereiten uns vor."

Vorbereiten. Das macht mehr Sinn. Hoffe auf das Beste, sei auf das Schlimmste vorbereitet. Allgemeine Weisheit.

Sax hat eine Idee dafür.

„Hast du zufällig herausgefunden, wo die Menschen sind?"

„Ja." Bas nickt zu einer Seite der Küche, wo eine Konsole in der Wand sitzt, deren schwarzer Bildschirm nichts anzeigt. „Die Baupläne für die Station sind dort drauf. Karten. Ich glaube, ich weiß, wo sie sind."

„Dann kümmere ich mich nach dem hier um unsere Vorbereitungen." Sax setzt sich an den Tisch, wickelt seinen Schwanz um seine Taille und beginnt, in die geschmacklosen, knusprigen Riegel zu beißen.

Sie sind besser als der blaue Familiaren-Schleim, aber nicht um viel.

KAPITEL 23

SITZUNGEN

DER RAUM IST KUGELFÖRMIG, mit einer kleinen Plattform, die sich von der Tür bis in die Mitte erstreckt. Auf der Plattform selbst gibt es nichts außer dem glänzenden Perlmetall, das alles auf Cobalt bedeckt. Der Vertraute weist mich trotzdem dorthin. Die Stimme hat auf dem Weg hierher nicht viel gesprochen, als wäre sie von etwas abgelenkt worden.

Ich gehe schweigend zur Plattform.

Ignos allerdings redet weiter.

Dies ist eine Immersionskammer. Sie werden test-

Hör auf. Sei still. Ich bin immer noch erschüttert davon, was Ignos wirklich ist, und jedes Mal, wenn das Wesen meinen Geist anspricht, gerate ich in Panik. Ich befürchte, dass Ignos mich wieder manipulieren wird. Mir etwas erzählt, das ich hören möchte und das seinen eigenen Zwecken dient.

Von der Plattform aus kann ich mich umsehen. Es ist keine außergewöhnlich hohe Kugel, obwohl ich denke, dass sie hoch genug ist, damit einer der Oratus dort stehen könnte, wo ich stehe. Sicherlich mehr als doppelt so hoch wie ich selbst, oben und unten. Die Verkleidung fällt mir jedoch ins Auge: ineinander greifende Rechtecke, und die Linien zwischen ihnen pulsieren in verschiedenen Farben. Wellen von Gelb und Orange und Blau und Grün kaskadieren um die Kugel herum. Es ist faszinierend, unnatürlich schön.

Ich höre, wie sich die Tür schließt.

Ich bin in diesem Raum gefangen, und zum ersten Mal, seit ich auf der Station bin, fühle ich mich hungrig. Biologische Bedürfnisse. Aber all das verschwindet schnell, als die Lichter ausgehen und mich in Dunkelheit tauchen.

„Das soll mir eine Vorstellung davon geben, wer Sie sind. Wie Ihr Geist und Körper funktionieren", sagt Dalachite diese Dinge mit einer fallenden Betonung, als würde es ein Skript vorlesen, während es etwas anderes tut.

Ich habe keine Chance zu fragen, was das ist, denn vor meinen Augen erscheinen Novas. Eine Reihe wilder Blitze, und ich bin kurz davor zurückzutaumeln, als ich bemerke, dass sich die Plattform, auf der ich stehe, verändert hat. Meine Füße standen auf glattem Metall, jetzt sind sie fixiert. Bänder sind darüber gekommen und haben mich festgeschnallt. Es ist unbequem, und ich habe das Gefühl, dass ich mir die Beine brechen könnte, wenn ich mich zu sehr anstrenge, aber die Bänder halten mich stabil, während die Welt um mich herum explodiert.

Das ist die einzige Möglichkeit, wie ich es beschreiben kann. Helle Lichter bersten eines nach dem anderen in unzähligen Farben. Nach ein paar Sekunden schließe ich meine Augen, kneife sie fest zusammen und versuche, es wegzubekommen. Sogar hinter meinen Augenlidern kann ich die Farbkleckse sehen, bis sie aufhören und die Dunkelheit zurückkehrt.

Als ich meine Augen öffne, sehe ich nichts, aber jetzt

spüre ich einen Luftzug. Wind kommt auf, obwohl ich nicht sicher bin, woher er weht. Die Luft wirbelt durch die Kammer, und es wird sehr kalt. So kalt, dass ich zittere und meine Zähne aufeinander klappern.

„Aufhören", versuche ich zu sagen, und meine Worte kommen als dampfender Atem vor mir heraus.

Als ob Dalachite zuhört, verlangsamt sich der Wind zu einem Kriechen, hört dann ganz auf, bevor er in die entgegengesetzte Richtung wieder aufkommt. Diesmal heiß. So heiß. Ich beginne zu schwitzen, als würde ich in der Wüste stehen, unter der brennenden Hitze von Ignos.

Es ist immer noch dunkel.

Bevor ich atmen kann, bevor ich irgendetwas sagen kann, hört die Luft auf, und der Raum gleicht seine Temperatur aus. Zurück zu der gleichen kühlen Nichtigkeit wie überall sonst auf der Station. Ein kleiner Kreis erscheint vor mir. Ein Licht. Es beginnt sich zu bewegen. Ich folge ihm mit meinen Augen, da es nicht viel anderes gibt, was ich tun kann, während ich dort auf der Plattform stehe. Ich frage mich, was der Sinn von all dem ist, aber ich bin gefangen und ich habe Angst und ich weiß nicht, was ich sonst tun soll, also schaue ich zu.

Der Kreis geht zu weit nach links, bis zu dem Punkt, an dem ich ihm nicht mehr folgen kann. Mein Kopf dreht sich und dann verdrehe ich meinen Körper, um ihm zu folgen, bis ich mich nicht mehr drehen kann, ohne meine Hüften auseinanderzureißen. Der Punkt schwebt am Rand meines Sichtfeldes, schwingt dann zurück und macht dasselbe in die entgegengesetzte Richtung. Dann zentriert er sich direkt vor mir. Wird heller, so hell, dass ich wieder blinzele, und dann dimmt er plötzlich und verschwindet.

In der Dunkelheit vor mir erscheinen Bilder. Dinge, die ich nicht erkenne. Seltsame Landschaften, orange und grün. Aufgewühlte Ozeane mit weißen Eisformationen, die sich im Hintergrund erstrecken. Immer mehr blitzen vor mir auf und bleiben nur für eine oder zwei Sekunden.

Bis eines. Eines, das mich nach Luft schnappen lässt. Eines, das mir Tränen in die Augen treibt. Es ist ein Hain von Bäumen, mit Lianen, die von ihren Ästen hängen und sich zu einem farnbedeckten Boden neigen. Im Hintergrund, fast versteckt, kann ich einen kleinen Fluss erkennen, der vorbeifließt. Ich habe diesen genauen Ort noch nie gesehen, aber er fühlt sich für mich wie Zuhause an. Es ist so sehr Zuhause.

Das Bild verblasst zu nichts.

Ich höre klappernde und mahlende Maschinen, ein Wort, das ich durch Ignos' Erfindungen kennengelernt habe. Ich spüre, wie Dinge an meinem Körper entlangfahren. Kalt, metallisch. Sie piksen auf meiner Haut, und ich versuche, sie wegzustreichen, aber als ich das tue, packt etwas meinen Arm. Mehr Bänder. In der Dunkelheit kann ich nicht sehen, aber sie fühlen sich für mich an, als kämen sie vom selben Ort, derselben Plattform, die immer noch meine Füße festhält.

Schmerz. Brutal scharf und kurz. Er wandert von meinem Arm durch meinen Körper zu meinen Beinen und wieder zurück. Als würde jeder einzelne Teil von mir getestet werden.

„Sehr gut, Kaishi", sagt Dalachite, während der Schmerz nachlässt. „Sie sind ein faszinierendes Exemplar. Etwas, das ich nie erwartet hätte zu sehen. Ich habe einen letzten Test für Sie. Eine letzte Sache. Wenn Sie also bitte entspannen würden."

„Ich", aber mehr kann ich nicht hervorbringen. Mein Körper ist erschöpft, mein Geist brennt nach dem, was gerade passiert ist, und alles, was ich tun kann, ist in das Metall zu sinken, das meine Arme und Beine festhält.

Die Tür öffnet sich, und Schritte nähern sich der Plattform. Ich drehe meinen Kopf, um zu sehen, aber als ich das tue, schließt sich die Tür wieder, und alles, was sich nähert, ist in Dunkelheit gehüllt. Einen Moment später spüre ich kalte Fingerspitzen, die meinen Kopf berühren. Nur sind dies nicht die Fingerspitzen, die ich kenne. Diese haben nicht die reiche Textur menschlicher Hände.

Diese haben nicht die Wärme eines menschlichen Körpers. Nein, diese sind leblos und glatt, als würde man von einem Wassertropfen gepackt. Sie halten meinen Kopf gerade. Ich spüre, wie etwas Langes beginnt, sich in mein Ohr zu schleichen. Es geht weiter und weiter und weiter, und Angst strömt aus Ignos, so viel, dass mir davon übel wird.

Ein Zucken und eine Vibration, und ich bin mir zum ersten Mal bewusst, was Ignos *ist*. In meinem Kopf herrscht ein Chaos. Als ob Tausende trippelnder Füße zwischen meinen Ohren hin und her rennen, alles kratzen und greifen, was sie können. Dieser Empfindung folgt ein pochender, schmerzender Schlag, der mich auf die Knie zwingen würde, wäre ich in der Lage zu fallen.

Dann ist es vorbei. Das Objekt zieht sich zurück, Schritte entfernen sich. Die Tür öffnet und schließt sich wieder.

Die Kammerbeleuchtung geht langsam an, und sobald der ganze Raum in dasselbe alabasterweiße Licht wie der Rest der Station getaucht ist, lösen sich die Fesseln.

Ich falle auf die Knie, lege meine Hände auf das kühle Metall und weine.

SAX FÜHRT DIE MENSCHEN, die sich selbst Viera und Malo nennen, durch den letzten Gang zum Trainingsraum. Es war nicht schwer, Dalachites Erlaubnis für die Übung zu bekommen, da der Forscher genauso viel über die Exemplare lernen möchte wie Sax sie trainieren will.

„Also, was bist du?", fragt Viera während sie gehen. „Ich verstehe, du kamst vom Himmel. Von wo auch immer dieser Ort ist."

„Ich komme nicht von hier", antwortet Sax. „Ich lebe, wenn du es so nennen willst, weit weg. Auf einem Schiff, das viel größer ist als diese Station."

„Station, Schiff ... ich denke, diese Worte bedeuten für dich etwas anderes als für mich. Ich vermute mal, du paddelst nicht herum?"

„Paddeln?"

Malo, der andere, murmelt etwas, das Sax nicht verstehen kann.

„Ich mache keine Witze", sagt Viera. „Es ist eine Frage. Anstatt schweigend dazusitzen wie du, versuche ich herauszufinden, was hier los ist."

Sax blickt von einem zum anderen. Die Menschen zeigen Mut angesichts von Gefahr und unbekannten Umständen. Ein gutes Zeichen. Sax gibt ihnen eine kurze Lektion über Raumfahrt, darüber, wie Sprünge Falten im Universum erzeugen, um ein Schiff von einem Ende zum anderen zu bringen, und am allmählichen Glasieren ihrer Augen erkennt er, wann er genug gesagt hat.

„Noch etwas", sagt Viera, sobald Sax verstummt. „Die andere, mit den rosa Schuppen? Kommt sie vom selben Ort wie du? Ist sie deine Schwester?"

„Wir werden Oratus genannt", sagt Sax. „Die ‚Rosa' ist mein Gegenstück. Meine Lebensgefährtin."

„Ja, wir Menschen versuchen das auch. Schien mir immer zu viel Ärger, um es wert zu sein."

Sax bleibt stehen. Er drückt die Spitze seines Schwanzes gegen Vieras Brust und dreht sich um, um sie anzusehen. „Deine Gesellschaft oder deine Spezies interessieren mich nicht, außer insofern sie uns helfen kann, die Sevora davon abzuhalten, die Galaxie zu befallen."

„Würdest du also sagen, Bas ist die Nette von euch beiden?"

Das verschwendet zu viel Zeit. Sax antwortet nicht, sondern läuft weiter.

Als sie die Tür zum Trainingsraum erreichen, leuchtet das Licht darüber bereits grün; Dalachite hält sein Versprechen. Sax geht voran und deutet mit einer einzelnen Vorderkralle zur Mitte.

„Steht dort, bis ich etwas anderes sage", befiehlt Sax mit einem scharfen Zischen, und dann geht er zum Schrank.

Drinnen befinden sich, so wie er sie zurückgelassen hat, die zwei beschädigten Miner, eine Sammlung kleinerer Waffen und die Schwerter.

Womit anfangen.

Mit einer anschaulichen Lektion, offensichtlich.

Sax greift zwei kleine Miner und dreht sich zu den Menschen um.

„Schaut", sagt Sax und hebt die Miner, zielt mit jeweils einem auf die beiden Menschen und drückt ab.

Azurblaue Blitze zucken für einen Sekundenbruchteil auf und treffen jeden der Menschen. Beide zucken, dann fallen sie. Kollabieren lautlos auf den Boden. Sax lacht, geht dann hinüber und starrt auf das Paar hinab.

„Seht ihr?", zischt Sax. „Das sind Betäubungsminer. Vollgepackt mit Energie werden sie euer Nervensystem überlasten und euren Verstand für kurze Zeit lahmlegen. Nützlich, weil Betäubungsschüsse relativ wenig Energie verbrauchen. Das bedeutet, ihr könnt immer wieder feuern."

Um das zu demonstrieren, richtet Sax die Waffen auf die Menschen und schießt ein zweites Mal, gerade als Viera und Malo beginnen, ihre Augen zum Oratus zu bewegen. „Diese werden ein großes Geschöpf überhaupt nicht verlangsamen. Sie werden niemanden, selbst bei eurer geringen Größe, lange gelähmt halten. Also ist es am besten, diese in einem Notfall zu benutzen. Um Zeit zu gewinnen oder jemanden zu überraschen, der etwas anderes erwartet."

Sax legt die Betäubungsminer zurück in den Schrank und holt eine der schwereren Waffen heraus. Eine, die nicht kaputt ist. Er schreitet zurück zur Mitte des Raums. Viera und Malo blinzeln jetzt, husten. Versuchen, ihre Nerven wiederzufinden.

„Dies ist ein voller Miner. Er kann so feuern", Sax drückt ab und ein heller roter Blitz schießt heraus und gräbt sich in die Seite des Raums.

Das Laserlicht brennt sich in die gepolsterten Wände und lässt das Metall darunter sauber zurück.

„Schnelle, energiesparende Schüsse, die trotzdem genug Schaden am richtigen Ziel anrichten können. Oder, wenn es euch nichts ausmacht, eure Energie zu verbrauchen, könnt ihr ihn so benutzen."

Sax passt an, wo er seine Krallen platziert, wodurch ein anderer Satz kleiner farbiger Kreise an der Seite des Miners tief rot aufleuchtet, und er drückt ab. Diesmal schießt statt eines einzelnen Blitzes ein stetiger Strahl geschmolzener Energie hervor. Der schäumende rote Strahl verbrennt die Polsterung und löst sie auf, während sich der Strahl bewegt. Sax feuert ein paar Sekunden lang weiter und achtet darauf, sein Ziel zu verschieben, um nicht tatsächlich durch die Wand des Raums auf die andere Seite zu brennen.

„Das ist mal 'ne Waffe", sagt Viera vom Boden aus.

Oder versucht es zumindest. Sax fängt die Worte auf, interpretiert die Bedeutung, aber der Klang ist eher ein quietschendes Krächzen als alles andere. Ihre Stimmbänder funktionieren noch nicht so, wie sie sollten.

„Beide werden euch helfen, solltet ihr kämpfen müssen", sagt Sax. „Später werdet ihr die Gelegenheit haben, all diese abzufeuern. Lernt, wie ihr euch nicht selbst in winzige, geschmacklose Asche verwandelt."

Sax holt die Schwerter. Als er zur Mitte des Raums zurückkommt, stehen sowohl Malo als auch Viera wieder, obwohl keiner von beiden besonders begeistert aussieht.

„Die betäuben nicht auch, oder?", nickt Viera zu den Schwertern, als Sax näher kommt.

„Das müssen sie nicht", erwidert Sax. „Wozu betäuben, wenn man töten kann?"

Malo sagt wieder etwas zu Viera, und die Menschenfrau zuckt mit den Schultern.

„Sprichst du unsere Sprache nicht?", fragt Sax.

„Wenig", antwortet Malo.

„Der Mann hat seine eigene Sprache. Er versteht das meiste von dem, was wir sagen, weiß nur nicht, wie er antworten soll", erklärt Viera. „Ich werde übersetzen."

Malo wiederholt, was er vor einem Moment gesagt hat. Viera antwortet mit einem knappen Satz und wendet sich dann Sax zu.

„Malo sagt, dass Töten Verschwendung ist", zuckt Viera mit den Schultern. „Man kann keinen toten Menschen opfern."

„Opfern?"

„Genau. Du gewinnst einen Kampf, nimmst den Gefangenen mit, trägst ihn dann auf die Spitze eines Tempels oder so, nimmst sein Herz heraus und bittest deine Götter um Dinge." Viera spricht, als würde sie den langweiligsten Dreck der Galaxis beschreiben. „Ihr Monster macht etwas Ähnliches?"

„Wir essen unsere Gefangenen."

Zumindest für diese Menschen stimmt das.

Viera lacht, erzählt es Malo, der daraufhin krank aussieht, was Viera nur noch mehr zum Lachen bringt.

„Siehst du, Malo hat eine tiefe Liebe für sein Volk", fährt Viera zu Sax fort. „Er hat diese Vorstellung, dass sie die Auserwählten sind. Dass sie am Ende unseren Planeten beherrschen werden. Und, ich nehme an, diese Galaxis, von der du immer sprichst."

Jetzt ist es an Sax zu lachen. Viera zeigt auf den Oratus und sagt dann eine weitere Reihe von Worten zu Malo. Der menschliche Krieger – denn Sax kann Malos Beruf auf die Art erkennen, wie ein Kämpfer sich selbst in einem anderen sieht – schätzt nicht, was auch immer Viera sagt. Er stößt seine Freundin weg und streckt Sax eine Hand entgegen.

„Ich glaube, er will das Schwert", sagt Viera.

„So viel ist klar." Sax gibt Malo die Klinge. Der Krieger dreht sich um und richtet die Spitze auf Viera. „Ich glaube, du hast ihn beleidigt."

„Glaube, das habe ich", erwidert Viera kopfschüttelnd. „Wir hätten seine Zivilisation ausgelöscht, wenn Kaishi nicht eine Kreatur mit all den Antworten in ihrem Kopf gefunden hätte. Ich vermute, Malo ist deswegen immer noch verärgert."

Eine Rivalität mit einem tieferen Zorn dahinter. Diese Emotionen sind gefährlich. Nichts, womit sich Sax auseinandersetzen möchte, wenn – oder falls – er diese beiden an seiner und Bas' Seite kämpfen lassen muss. Am besten, solche Gefühle früh auszumerzen. Er hält das zweite Schwert Viera hin, die es nimmt und den Griff in ihrer Hand dreht.

„Ihr werdet feststellen, dass die Schwerkraft hier niedriger ist als auf eurer Heimatwelt", sagt Sax. „Eure Bewegungen werden nicht ganz die gleiche Geschwindigkeit haben. Schwingt leicht und lernt voneinander."

Sax tritt zurück, bis sein Schwanz die Wand des Raumes berührt, und wartet. Viera schaut auf ihr Schwert, dann zu Sax. „Was willst du, dass wir tun? Draufloshauen?"

Sax nickt.

Malo sagt dann etwas, und Viera seufzt dem Krieger entgegen. Sie spreizt ihre Füße und setzt das Schwert in die Mitte, beide Hände am Griff. Malo beugt seine Knie leicht, lehnt sich vor und hält das Schwert in einem flachen Winkel. Es gibt Zeit für einen einzigen Atemzug. Viera macht den ersten Zug. Sie tritt in einen ausholenden Schnitt gegen Malo. Aber die Schwerkraft ist niedrig, und der Schwung ihres Ausfalls ist zu viel, um ihn zu stoppen.

Viera schwebt, als sie versucht zu schwingen, und

taumelt vorwärts. Malo, der versucht, die Situation auszunutzen, schwingt sein Schwert nach oben für einen Überkopfschlag, aber auch diese Bewegung hebt Malo ein wenig vom Boden ab. Genug, um ihn aus dem Gleichgewicht zu bringen, und gemeinsam fallen die beiden sanft in einem zerknitterten Haufen zu Boden.

Sax kann nicht anders, er lacht; lautes Zischen hallt durch die Kammer.

Die beiden Kämpfer entwirren sich und nehmen erneut ihre Positionen ein. Viera lässt Worte fliegen, und Sax fängt den Namen Kaishi auf, den der dritten Menschenfrau. Interessant. Vielleicht ist sie der wahre Mittelpunkt dieses Konflikts.

Malo lockert seine Deckung, öffnet den Mund, um eine Erwiderung loszulassen, als Viera angreift. Sie führt nicht einmal mit dem Schwert, stattdessen beugt sie ihr rechtes Bein und stößt sich ab, schleudert ihren linken Fuß in einen Tritt, der Malos Gesicht trifft. Der Krieger fliegt zurück, prallt gegen die Wand. Die Schwerkraft gibt Malo genug Zeit, sich abzufangen, seine Hand auf den Boden zu pflanzen und zu knien, während er zu Viera aufblickt, die lacht.

„Diese Schwerkraft-Sache. Sie ist großartig", sagt Viera zu Sax, als sie hüpft, einen Meter in die Luft geht und wieder zurücksinkt.

Malo schreit etwas Hitziges, und dann ist er auf den Füßen und stürmt vorwärts. Viera berührt gerade den Boden, als Malo ankommt. Der anstürmende Krieger schwingt sein Schwert in einem kreuzenden Schlag, mit genug Kontrolle, um sich nicht selbst zum Drehen zu bringen. Viera schafft es, den Schlag zu blocken, indem sie Malos Waffe zum Boden lenkt. Viera folgt der Parade mit einer Ohrfeige mit der linken Hand, wieder in Malos Gesicht, und der Krieger taumelt zurück.

„Werd jetzt nicht wütend, Charre", sagt Viera. „Es gibt einen Grund, warum die Lunare gewannen, bevor Kaishi eingriff. Ihr seid veraltet. Ihr seid alle erbärmlich."

Sax kann jedoch etwas sehen. Es ist in Malos Augen. In seiner Haltung, als der Krieger wieder aufsteht. Viera schleudert weiter Beleidigungen, obwohl Sax denkt, dass Malo sie nicht mehr hört. Er ist im Kampf, wie jeder wahre Krieger es sein sollte, und diese Art von Kampf endet nur auf eine Weise.

Sax muss das jetzt stoppen. Das ist keine Trainings-übung mehr.

„Ich meine, denk mal darüber nach. Eure Armee verbringt all diese Zeit mit Opfern. Schlachtet wehrlose Menschen auf den Spitzen von Stufen oder euren riesigen Tempeln ab? Wie hilft euch das?" Viera gestikuliert mit dem Schwert. „Weißt du was? Es hilft nicht. Überhaupt nicht. Es würde mich nicht wundern, wenn wir, wenn wir zurückkommen, euch alle in Ketten in unseren Minen arbeiten sehen."

Als Malo wieder angreift, gibt er kein Signal. Nur ein leichtes Anspannen seiner Arme. Dann startet Malo sich selbst. Er drückt beide Füße in den Boden und stürzt sich nach vorne, seine Klinge wie eine Rakete direkt auf Viera gerichtet. Ein Zug, der in höherer Schwerkraft unmöglich wäre. Einer, für den Viera, wie Sax vermutet, kein Training hat. Keine Vorbereitung. Keine Ahnung, wie man sich verteidigt. Sie schwingt das Schwert, versucht zu blocken, aber Viera ist zu langsam.

Malo trifft, treibt die Spitze tief in Vieras Brust.

Und Sax fürchtet, er hat einen Menschen getötet.

KAPITEL 25

AUSSERGEWÖHNLICH GEWÖHNLICH

ICH SCHREITE DURCH DIE HALLEN. Ein Vertrauter führt mich. Seine blauen Hände strecken sich aus und halten meine, ziehen mich mit, während ich versuche, mich zu fassen. Ich suche in den Geschichten meiner Kindheit, denen über unseren Gott Ignos, über Menschen und Tiere, über Überleben und Triumph, die Beispiele liefern, wie man mit solch einem Trauma umgeht.

Ich finde nichts.

Es gibt keine Solare-Geschichte dafür. Keine Legende oder Erzählung am Lagerfeuer, die sagt, was man tun soll, wenn man herausfindet, wie leicht man zu zerbrechen ist. Ich wurde auf dieser Plattform untersucht und sondiert. Getestet und zerrissen. Mein Körper wurde gezwungen, aus irgendeinem unbekannten Grund zu tanzen, für irgendein Wesen, das ich nicht kenne oder verstehe.

Was mich zu einer Frage bringt. Was mir einen Weg nach vorn weist.

„Was war das?", frage ich den Vertrauten – meine ersten Worte, seit ich die Plattform verlassen habe.

„Ich lerne Sie kennen", antwortet Dalachite von den

Wänden um mich herum. Der Vertraute hält uns in Bewegung. „Der Beginn einer langen und fruchtbaren Beziehung für uns beide."

Fruchtbar.

Lang.

Ich bin nicht sicher, ob ich mehr davon überstehen werde.

Als ob es meine Gedanken lesen würde, fährt Dalachite fort: „Diese ersten Gespräche mögen schwierig sein. Sogar schmerzhaft. Aber das ist normal. Welche Entdeckungen geschehen ohne solche Mühsal? Wo wären wir ohne die Bereitschaft, Schwierigkeiten zu ertragen, um das zu erlangen, was wir brauchen?"

„Ich sehe nicht, dass Sie irgendetwas ertragen."

Vorsicht, Kaishi. Dieses Wesen hat die Macht, uns jederzeit zu töten, wenn es will.

Was eine Erleichterung sein könnte. Jedenfalls habe ich die Worte gesagt, also warte ich, während wir gehen, auf die Antwort der Stimme.

„Ich werde Ihnen das eine Mal verzeihen, Exemplar." Dalachite entscheidet sich, meinen Namen nicht zu benutzen. „Was ich ertragen habe, geht über Ihr Verständnis hinaus. Was ich durchlebt habe, was ich für das Wohl der Galaxie geopfert habe, ist so weit jenseits Ihrer kurzen Prüfung, dass es nicht der Erwähnung wert ist. Gehen Sie jetzt, erholen Sie sich und wissen Sie, dass Sie noch viel mehr zu geben haben, bevor Sie sich als Märtyrer bezeichnen können."

Ich will kein Märtyrer sein. Die Galaxie interessiert mich nicht – etwas, von dem ich bis vor wenigen Stunden nicht einmal wusste, dass es existiert. Ich will einfach nur nach Hause.

Dann kämpfe dich zurück.

Das werde ich.

Wir gehen nicht zurück in mein Zimmer. Ich bemerke es erst – da die meisten Gänge gleich aussehen –, weil wir schon länger unterwegs sind, als es gedauert hat, zu dieser schrecklichen Plattform zu gelangen.

„Wohin gehen wir?", frage ich, aber der Vertraute hält nicht an und Dalachite antwortet nicht.

Schließlich erreichen wir eine weitere Tür, und der Vertraute öffnet sie mit einer blauen Handfläche auf einem schwarzen Kasten rechts neben der Tür. Ein Zischen, und sie öffnet sich. Ich erstarre. Ein Wesen steht auf der anderen Seite. Das rosa-goldene. Außerhalb des Dschungels, außerhalb der Panik, die uns alle in jener Nacht erfasst hatte, kann ich sehen, wie schön diese Schuppen sind, selbst als sich meine Kehle vor Angst zusammenzieht.

Ist dies ein weiterer Test? Hat Dalachite beschlossen, dass meine Zeit doch gekommen ist? Aber das Wesen starrt mich nur einen Moment lang an und deutet dann auf einen hohen, silbernen Tisch. Darauf, wie kleine Gebäude aufgestapelt, liegen Stapel dicker, farbiger Riegel. Orange, braun, gelb – es ist wie ein Regenbogen in warmen Farben. Der Vertraute, wie ich bemerke, verschwindet, als ich eintrete, und schließt die Tür hinter mir.

„Sie werden Sie sättigen", sagt das rosa-goldene Wesen, als wir allein sind, seine Stimme ein sanftes Zischen. „Vorausgesetzt natürlich, Ihr Körper funktioniert wie unserer."

„Mein Körper ‚funktioniert'?"

Es ist ein Begriff oder eine Phrase, die ich noch nie gehört habe, aber ich bin dankbar für etwas, das meine Gedanken von den Tests und Schrecken ablenkt, die ich durchgemacht habe.

„Ja, funktioniert. Sicher wissen und verstehen Sie, dass alle Dinge ein Produkt dessen sind, was in ihnen liegt. Die ständige Bewegung, die dafür sorgt, dass Ihre Augen blinzeln, dass Ihr Geist denkt." Die Stimme des Wesens ist eine Mischung aus Zischen und Knurren. Es klingt seltsam in meinen Ohren, aber das tut alles andere auf *Cobalt* auch.

„Wie funktioniert Ihrer?", frage ich.

„Ich bin Bas, eine Oratus. Genau wie Sax. Wir sind lebende Waffen", sagt Bas. „Wir existieren, um die Gesetze der Galaxie durchzusetzen. Um sie stabil, harmonisch und friedlich für diejenigen zu halten, die in ihr leben."

„Das klingt wie eine Rede."

„Das ist es", lacht Bas, eine Art halbes Zischen, halbes Schnauben. „Nun, setz dich. Iss. Wir können nicht zulassen, dass unser Prachtexemplar uns wegstirbt."

Ich folge Bas' Anweisungen. Oder versuche es zumindest. Der Tisch hat keine Stühle, und er ist viel zu hoch für mich, um daran zu essen. Die farbigen Riegel befinden sich auf Augenhöhe, und ich müsste mich strecken und darüber greifen, um sie zu erreichen. Allerdings bemerke ich, dass es grau schattierte Platten im Boden neben dem Tisch gibt. Ich gehe zu ihnen hinüber und sehe Bas an, in der Hoffnung, sie wird mir die Antwort geben.

„Setz dich einfach", erklärt Bas. „Sie werden sich erheben und dich auf der passendsten Höhe begrüßen."

Ich tue es, beuge meine Beine und Knie, als ob ich mich hinsetzen würde. Etwas erhebt sich vom Boden, formt eine perfekte Form und schiebt mich hoch, um den Tisch zu erreichen. Die Nährstoffriegel sind jetzt perfekt positioniert für müheloses Snacken.

„Das ist praktisch", sage ich.

Denn das ist es.

„Probier sie. Wenn du fertig bist, kannst du die Einrichtungen dort benutzen", Bas zeigt auf eine kleine Tür neben der Küche mit einem grünen Rahmen.

Ich verschlinge drei der Riegel – der Hunger steigt in mir bei dem Anblick des Essens, auch wenn es trocken und fade schmeckt, und verlangt, dass ich mich vollstopfe. Danach benutze ich das, was Bas ein Badezimmer nennt, eine seltsame Erfahrung, bei der sich wieder einmal glatte, formbare Formen bewegen, um meine Bedürfnisse zu erfüllen, ohne dass ich darum bitte. Schließlich geselle ich mich wieder zu Bas am Tisch, wo sie mir eine große Schüssel voll Wasser reicht und mich auffordert zu trinken.

„Du und Sax habt seltsame Namen", sage ich, nachdem ich einen großen Schluck genommen habe, wobei etwas Wasser über den Rand auf den Tisch schwappt.

Bas schenkt dem keine Beachtung, also tue ich es auch nicht.

„Noch seltsamer, sie zu nennen und keinen im Gegenzug zu erhalten?", sagt Bas zu mir, und ich erröte.

„Kaishi", sage ich. Bas lächelt mich an, was mich mit ihren Reihen scharfer Zähne zusammenzucken lässt.

Bas beobachtet, wie ich noch einen Schluck nehme, und als wieder Wasser spritzt, dieses Mal vom Rand des Tisches auf meine Kleidung – immer noch der Umhang und das Gewand, das ich trage, seit wir von zu Hause aufgebrochen sind –, lacht sie ein zweites Mal.

„Ich trinke normalerweise aus etwas Kleinerem?", frage ich und nicke in Richtung der Schüssel.

„Es tut mir leid, Kaishi. Es scheint, als wäre *Cobalt* nicht auf deine Anwesenheit vorbereitet", antwortet Bas und breitet ihre Krallen in einer Geste aus, die ich für ein Achselzucken halte. „Ich bin sicher, Dalachite wird sich in Zukunft mehr bemühen, deiner Spezies gerecht zu werden."

Es ist eine Ermahnung. Das kann ich an ihrem Ton

erkennen. Trotzdem stelle ich meinen Stolz zurück, um andere, wichtigere Fragen zu stellen.

„Was ist das hier für ein Ort?", frage ich. „Eine Station? Was ist Dalachite?"

„Ein Wesen, das du nicht kennst", antwortet Bas. „Wenn wir die Waffen der Galaxie sind, sind Dalachite und seine Artgenossen ihr Verstand. Amigga betreiben Stationen wie diese, kontrollieren unsere Regierungen. Sie leiten Teams, die nach wissenschaftlichen Entdeckungen suchen, und entscheiden, was wir damit machen sollen."

„Ihr gehorcht ihnen?"

„Ich genieße es, meine Krallen durch einen Feind zu schlagen, eine neue Welt zu erkunden oder mich in eine Schlacht zu stürzen, um sie zu gewinnen", antwortet Bas. „Die Amigga mögen nichts davon. Also sind wir ideale Partner."

„Und einer von ihnen leitet diese Station?"

„Einer von ihnen *ist* diese Station. Wenn ein Amigga sich ein Zuhause aussucht, wie dieses hier, wird es um sie herum gebaut. Sie sind buchstäblich eingebettet, sodass sie alles sehen und wahrnehmen können. Deshalb haben wir dich hierher gebracht."

„Damit es mich studieren kann."

„Damit es eine Lösung finden kann", Bas streckt ihre Hand aus und legt eine Kralle auf meine Stirn. Ich sollte zurückzucken, aber ich bin zu müde. Wenn dieser Oratus mich töten will, werde ich nicht die Energie haben, mich zu wehren.

„Du meinst das Ding in meinem Kopf. Ignos." Ich beschließe, bei dem Namen zu bleiben. Ignos hat keinen neuen angeboten, und es ist mir nicht mehr wichtig genug, ihn zu ändern.

„Was du in dir trägst, ist der größte Feind der Galaxie, und wir werden alles tun, um es aufzuhalten."

Sie weiß nicht, wovon sie spricht. Ihre Art und diese Amigga, sie sind die wahren Dämonen der Galaxie. Sie reißen jeden in Stücke, der anders denkt, der sich ihnen in den Weg stellt. Vertraue ihnen nicht, Kaishi. Tu es nicht, oder du wirst zu ihrem Spielzeug, das sie verdrehen und wenden und pieksen und reizen, bis du nichts mehr bist.

Bas neigt ihren Kopf zu mir. Beobachtet meine Augen. „Es spricht gerade mit dir, nicht wahr?"

Ich nicke.

„Sevora, ich weiß, dass du zuhörst." Bas spricht mit mir und doch nicht. „Füge diesem hier kein Leid zu, oder ich werde dich zwischen meinen Kiefern schmecken. Und ich werde langsam kauen." Ihre Augen verengen sich auf meine. „Was dich betrifft, Kaishi, wisse, dass du Freunde auf der Station hast. Solche, die dich beschützen werden."

Ich bin kurz davor, ihr zu danken, dann erinnere ich mich daran, dass Bas und Sax mich hierher gebracht haben, dass sie wollen, dass Dalachite mich testet, und ich sage nichts.

Die Tür öffnet sich hinter mir, das Geräusch rettet mich vor einer peinlichen Stille. Ein Familiar steht darin und gestikuliert uns beiden, aufzustehen und zu folgen. Dalachites Stimme knistert um uns herum: „Ein Exemplar wurde verletzt. Bis die Situation unter Kontrolle ist, kehren Sie bitte sofort in Ihre Quartiere zurück."

KAPITEL 26

EIN LEBEN WERT

VIERA IST LEICHT IN SAX' Mittelklauen. Kaum schwerer als ein felliger Flaum. Das geringe Gewicht ermöglicht es Sax, Malo hinter sich zu lassen, während er durch die Gänge rast. Dalachite weiß bereits, was passiert ist, und Platten im Boden wechseln vor Sax zu Grün, um ihn zur Krankenstation der *Cobalt* zu leiten.

Wenn er sich bewegen muss, kann Sax verdammt schnell sein: Seine Krallen graben sich tief in den Boden und treiben Sax in langen Stößen voran. Sein Schwanz fängt sich an Kanten in Gangkreuzungen und schiebt Sax in die richtige Richtung. Sogar seine Vorderklauen, obwohl leer, greifen nach allem, was sie können, und schieben ihn vorwärts.

Trotzdem verliert Viera viel Blut. Es spritzt und hinterlässt eine grausame Spur. Sax spürt die dicke, heiße Flüssigkeit auf seiner Haut und widersteht dem Drang, sie wegzulecken. Einen kleinen Bissen von dem so verletzlichen Exemplar vor ihm zu nehmen.

Seine Mission ist es zu beschützen, nicht zu zerstören.

Als Sax in der Krankenstation ankommt, sind bereits

drei Vertraute da. Alle sehen vage menschenähnlich aus, oder wie Flaum. Zwei Arme, zwei Beine und verschiedene Größen. Die Anzahl der blauen Figuren lässt Sax innehalten. Es bestätigt seine Befürchtung, dass Dalachite weit mehr Vertraute auf der Station hat, als es bisher zugegeben hat. Jeder oder alle von ihnen könnten Sax mit Schwertern oder Bergbaugeräten angreifen.

Aber das ist jetzt nicht wichtig.

Was schlimmer ist: Die *Cobalt* ist alt, und ihre Behandlungsmethoden sind veraltet. Die Krankenstation ist ein einziger großer Raum mit einem geteilten Bett in der Mitte. Es ist groß und breit, mit dünnen Linien, die zeigen, wo die Plattform bei Bedarf in mehrere Teile zerlegt werden kann, um mehrere Patienten aufzunehmen. Im Moment ist es einteilig, und es ist der Ort, an dem Sax Viera ablegt.

Als der menschliche Körper das Bett berührt, werden die Lichter über Viera hell. Maschinen und Geräte rollen selbstständig aus den Ecken des Raums heran. Sie bleiben in der richtigen Entfernung für Vieras Masse und Breite stehen. Programmiert für optimale Effizienz. Doch nichts passiert. Viera stöhnt, und der tiefe Schnitt unterhalb und links von ihrem Hals blutet weiter.

„Wir haben keine Protokolle", sagt Dalachite von oben. „Es gibt keine Standards für diese Spezies. Keine Befehle, denen wir folgen können."

„Es ist eine kohlenstoffbasierte Lebensform. Scannen und reparieren", zischt Sax.

„Warum das Risiko eingehen, das Exemplar weiter zu beschädigen?", erwidert Dalachite. „Wenn es stirbt, können wir es immer noch verwerten. Wir können immer noch lernen. Oder du kannst versuchen, es zu retten, es mit einem schlecht durchdachten Versuch zu ruinieren. Was hätten wir dann? Nichts."

Die Mission ist Schutz.

Sax tritt an das geteilte Bett heran, ragt über Viera auf. Es gibt eine allgemeine Regel beim Umgang mit solchen Verletzungen, und die lautet, die Blutung zu stoppen. Dann Flüssigkeit und Blut wiederherzustellen, wenn möglich. Sax bellt die Befehle. Die Vertrauten bewegen sich nicht, aber die Maschinen, die darauf programmiert sind, auf Sprachbefehle zu reagieren, springen in Aktion.

Das Bett selbst blitzt für eine Sekunde blau unter Viera auf und führt einen Scan der menschlichen Anatomie durch. Unmittelbar danach bricht ein robotisches Bündel dünner, spindelförmiger Arme, jeder mit einem anderen Werkzeug am Ende, in hektische Aktivität aus. Mit einem Dutzend verschiedener winziger Anhänge greift es vor, um zu schneiden, zu schnappen und zu nähen, bis der Schnitt unter einer Kaskade von Stichen verschwindet.

Ein anderes mobiles Gestell mit verschiedenen Beuteln hängender Flüssigkeiten und Medikamente rückt näher an Viera heran, justiert sich und zielt mit einer Spritze. Es sticht in Vieras linken Unterarm. Die Spritze zieht etwas von Vieras Blut heraus und blitzt, wie das Bett, für einen Bruchteil einer Sekunde blau auf. Die Beutel verschieben sich auf dem Gestell, einer mit einem tiefen Karminrot rückt nach vorne und wird in den Schlauch eingesetzt, der zur Spritze führt. Synthetisches Blut.

Es ist seltsam, dass die *Cobalt* die notwendigen Flüssigkeiten für eine neue Spezies haben sollte, aber Sax ist trotzdem dankbar dafür. Noch andere Roboter kümmern sich um Vieras Bedürfnisse. Sie tauchen von der Decke herab, um Kleidung wegzuschneiden, Herzschläge und Atem zu messen. Um sicherzustellen, dass sie durch beheizte Strahlen von oben und unten gewärmt wird.

Sax beobachtet zusammen mit den Vertrauten. Alte

Medizin. Auf einem modernen Schiff oder einer modernen Station würde Viera in einen Bio-Tank getaucht und durch dessen Mischung aus Nährstoffen, Nanobots und lebenden Zellen regeneriert werden, die bereit sind, das zu ersetzen, was ihr Körper selbst nicht leisten kann.

Die *Cobalt* ist eine alte Station, und alte Methoden müssen genügen.

Malo platzt schließlich in den Raum. Sax bemerkt, dass der Krieger immer noch sein Schwert trägt, und bevor Malo eine weitere Bewegung machen kann, greift Sax hinüber und reißt ihm die Waffe aus der Hand. Malo reagiert kaum, seine Augen sind auf Viera gerichtet.

„Lebendig?", fragt der Krieger.

„Zu früh, um das zu sagen", antwortet Sax. „Dein Angriff war gut. Ein kluger Zug."

An dem entsetzten Blick, mit dem Malo ihn ansieht, ist klar, dass der Krieger Sax verstehen kann, auch wenn er selbst nicht ganz weiß, wie er in der gemeinsamen Sprache sprechen soll.

Aber Sax ist sowieso kein großer Redner. Sie lassen sich nieder. Starren auf die summenden Maschinen.

Beobachten, wie das Leben eines Menschen langsam aus dem endlosen Abgrund zurückkriecht.

KAPITEL 27

DIE KAISERIN, ALLEIN

BAS IGNORIERT das Vertraute und streift an seinen blauen, protestierenden Armen vorbei. Sie sagt, sie kenne den Weg zur Krankenstation. Aber nach der dritten Biegung, nachdem wir unseren ersten Blutfleck entdeckt haben, kommen zwei Vertraute aus dem Gang vor uns und versperren uns den Weg.

Sie weisen uns zurück.

„Bitte begeben Sie sich beide in Ihre jeweiligen Kammern", sagt Dalachite. „Es gab einen Unfall, und während die Aufräumarbeiten im Gange sind, wäre ich Ihnen dankbar, wenn sich alle aus diesem Schlamassel heraushalten würden."

Es ist keine Bitte.

Die Vertrauten trennen Bas und mich, wobei die rosa-goldene Oratus mir ein letztes Mal mit ihrer Klaue zuwinkt, während unsere Vertrauten uns in verschiedene Richtungen führen. Wir machen uns schnell auf den Weg zurück zu den Räumen, die, wie ich jetzt annehme, Viera, Malo und mir gehören. Über beiden Türen, stelle ich fest, leuchten rote Lichter. Verschlossen oder abwesend.

Ich werde ohne Kommentar in meinen Raum geschoben, und die Tür schließt sich hinter mir, sobald ich drin bin. Es ist seltsam, jetzt allein zu sein. Der Spaß des Geheimnisses und die Aufregung, an einem neuen Ort zu sein, haben sich verflüchtigt. Ebenso die Angst. Ich ersetze sie durch grimmige Entschlossenheit. Akzeptanz. Das ist nicht der Ort, an dem ich sein möchte, aber wenn ich gehen will, muss ich fliehen, und dafür muss ich zunächst aufhören zu leugnen, dass ich überhaupt hier bin.

Also sehe ich mich in meinem Zimmer um. Versuche, etwas Nützliches zu finden. Da ist das weiche, erhöhte Bett, das offensichtlich zum Schlafen da ist. Etwas, das ich seit meiner Ankunft auf der *Cobalt* nicht getan habe und das, wie mir mein benebeltes Gehirn sagt, ich bald brauchen könnte.

Aber noch nicht.

Anderswo, abgesehen von den leeren Perlwänden, gibt es einen schwarzen Bildschirm auf einer Seite und eine kleine Tür, die sich zu meinem eigenen... wie nannte Bas es? Badezimmer öffnet. Ich schaue jetzt hinein und bemerke, dass sich in der Decke in einem Fach links von der Stelle, wo das Hauptgeschäft des Badezimmers erledigt wird, etwas Seltsames befindet.

Es ist ein Gitter aus Löchern. Darunter an der Wand befindet sich ein Knopf, der, wie ich feststelle, wenn ich ihn drücke, nicht nur ein Knopf, sondern auch ein Drehregler ist. Wenn ich ihn nach links drehe, beginnt er rot zu leuchten. Nach rechts gedreht leuchtet er blau. Wenn ich ihn hineindrücke, sprüht abgestandenes Wasser aus den Löchern. Mir wird klar, dass der Regler hier die Temperatur steuert: Rot macht das Wasser heiß, Blau macht es kalt.

Mir war kalt, seit ich die Station erreicht habe, also

ziehe ich meinen zerlumpten Umhang aus und genieße ein paar flüchtige Momente unter diesen heißen Tropfen. Als ich einige Zeit später erneut den Knopf drücke, werde ich von allen Seiten mit trockener Luft aus Lüftungsschlitzen mit so winzigen Löchern geblasen, dass ich sie vorher gar nicht bemerkt hatte. Am Ende bin ich sauber.

Ich bin gerade dabei, meine alten Kleider wieder anzuziehen, als ich bemerke, dass hinter dem Bett ein neuer Schrank geöffnet ist. Ich bin mir nicht sicher, warum, ob jemand in mein Zimmer gekommen ist, während ich im Badezimmer war, oder ob sich der Schrank automatisch geöffnet hat, aber darin liegen hellblaue Kleidungsstücke – wie der Himmel zu Hause. Zumindest denke ich, dass es Kleidungsstücke sind, aber als ich das oberste vom Stapel nehme und aufs Bett lege, scheint es zusammenzufließen.

Es ist eine Maske.

In Ignos' Worten liegt Ehrfurcht.

Ich habe noch nie eine wie diese gesehen.

Aber was ist es?

Die Amigga bevorzugen Dinge, die durch Berührung aktiviert werden. Also leg deine Hand darauf. Sieh, was passiert.

Das tue ich. Ich lege meine Hand flach auf das blaue... ich möchte es Stoff nennen, aber es ist eindeutig keiner. Zu glatt, zu leblos. Doch als ich es berühre, greift die Maske, wie der Cache es vor so langer Zeit im Dschungel tat, nach meinen Fingern. Zieht sich über meine Hand, meinen Arm und schließlich über meinen ganzen Körper. Sogar über meinen Kopf. Ich schließe die Augen, als die Maske darüber hinwegfegt. Es gibt ein Gefühl von flüchtigem Druck, und als es vorbei ist, öffne ich die Augen zu klarer Sicht.

Plötzlich ist mir warm. Perfekt warm.

Als ich an mir herunterblicke, ist es, als wäre ich eng bekleidet. Eine Form, die ich noch nie gesehen habe, aber eine, die sich jeder meiner Konturen anpasst und mich silberblau färbt, wie die Vertrauten in hellem Licht. Sogar meine Hände scheinen behandschuht. Wie ein Lunare, gekleidet, um unter den Bergen warm zu bleiben.

Der Gedanke unterbricht meine Faszination wie der Knall von Vieras Pistole.

Einer meiner Freunde ist verletzt, und hier bin ich und spiele in meinem Zimmer. Vergesse sie alle.

Wenn du erfahren willst, was passiert ist, benutze die Konsole.

Ich starre auf den Bildschirm an der Wand links von der Tür. Er ist leer und dunkel.

Erinnerst du dich, Kaishi? Leg deine Hand darauf.

Das tue ich und lege meine rechte Hand flach gegen den Bildschirm. Sie hinterlässt einen Abdruck, und als eine blattgrüne Linie beginnt, meine Fingerspitzen auf dem Bildschirm zu umreißen, zucke ich zurück. Die Darstellung verschwindet.

Lass sie dort. Es muss wissen, wer du bist.

Ich starre für einen Moment auf meine Hand. Wer ich bin? Wie soll dieses Ding von meiner Hand wissen, wer ich bin?

Es sucht nach Signalen. Ätzungen in deiner Handfläche, die Wärme deiner Hand. Die Maske gibt dich ihm preis. So weiß die Konsole, dass du es bist und nicht Malo. Ob du eine Oratus oder eine Amigga bist.

Ich verstehe es immer noch nicht ganz, aber ich drücke meine Hand erneut gegen den Bildschirm. Sobald die grüne Umrandung fertig ist, verblasst das Schwarz zu einem sanften weißen Hintergrund, der dem Ton der Wände ähnelt, aber nicht ganz entspricht. Davor sind bunte

Symbole zu sehen. Eines ist eine sich verändernde Spirale. Ein anderes scheint ein Kreis in einer ovalen Form zu sein. Wieder ein anderes ist ein Durcheinander von Buchstaben, die in ein Quadrat gequetscht sind, und so weiter und so fort. Es müssen Dutzende sein.

Ein Klopfen unterbricht meine Erkundung. Diesmal, als ich zur Tür schaue, blinkt das Licht grün auf und die Tür öffnet sich, um Malo auf der anderen Seite zu enthüllen.

Nur ist es nicht der Malo, an den ich mich erinnere. Dieser, mein Freund, ist mit Blut bedeckt. Er hält einen zerknitterten Satz Kleider in seinen Armen. Ich kenne die Uniform. Den Umhang. Vieras.

„Lebt sie?", frage ich, und als Malo nickt, seufze ich erleichtert.

„Ich hätte sie fast getötet, Kaishi", sagt Malo, als er den Raum betritt. Er hält mir die Kleider hin, als ob ich sie nehmen sollte. Als ob sie jetzt irgendwie mir gehören würden.

„Wie?", erwidere ich, und Malo erzählt es mir.

„Es war für mein Volk", sagt Malo am Ende seiner Geschichte. „Zumindest dachte ich das. Sie verspottete uns. Die Charre. Aber was sind bloße Worte an einem Ort wie diesem? Wenn alles, was wir haben, einander ist?"

Malos Gesicht ist ein Bild des Kummers. Er setzt sich auf die Kante meines Bettes und starrt auf die Konsole, obwohl ich nicht glaube, dass er sie wirklich sieht. „Weißt du, warum wir im Dschungel waren und Solare-Stämme überfallen haben?" Malo erwartet keine Antwort von mir, also gebe ich keine. „Weil wir wissen wollten, was die Lunare vorhatten. Wir wollten wissen, was sie von dir wollten, damit wir es zuerst bekommen konnten."

„Um sie davon abzuhalten, es zu haben?", sage ich.

„Nein. Damit wir versuchen konnten, ein besseres Leben für uns zu erkaufen. Von ihnen." Er beugt sich vor, presst seine Hände gegen seine Knie und zwingt sich dann, mich anzusehen. „Du hast gesehen, was sie aufs Feld brachten. Du hast diese seltsamen Kreaturen gesehen. Die rollenden Kriegsmaschinen. Sie hätten uns zermalmt, Kaishi. Uns ausgelöscht, wenn wir uns ihnen in den Weg gestellt hätten. Also suchte ich nach einem Ausweg. Einem Weg, unser Volk zu retten, und ich fand einen."

„Du hast eine Lüge gefunden."

„Mag sein, aber es hat funktioniert. Jetzt bin ich hier, aber ich glaube nicht, dass die Wunden geschlossen sind. Ich habe mich in meinem Hass verloren, Kaishi. Was weniger ist, als du verdienst. Ich bin deiner nicht würdig, dir oder meinem Volk zu dienen."

Malo steht plötzlich auf. Er streift an mir vorbei, als wolle er gehen.

„Bin ich immer noch deine Kaiserin?", sage ich.

Es folgt ein langer Herzschlag.

„Du bist meine Kaiserin", antwortet Malo, zur Tür gewandt.

„Dann befehle ich dir als deine Kaiserin zu bleiben. Mir und Viera zu helfen. Mein Schwert zu sein, wenn ich es brauche, und mein Schild, wenn nicht. Nimmst du an?"

Malo versteift sich, aber es gibt kein Zögern.

„Ich nehme an, Kaiserin."

Ohne ein weiteres Wort schreitet Malo aus dem Raum. Die Tür schließt sich hinter ihm.

Ich bleibe allein mit Vieras blutigen Kleidern zurück.

KAPITEL 28

WENN AUS DRUCK KLAUEN WERDEN

BAS KOMMT IN DIE KRANKENSTATION, bedeckt mit blauen Spritzern eines zerstörten Familiars. Sax wirft einen Blick auf die Beweise und zeigt ein zahniges Grinsen.

„Es hat versucht, mich von dir fernzuhalten", erklärt Bas. „Es ist gescheitert."

Auf dem Tisch in der Mitte liegt der Mensch. Noch immer wird sie überwacht, noch immer wird an ihr gearbeitet, obwohl die Intensität der Maschinen abnimmt, je weiter sich Viera von der Schwelle des Todes entfernt. Die drei Familiars bleiben und starren auf den Menschen, also werden auch Sax und Bas bleiben.

„Die Amigga will sie sterben lassen", sagt Sax. „Sie in Einzelteile zerlegen."

Bas lässt den Blick langsam durch den Raum schweifen. „Kein schlechter Plan."

„Ich habe sie in diese Lage gebracht. Ein Trainingsunfall. Kein würdiger Tod für eine Kriegerin." Sax lässt seine Klauen gegeneinander klicken. „Außerdem dachte ich, wir wollten sie lebend?"

„Insofern sie unseren Zwecken dient", antwortet Bas

und berichtet dann von den Details des Treffens mit Kaishi. Wie sie denkt, dass der Mensch definitiv keine Gefangene der Sevora ist und möglicherweise anfängt, das Ding in ihrem Kopf zu hassen. „Sie riecht nach Traurigkeit. Nicht ganz Verzweiflung, aber nicht weit davon entfernt."

„Sie braucht ein Ziel", sagt Sax. „Etwas, worauf sie hinarbeiten kann. Etwas, wofür es sich zu leben lohnt."

Beide wenden sich wieder dem Menschen auf dem Bett zu.

„Glaubst du, sie paaren sich wie wir?", fragt Bas.

„Der eine hat so etwas erwähnt. Es klang schrecklich."

„Du kannst andere Spezies nicht an der Großartigkeit deiner eigenen messen, Sax."

Doch Sax findet, dass er das kann. Es ist sogar gerechtfertigt. Denn wie sonst kann Sax messen, wer er ist, was er ist, ohne Maßstäbe? Ohne zu sehen, wie weit unter ihm alles andere steht?

Der Jäger muss seine Beute kennen.

„Ich muss Evva eine Nachricht schicken", sagt Sax nach mehreren Minuten summender medizinischer Geräte. „Sie muss wissen, was wir denken."

Bas ist im Begriff zu antworten, als sich die drei Familiars wie ein einziger Organismus umdrehen und sie ansehen. „Ihr habt mir nicht gehorcht." Dalachites Stimme kommt von oben. „Ihr habt einen weiteren meiner Familiars zerschmettert."

„Es hat Spaß gemacht", sagt Bas. „Und er kann sich neu erschaffen."

„Nicht, wenn ihr weggeht und ihn tragt", fährt die Amigga fort. „Wenn ich euch bitte, in eure Quartiere zurückzukehren, erwarte ich, dass ihr das tut. Dies ist meine Station, und ihr werdet meinen Anweisungen Folge leisten."

„Diese Anweisungen klingen eher wie Befehle", sagt Sax.

Ohne wirklich darüber nachzudenken, entfernen sich er und Bas um einen Meter voneinander. Genug Platz zum Manövrieren, falls die drei Familiars auf dumme Gedanken kommen sollten. Obwohl sie alle unbewaffnet sind und Sax immer noch das Schwert hält, das Malo mitgebracht hat. Wenn es zu einem Kampf käme, wäre der Sieg schnell und einfach.

„Nenn es, wie du willst, solange ihr gehorcht", sagt Dalachite. „Aber ich denke, es ist Zeit, sich auszuruhen. Das Leben dieses Wesens ist gut unter Kontrolle. Sie atmet, ihr Herz schlägt."

„Woher wissen wir, dass du sie nicht tötest, sobald wir den Raum verlassen?", entgegnet Sax.

„Weil ich kein Monster bin", sagt Dalachite. „Außerdem kann ich genauso viel lernen, indem ich beobachte, wie sie heilt, wie wenn ich sie töten würde. Sehen, wie sich ihre Zellstruktur neu formt. Was ihr Körper tut, um mögliche Infektionen zu bekämpfen. Alles, was ihr getan habt, ist, die Parameter meiner Studien zu ändern. Nicht sie zu ruinieren."

„Vertrauen wir ihm?", fragt Sax sein Paar.

„Ich bin nicht sicher, ob wir eine Wahl haben, es sei denn, wir wollen gegen jeden Familiar auf der Station kämpfen." Bas winkt mit einer Klaue in Richtung der drei blauen Kreaturen vor ihnen. „Lass uns gehen. Ich bin sowieso müde."

Sie verlassen die Krankenstation. Gehen zurück in Richtung ihrer Quartiere, außer dass Sax auf halbem Weg abbiegt. Er geht in Richtung der Andockbucht. Als Dalachite fragt warum, sagt Sax, dass sie eine Reihe von Vorräten auf dem Shuttle gelassen haben. Die Ausrede zahlt sich aus, und Dalachite spricht nicht mehr. Der Rest des Weges verläuft ruhig.

Sax verhält sich normal, als er die Einstiegsrampe hinaufgeht. Er geht zur Brücke, wo sich die Konsole und der Sender befinden. Es gibt keine Möglichkeit, zu verbergen, was er hier tut, also muss Sax hoffen, dass Dalachite mit anderen Aufgaben beschäftigt ist und nicht durch die Windschutzscheibe schaut.

Den Blick auf das helle grüne Licht der Bucht jenseits des Glases gerichtet, drückt Sax den Aufnahmeknopf und beginnt zu sprechen. Er hinterlässt eine lange Nachricht; berichtet, was auf der Station passiert ist. Erklärt, wie er glaubt, dass Dalachite ihm droht. Dass Sax denkt, dass dies früher oder später auseinanderfallen wird.

Als die Übertragung endet, verlässt Sax die Brücke. Er schnappt sich eine symbolische Kiste mit Nährriegeln. Geht zurück durch die verschlungenen Gänge, in Richtung der Quartiere. Er erreicht den letzten Gang, als Dalachite endlich spricht.

„Verdächtig wenige Vorräte, Oratus", sagt die Amigga.

„Hatte Lust auf unser eigenes Essen. Aber sag mir, Amigga, schläfst du jemals?", antwortet Sax. „Spionierst du immer?"

„Immer spionieren, Oratus. Immer sehen."

„Dann hoffe ich, dass das, was du gesehen hast, deinen Erwartungen entsprach", sagt Sax.

Es gibt ein Dutzend formelle Abschiedsfloskeln. Möglichkeiten, guten Abend und gute Nacht zu sagen. Sax benutzt keine davon. Keine ist dieser Begegnung würdig. Keine ist es wert, an Dalachite und seine blauen Kreaturen verschwendet zu werden.

Bas hat ihre Maske bereits abgenommen und liegt auf dem großen, weichen Schwamm, der als Oratus-Bett dient.

Ihre Gliedmaßen verflechten sich auf der rötlichen, weichen Oberfläche. Der Schwamm fühlt sich kühl an, und er biegt und faltet sich um sie herum. Ihre Klauen durchstechen ihn, aber er heilt sich um ihre Spitzen, sodass Sax sich fühlt, als wäre er von einem dicken Handschuh umgeben.

Wie jedes Mal, wenn sie zusammen schlafen, streckt Sax seinen Schwanz entlang der Basis des Schwamms aus, wo er auf Bas' trifft. Sie umschlingen sich gegenseitig, und ihre Klauen graben sich durch den Schwamm, um sich zu umklammern.

Und das Paar schläft ein.

ICH SITZE AUF DEM BETT. Trage die Maske und überlege, wie ich sie abnehmen kann. Es scheint nicht richtig, mit so einem Ding zu schlafen, nicht dass es unbequem wäre, aber ich habe das Gefühl, als würde es mich überwachen. Als würde es jede Sekunde messen, was und wer ich bin, und sich entsprechend anpassen. Es ist ein seltsames Gefühl und keines, das Träume begünstigt. Träume, die, wie ich glaube, ohnehin schon schwer kommen werden, wenn man bedenkt, wo ich mich befinde.

Ich glaube, du kannst sie abnehmen.

Ich frage wie, und Ignos antwortet nicht. Anscheinend weiß es das nicht. Ich schaue auf den Cache, der immer noch fest an meinem Handgelenk sitzt. Wieder sehe ich einen hellen grünen Blitz, und es ist, als wäre ich in einem riesigen Wald von Informationen. Bilder schweben vor meinem geistigen Auge, und der Cache versucht, nach dem zu suchen, woran ich denke: die Maske. Alles, was er findet, sind jedoch verschwommene Beschreibungen. Ahnungen und Spekulationen darüber, wie sie funktionieren.

Während ich drin bin, konzentriere ich mich auf den

Begriff „Amigga", und der Cache liefert bereitwillig. Keine Bilder – anscheinend hat das, was den Cache erschaffen hat, noch nie einen Amigga in Fleisch und Blut gesehen –, aber jede Menge Text. Er ist voller Adjektive: wissenschaftlich, aggressiv, unpersönlich und fokussiert. Es gibt einen merkwürdigen Satz darüber, dass die Amigga mehr mit dem gegenwärtigen Zustand der Galaxie zu tun haben als jede andere Spezies, aber wenn ich versuche, tiefer zu graben, kommt der Cache mit leeren Händen zurück.

Also blinzle ich es weg und wende mich dem einzigen anderen Ding in meinem Zimmer zu, das Antworten enthalten könnte: der Konsole. Ihr Bildschirm ist immer noch an. Voller schwindelerregender Symbole. Ignos wacht auf und beginnt, sie mir zu erklären. Ich konzentriere mich auf die Wissensdatenbanken, wie beim Cache. Mit einer davon rufe ich eine Karte von *Cobalt* auf und schaue, wo sich die Krankenstation befindet, wo mein Plattformraum steht. Ich präge mir ein, was ich kann, auch wenn mir die Hälfte der Begriffe unbekannt ist.

Ich achte besonders auf die Route von meinem Zimmer zur Andockbucht. Zu unserer Flucht.

Von dort aus fällt mir ein Symbol auf, das wie ein sich drehender Kreis mit Zahlen und Strichen aussieht. Ich tippe darauf und sehe ein Protokoll von Ereignissen. Einfach, eines nach dem anderen zu den Daten selbst, alle unter dem, was das Protokoll „Zyklen" nennt, aufgereiht. Das Protokoll zeigt zehn davon.

Ein Zyklus kann lange dauern, je nachdem, was passiert. Hunderte und Tausende deiner Erdjahre könnten von einem zum nächsten vergehen. Oder nur ein Dutzend.

Dalachite baute *Cobalt* im achten Zyklus. Absichtlich in Entfernung zum Rest der Galaxie – ein Begriff, den ich nicht verstehe.

Du und alle deine Stämme sind nur ein winziger Teil von allem, Kaishi. Dennoch könntest du die wichtigste Entdeckung seit Beginn der Zyklen sein.

Wegen Ignos, oder zumindest hat Bas das gesagt.

Ja.

Dann gibt es einen kleinen Ausbruch von Frustration von Ignos, als ob das Eingeständnis ihm irgendwie Schmerzen bereitet. Ich kann jedoch nichts dagegen tun, also schaue ich zurück auf die Zeitleiste.

Cobalt lief nach der Fertigstellung zunächst ohne etwas Bemerkenswertes. Tests wurden zugewiesen und abgeschlossen. Personal blieb, und Moralberichte zeigten, dass die Dinge glücklich waren. Alles in kurzen, nüchternen Updates aufgezeichnet. Der erste Ausreißer tritt nicht lange nach dem Bau der Station auf. Als die Hälfte des Personals die Station verließ. Es gibt eine kurze Notiz, die darauf hinweist, dass die Wissenschaftler überflüssig waren und entfernt wurden, um Versorgungskosten zu senken. Von da an markiert jeder Eintrag, dass immer mehr Wissenschaftler abreisen. Die Notizen ändern sich jedoch dahingehend, dass die Entfernungen auf eine erhöhte Effizienz zurückzuführen sind.

Das Rätsel ist nicht schwer zu lösen: Die Vertrauten ersetzten langsam jeden. Ich gleite über die verbleibenden Notizen zu Personalabreisen und erfolgreichen Experimenten hinweg, bis ich zum allerletzten komme:

Die Letzten von uns gehen, nicht aus eigenem Wunsch, da wir unser ganzes Leben hier verbracht haben, sondern weil Dalachite entschieden hat, dass wir nicht mehr relevant sind. Seine blauen 'Vertrauten' sind jetzt überall, beobachten jeden unserer Schritte, verfolgen uns auf Schritt und Tritt. Wir Sevora mögen vielleicht nicht mit der Intelligenz der Amigga mithalten können, aber wir sind lebende Wesen; wir haben Seelen, wir haben Träume und Wünsche. Die Vertrauten haben nichts davon. Dass Dalachite dies als Vorteil sieht, ist offensichtlich.

Einer öffnet gerade die Tür.

Ich sage dir Lebewohl, Cobalt, und möge dein Meister in der Leere seiner Schöpfungen ertrinken.

Ich tippe weg von der Zeitleiste. Das Einzige auf dieser Station sind also wir drei, Sax und Bas, Dalachite und seine Vertrauten. An anderer Stelle auf der Konsole finde ich endlich Anweisungen, wie man die Maske abnimmt. Das Wesen, das auf dem Bildschirm erscheint, um es zu demonstrieren, lässt mich zurücktaumeln; es sieht aus wie eine große, braunfellige Maus mit einer längeren, nackten Nase. Doch es ist klar, was seine kleinen Krallen tun. Also versuche ich es.

Ich spreize die Finger in meinen Händen und drücke sie dann gegen meine eigenen Handflächen. Es fühlt sich an, als würde man aus der Dusche steigen; die Maske gleitet von mir ab und sammelt sich am Boden in einem Bündel, wie als ich sie zum ersten Mal fand. Ich lege sie beiseite, krieche ins Bett. Sage die Worte, die das Licht ausmachen.

Eine Sekunde später schalte ich diese Lichter wieder ein. Die Dunkelheit ohne sie ist absolut. Total. Wie in der Kammer mit der Plattform. Mein Herz rast. Schauer und Schweiß vermischen sich auf meinem Körper. Ich nehme mir ein paar Sekunden. Lange, tiefe Atemzüge.

Du kannst sie dimmen.

Ich sage die Worte, die Ignos mir sagt, und anstatt zu verschwinden, werden die Lichter auf das Niveau der sterbenden Dämmerung gedimmt. Ein sanfter, orangefarbener Schein. Niedrig genug, um zu schlafen, hell genug, um meine Ängste nicht auszulösen.

Obwohl ich mich frage, warum Ignos mir weiterhin hilft.

Weil du immer noch mein einziger Weg zum Überleben bist.

Wie kann ich ihm vertrauen?

Du musst dich dafür entscheiden. Ich kann dich nicht zwingen. Aber ich werde immer versuchen, dir zu helfen. Denn ohne dich bin ich nichts.

Ich muss Ignos vertrauen, dass es mir nicht schadet. Ich kann es sowieso nicht aus meinem Kopf bekommen. Mit diesem Wissen schlafe ich ein. Langsam, wartend auf Träume und Albträume.

DIE NÄHRRIEGEL SCHMECKEN HEUTE MORGEN GENAUSO wie am Tag zuvor. Nicht dass Tage auf der *Cobalt* wirklich eine Bedeutung haben - die Beleuchtung hier wechselt zwar, um Tag und Nacht zu simulieren, aber es gibt keine Jahreszeiten oder Kalender, um die Zeit zu verfolgen.

Sax ist dankbar für das Protein. Für die Energie. Besonders als die Familiaren wieder auftauchen. Sie schauen ihn und Bas mit ihren leeren blauen Gesichtern an. Diesmal sind es zwei, und als sie auf Sax zeigen, ist er nicht überrascht.

„Noch eine Übung?", fragt Dalachite. „Ich habe einige Anpassungen vorgenommen. Ich denke, du wirst es diesmal interessanter finden."

Falls es noch irgendwelche Spannungen von den gestrigen Ereignissen gibt, hört Sax sie nicht heraus. Als ob die Amigga darüber hinweggekommen wäre und es als eine Auseinandersetzung abgehakt hätte, die nicht erwähnenswert ist. Sax ist damit einverstanden. Er hat seine Übertragung an Evva gemacht, und es gibt genug Waffen für die

Oratus in ihren Quartieren. Wenn sich die Lage verschlimmert, werden sie bereit sein.

„Willst du, dass ich diesmal gehe?", fragt Bas.

„Ich würde ihn bei weitem vorziehen", unterbricht Dalachite. „Ich kalibriere die Familiaren und brauche daher eine konsistente Versuchsperson. Jemanden, dessen Stile ich analysieren und dann sehen kann, wie effektiv meine Anpassungen waren."

„Was für Anpassungen?", fragt Sax.

„Es würde den Zweck der Demonstration zunichtemachen, wenn ich es dir im Voraus verraten würde. Die ganze Übung besteht darin, wie gut sie und du euch anpassen könnt."

Sax schleicht unter dem Tisch seinen Schwanz unter Bas und gibt ihr zwei schnelle Taps an die Unterseite ihres eigenen Schwanzes. Er steht auf und schaut die beiden Familiaren an. „In Ordnung. Jetzt, wo ich einen vollen Magen habe, werdet ihr allen Vorteil haben, den ihr braucht."

„Um zu gewinnen?", lacht Dalachite.

„Oh, ihr werdet verlieren", erwidert Sax. „Nur langsamer."

Die beiden Familiaren führen ihn durch die Gänge zurück in denselben Trainingsraum. Er trägt die Narben von Sax' Schießerei von gestern Abend, Brandspuren, die Dalachite nicht erwähnt. Diesmal gehen die zwei Familiaren in die Mitte des Raumes und drehen sich zu Sax um.

„Noch eine Jagd wie gestern?", fragt Sax.

„Ich denke, das wäre der perfekte Anfang", sagt Dalachite. „Wann immer du bereit bist."

Diesmal bewegen sich die Familiaren nicht einmal. Sie stehen da und beobachten Sax. Beide Familiaren haben die gleiche Größe. Beide haben die gleichen zwei Beine und

Arme. Keiner von ihnen ist in der Lage, einen Oratus zu überholen. Keiner trägt irgendeine Art von Waffe. Wie soll das anders sein als vorher?

Nicht dass es eine Rolle spielt. Sax fletscht die Zähne, spannt seine Beine an, täuscht einen Angriff auf den linken vor und stürzt sich dann auf den rechten.

Seine Krallenfüße pumpen in langen Sprüngen, und Sax erwischt den Familiaren mit seinen Mittelkrallen, zerschneidet ihn in Stücke. Der Familiar explodiert in einem gewaltigen blauen Sprühnebel.

Etwas beißt Sax in den Rücken. Das kribbelnde Brennen eines Mikro-Betäubers. Wenn Sax keine Maske tragen würde, hätte er viel mehr Schmerzen. So fühlt sich die Stelle in der Mitte seines Rückgrats an, als würde eine brennende Kerze daran gehalten.

„Also betrügst du heute", sagt Dalachite, als Sax sich umdreht, um den anderen Familiaren zu sehen. Anstatt zur Wand zu rennen wie am Tag zuvor, ist der Familiar direkt zum Schrank gesprintet. Er ist hinter Sax hergelaufen, nachdem der Oratus nach rechts gegangen war, und hat sich bewaffnet.

„Du musst gerade reden", brüllt Sax. Der Mikro-Betäuber könnte die Maske beschädigen, wenn Sax es zuließe. „Du hast gesagt, das wäre eine Jagd. Kein Angriff."

„Das Schlachtfeld ändert sich ständig, Oratus."

Der Familiar feuert erneut. Der Bolzen trifft Sax in die Brust, brennt, wird aber ansonsten durch die Schutzfunktionen der Maske abgeleitet.

Wenn die Amigga es so will, dann wird Sax ihr Spiel mitspielen. Er stürzt auf den zweiten Familiaren zu, diesmal nutzt er seine Füße, um nach rechts zu tanzen. In Richtung Tür und der Wand darum herum. Der Familiar verfolgt ihn und feuert einen weiteren Schuss ab. Dieser verfehlt ihn. Ein bisschen zu langsam. Sax wendet sich leicht nach links, springt, nutzt die Schwerkraft, um auf die Polsterung über der Tür zu treffen und sich so abzustoßen, dass er in einem diagonalen Winkel auf den Familiaren zufliegt.

Der Familiar kann den Miner nicht schnell genug ausrichten, und Sax zerschmettert ihn, drückt den Familiaren gegen den Schrank zurück, wo seine Krallen ihn zu Brei verarbeiten.

Jeder Geschmack des Sieges stirbt, als Sax hinter sich die Tür aufgehen hört. Er dreht sich um und sieht vier weitere Familiaren hereinkommen. Diese sind nicht mit leeren Händen gekommen. Jeder hält ein weiteres Schwert. Kein altes Modell aus dem Schrank. Diese sind neuer. Sie glänzen vor Schaltkreisen. Mit summenden Kanten. Gemacht, um direkt durch Metall zu schneiden oder durch eine Maske.

„Gut gemacht, Oratus. Du hast meine Erwartungen übertroffen. Allerdings hast du auch versucht, meine Position mit deiner kleinen Nachricht zu untergraben. Es tut mir leid, aber unsere Experimente sind vorbei."

Sax greift hinter sich und zieht ein Paar Miner aus dem Schrank. Die kaputten von vorher. Er wirft einen schnellen Blick zurück, sieht den funktionierenden, den er mit Malo und Viera benutzt hat, aber er wurde nicht aufgeladen. Es ist allerdings noch ein Schwert übrig. Also nimmt er das. Die vier Familiaren rücken langsam vor, jeder hält seine Klinge vor sich, waagerecht auf den Oratus gerichtet.

Sax geht in die Hocke, lässt die kaputten Gewehre fallen und hält das Schwert in seiner linken Vorderkralle. Die vier Familiaren marschieren in einer Linie, was bedeutet, dass die Enden die Schwachstellen sind. Sax will nicht gegen eine Wand gedrängt werden, also täuscht er nach rechts aus. Weg von den Familiaren und in Richtung freier Raum. Dann benutzt er seinen Schwanz, greift in den Schrank und zieht sich nach links. Sax klettert die Wand hoch und springt. Diesmal geht er nicht zum Angriff über und schwebt hoch über der Reihe blauer Köpfe.

Die Familiare drehen sich alle um, um ihm zu folgen, als Sax am anderen Ende des Raumes landet, mit reichlich freiem Polster zwischen ihm und seinen Feinden. Als Sax den Boden berührt, stürmt er vorwärts, direkt auf die Mitte der Linie zu. Seine Beine und Mittelklauen scharren auf dem Boden und treiben ihn schneller durch den Raum. Die vier Familiare bereiten ihre Schwünge vor. Sax rollt sich ab. Seine rechten Klauen graben sich fest in die Polsterung. Ziehen Sax zur Tür hin. Zu dieser Seite der Linie und aus der Reichweite der beiden linken Familiare, die nach unten schwingen, wo er eigentlich hätte sein sollen.

Während Sax sich dreht, peitscht sein Schwanz über seine Schultern, um den Kopf des nächsten Familiars zu treffen, den am rechten Ende der Reihe. Der Schlag zerbricht ihn nicht, aber lässt den Familiar taumelnd zurückweichen.

Verschafft Sax eine Sekunde.

Was alles ist, was er braucht.

Sax vollendet die Rolle, fängt sich auf seinen Beinen auf und stürzt sich auf den nächsten Familiar. Dessen Klinge fegt ihm entgegen, und Sax fängt sie mit seiner eigenen ab. Aber wo der Familiar nur eine Waffe hat, hat Sax viele. Er drückt die Klinge des Familiars nach oben und fegt mit seinen Mittelklauen darunter hindurch.

Der Familiar zerfällt, und während Sax' Haut von blauem Schleim getroffen wird, fängt er dessen surrendes Schwert mit seinem Schwanz auf, als es zu Boden fällt, und schleudert es auf den nächsten Familiar. Das Schwert dreht sich End über End und schneidet direkt durch die flüssige Mitte des Familiars. Das lässt nur noch zwei übrig.

Nein, vier. Sax zählt schnell. Die anderen zwei sind zurück beim Schrank. Diejenigen, die Sax früher auseinandergerissen hat. Sie greifen nach den kleinen, betäubenden Bergarbeitern.

Also das ist es dann. Sax sieht es alles in einem Augenblick. Die Familiare, die sich wieder zusammensetzen. Sie werden weiter kommen, weiter auf ihn einhacken, bis Sax unvermeidlich einen Fehler macht. Bis er zu müde wird oder einfach etwas übersieht.

Er bemerkt ein rotes Leuchten über dem einzigen Ausgang.

Sax wird diesen Raum nicht lebendig verlassen.

KAPITEL 31

DER GROSSE PLAN

DIE SICH ÖFFNENDE Tür reißt mich aus dem Schlaf. Das Licht steigt von seinem gedämpften Schein zu grellem Weiß an, und als meine Augen sich fokussieren, sehe ich den leeren Kopf eines blauen Familiars, der dort steht. Er starrt mich an, oder zumindest denke ich das, obwohl ich seine Augen nicht sehen kann.

„Zeit für unsere nächste Sitzung", sagt Dalachites Stimme.

Ich steige aus dem Bett und der Familiar beobachtet mich, während ich die Maske aufsetze. Es ist das einzige Kleidungsstück, das ich jetzt noch habe, und die Maske fühlt sich besser an als mein alter Umhang und Mantel. Weniger Kratzer, weniger Schmutz. Sie wärmt mich auf die perfekte Temperatur. Die Maske ist auch, abgesehen vom Cache, der einzige echte Besitz, den ich habe. Es ist tröstlich, sie in der Nähe zu haben.

Ich folge dem Familiar den Flur entlang und bemerke, dass sowohl Maloe als auch Vieras Türen rot verriegelt sind. Ich weiß nicht einmal, ob Viera aus der Krankenstation raus ist, und als ich frage, erhalte ich keine Antwort. Ein Teil von mir will zurückbleiben, sich dem Familiar widersetzen, nur um zu sehen, was passieren würde, aber Ignos rät mir davon ab.

Dalachite wütend zu machen, wird dir nur mehr schaden.

Diesmal gehen wir in einen anderen Raum. Es gibt keine Plattform, keine kugelförmige Wand, sondern stattdessen ein einzelnes langes Regal an einer Seite und darauf einen Tank voller grünlichem Wasser. Sonst ist nichts im Raum, obwohl ich einige Abnutzungsspuren am Boden sehen kann. Als ob hier einmal Möbel gestanden hätten und jetzt weggeräumt wurden. Es ist ein weiterer Familiar im Raum, in der Nähe des Tanks. Er winkt mich heran. Als ich gehe, schließt der Familiar, der mich hergeführt hat, die Tür und stellt sich, wie ich bemerke, davor.

Ich weiß, was passieren wird.

Ich nicht.

Wenn es passiert, möchte ich, dass du dich daran erinnerst, dass ich auf deiner Seite bin. Denk daran, dass ich das Beste für uns beide will.

Das weiß ich. Ich glaube es nicht unbedingt, aber ich vertraue darauf, wenn Ignos sagt, dass sein eigenes Überleben von mir abhängt. Es ist schließlich in meinem Kopf, also scheint es wahrscheinlich, dass Ignos mit mir gehen würde, wenn Dalachite jetzt beschließt, dass meine Zeit zu sterben gekommen ist.

Ich gehe nah an den Tank heran. Der Familiar weist mich an, mich in die Mitte zu stellen, so dass ich über das Wasser schaue. Der Tank selbst ist etwa einen Meter breit und fast einen halben Meter tief. Es ist nichts drin, außer der Flüssigkeit. Ich sehe keine Fische oder irgendetwas schwimmen, keine Pflanzen wachsen.

Der Familiar stößt mich hinein.

Nicht ganz. Nur mein Gesicht und meinen Kopf. Der Familiar hält mich fest und drückt mich unter die Oberfläche. Ich fange an zu schreien, aber dann merke ich, dass ich das nicht muss. Ich kann immer noch atmen, und es ist nicht schwer zu verstehen warum. Die Maske. Sie macht die Arbeit für mich. Also höre ich auf mich zu wehren und warte darauf, was als Nächstes passieren wird.

Ich muss nicht lange warten. Der Familiar, der mich festhält, lockert seinen Griff nicht, aber durch die verschwommenen Wände des Tanks sehe ich, wie der andere Familiar näher kommt. Er greift unter das Regal und kommt mit einem glänzenden silbernen Gerät zurück, das fast so lang wie mein Arm ist.

Das könnte wehtun, Kaishi, aber es wird für mich schlimmer sein als für dich.

Der Familiar greift mit dem Gerät über, schiebt es unter Wasser. Ich spüre die Wellen, als es sich nähert, und ich weiß genau, wohin es geht. Jetzt kämpfe ich; meine Hände und Arme zucken. Ich versuche mit meinen Beinen zu treten, aber die Familiars sind stark. Stärker als ich jedenfalls, und sie ignorieren meine Versuche.

Hör auf, Kaishi. Sie werden dich nur verletzen.

Das werden sie sowieso tun. Ignos ist jedoch beharrlich, traurig. Also lasse ich mich entspannen. Schließe die Augen. Spüre, wie das silberne Teil in mein Ohr gleitet. Die Maske bedeckt meine Haut, aber es gibt etwas an dem Gerät. Etwas, das die Maske zurückweichen lässt und ein Loch schafft. Ignos fängt an, es mir zu erklären, und ich fange das Wort elektrisch auf, bevor alles verloren geht.

Vorher, in der ersten Sitzung, spürte ich es, als Ignos Schmerzen erlebte. Als es in meinem Kopf zuckte und sich wand und krümmte. Das hier ist ähnlich, nur nicht so zufällig. Es ist, als wäre Ignos in einem Netz gefangen. Am Ende von etwas festgesteckt, und die Zuckungen sind fokussiert. Sie prickeln an der rechten Seite meines Kopfes und meine Schläfe brennt, und dann spüre ich es. Ein rauschendes, schleimiges Ding, das winzige Kratzer über mein Ohr hinterlässt, während es sich bewegt.

Es gibt einen plötzlichen Knall. Ein Vakuum. Meine Ohren werden frei und dann werde ich zurückgezogen. Aus dem Wasser und weg vom Tank.

„Schau es dir an", kommt Dalachites Stimme in den Raum.

Der Amigga muss es mir nicht sagen, weil ich nicht wegschauen kann. Im Tank ist etwas sowohl Kleines als auch erschreckend Großes. Ein schmaler, abfallender Körper, fast durchsichtig, so dass ich die kleine Ansammlung von Organen im Inneren sehen kann. Der oberste Teil scheint sich in tausend Stränge aufzufasern: lange, fädige Dinge, die sich durch den Tank strecken, während sich das Wasser bewegt. Die bis zu den Rändern treiben.

„Das ist ein Sevora", sagt Dalachite. „Das ist es, was in dir ist. Was dir die Dinge sagt, die du tun sollst. Das ist es, dessen Forderungen du gefolgt bist."

Das Problem mit Albträumen ist, dass sie oft beängstigender sind, wenn man sie nicht sehen kann. Wenn sie durch die Schatten der Träume reisen und darauf warten, über einen herzufallen, und man weiß, dass sie da sind, aber man weiß nicht, was sie sind. Hier aber, hier sehe ich Ignos in Fleisch und Blut. Ich sehe das Ding, das in mir war.

Ich weiß dann, dass als ich im Dschungel in die schwarze Tinte glitt, dies in meinen Verstand kam.

„Es gibt etwas ganz Besonderes an deiner Spezies, Kaishi", sagt Dalachite. „Etwas, das wir noch nie zuvor gesehen haben. Etwas, das die Sevora nicht erwartet haben. Siehst du all diese Fransen dort? Sie umwickeln und umschlingen deine Nerven. Sie verbinden sich mit allem, was du bist, und übernehmen dich. Verdrehen und verwandeln dich in eine Marionette. Aber das ist bei dir nicht passiert, oder?"

„Ich konnte es hören. Wir konnten miteinander reden."

Ich erinnere mich natürlich. Ich erinnere mich, nachdem ich aufgewacht war. Mit Ignos in meinem Kopf. Als es sich darüber beschwerte, dass es mich nicht bewegen konnte. Wie ich meine eigenen Beine nicht bewegen konnte, bis es die Kontrolle zurückgab. Warum?

„Deshalb sind die Sevora der Feind der Galaxie", fährt Dalachite fort. „Sie nehmen intelligente Rassen und unterwerfen sie ihren eigenen Zwecken. Ein wahres Übel. Ein Parasit. Du und der Rest deiner Spezies könnten das Geheimnis besitzen, um das zu verhindern."

„Welches Geheimnis?"

„Irgendwo in deinem Körper liegt der Grund, warum Sevora dich nicht übernehmen kann, wie es bei jeder anderen Spezies der Fall wäre. Es ist meine Aufgabe, herauszufinden, was das ist."

Ich habe Angst zu fragen, aber ich tue es trotzdem. „Wie?"

Es gibt keine Antwort, zumindest keine verbale. Aber ich finde es bald heraus. Die Familiaren packen mich wieder und bringen mich zurück zum Tank. Drücken mich unter Wasser. Meine Augen sind offen und ich beobachte, sie lassen mich sogar meinen Kopf genug neigen, um die Sevora zu sehen. Um Ignos zu sehen.

Es schwimmt nicht so sehr, als dass es schaukelt, bis die Fäden flattern. Sie bewegen sich als Einheit, wogen hin und her und schieben die Sevora auf mich zu.

Als Ignos meinen Kopf berührt, spüre ich seine fädigen Tentakel. Sie drücken gegen die Maske und prallen dann zurück. Die Sevora kann nicht, versucht nicht, wieder hineinzugehen. Stattdessen schwebt sie dort in der Nähe meines Kopfes.

Ich sollte wohl entsetzt sein. Sollte schreien oder in Panik geraten. Bin ich nicht. Zum Teil, denke ich, weil ich weiß, dass es Ignos ist. Ich weiß, dass es so viele Gelegenheiten hatte, mir zu schaden, und es nicht getan hat. Zumindest nicht direkt. Ich habe auch keine Wahl. Ich kann nicht gegen diese Familiaren kämpfen.

Nicht allein.

Ein Teil von mir ist auch neugierig. Das silberne Ding kommt wieder ins Wasser, geführt von der Hand eines Familiars, und nähert sich meinem Ohr. Diesmal, als es die Maske durchsticht, kann ich spüren, wie es sich bewegt, fast die Seiten meiner Haut berührt. Die Maske weicht davor zurück, und der Freiraum gibt der Sevora die Chance, wie ein Pfeil in mein Ohr zu schießen. Die hinteren Enden ihrer Tentakel kriechen einmal mehr in meinen Verstand.

In mich.

Diesmal weiß ich, wonach ich suchen muss. Ich spüre, wie ein zweites Bewusstsein in meines eintaucht. Das Kribbeln in meinen Nerven, als sie sagen, dass sie nicht mehr nur an mich Nachrichten senden. Als mein Kopf Momente später aus dem Wasser gezogen wird, höre ich Ignos.

Es tut mir leid, Kaishi.

ER WIRD diese Dinger nie besiegen können.

Sax rennt durch den Raum, springt und hüpft und rollt sich. Er macht präzise Bewegungen, wenn er die beiden Vertrauten ausschalten muss, die immer wieder versuchen, an die Mikro-Betäuber zu kommen. Die vier mit den Schwertern jagen ihn, aber sie sind langsam. Schlampig.

Sax wird auch schlampig werden. Seine Muskeln brennen bereits. Seine Maske trägt Brandspuren von Beinahetreffern. Er wird einen Fehler machen und unter der Klinge eines Vertrauten sterben.

Wie soll er hier rauskommen?

Sax macht einen weiteren Sprung an die Wand und dann an die Decke, wo er sich mit seinen Krallen festhält. Die Vertrauten mit den Schwertern gehen zu den Seiten und beginnen ihren seltsamen Sauglauf nach oben zu ihm. Sax hat nur Sekunden zum Atmen. In der Zwischenzeit setzen sich die beiden Betäuber-Vertrauten von ihrer letzten Tracht Prügel wieder zusammen. Es gibt nichts anderes im Raum, außer dem rot glühenden Licht über der Tür.

Die Tür.

Sie ist aus Metall, zu stark für Sax, um sie allein mit seinen Krallen zu durchbrechen. Es gibt jedoch mehr als nur Krallen in diesem Raum. Mehr als Mikro-Betäuber und Schwerter. Er blickt zum Schrank. Der eine Miner ist noch drin. Halb aufgeladen von seiner Show mit Malo und Viera, aber selbst die Hälfte sollte reichen, um ein Loch in die Tür zu sprengen. Sie für Sax zu schwächen, damit er durchkommt.

Jetzt, da er einen Plan hat, verliert Sax keine Zeit. Er huscht an der Decke entlang, in Richtung eines Schwertträgers, der gerade die Oberseite der Wand erreicht und sich kopfüber dreht. Sax trifft auf ihn, und als der Vertraute sein Schwert schwingt, stürzt der Oratus nach vorne. Sax kommt unter dem Schlag durch und rammt den Vertrauten gegen die Wand. Beide fallen, wobei die niedrige Schwerkraft und der gepolsterte Boden Sax ohne Verletzungen aufkommen lassen, auch wenn seine Krallen bedeuten, dass der Vertraute das nicht von sich behaupten kann.

Die anderen Schwertträger lassen sich fallen, und während sie das tun, hat Sax freie Bahn zum Schrank. Er reißt ihn auf, schnappt sich ein Gewehr und dreht sich Auge in Auge mit einem Paar Mikro-Betäuber. Sie feuern, und die beiden Schüsse treffen Sax direkt in die Brust. Die Betäuber brennen, glühend heiß, und eine seltsame Welle der Taubheit breitet sich aus.

Er kann jetzt nicht aufgeben, sonst wird er in Stücke gehackt.

Es gibt da eine Sache bei Oratus. Wenn sie verzweifelt sind, wütend, wenn sie um ihr Leben kämpfen. Sax nennt es den Blutrausch, und er umhüllt ihn jetzt mit Wut. Schiebt die Verbrennungen, die Schmerzen, die Erschöpfung beiseite. Sax stürmt los, nimmt zwei weitere Treffer hin und ist dann durch die Vertrauten durch. Schlägt sie zu Boden und wirft die Betäuber quer durch den Raum.

Ein Paar Schwertträger ist als Nächstes dran, und Sax weicht ihnen aus. Macht einen schnellen Sprung zur Raummitte und schwingt sich in der Luft. Er zielt mit dem Miner auf die Tür. Zieht den Abzug, während er schwebt, und entfesselt eine Lanze azurblauer Energie, die ihr Ziel trifft. Die Mitte rechts der Tür glüht orange, bevor sie sich vom Strahl wegkrümmt und schwarz wird. Der Strahl erlischt einen Moment später.

Ältere Miner saugen Energie wie ein Fassoth Nahrung saugt. Sax hat vergessen, wie viele Energiezellen sie früher mitführten.

Der dritte Schwertträger erwischt Sax von hinten, hätte ihm fast den Schwanz abgetrennt, aber Sax spürt die Luftbewegung, als das Schwert kommt, und erleidet nur einen Schnitt. Der Oratus dreht sich um und zerstört mit einem einzigen Biss den Kopf des Vertrauten. Schluckt den Schleim. Sax ist nicht sicher, ob es ihm schlecht davon wird, aber er weiß, dass das Zeug sich nicht wieder zusammensetzen wird.

Die beiden Schwerter, denen er ausgewichen war, kommen näher. Sie stehen zwischen Sax und der Tür, aber Sax hat keine Zeit dafür. Er dreht den Miner seitlich und schleudert ihn auf den rechten Schwertkämpfer. Der Vertraute bewegt sich, um zu blocken, aber Sax folgt seinem eigenen Wurf mit einem Sprung. Fängt das Gewehr, als der Schwertkämpfer blockt, und nutzt den zusätzlichen Schwung, um die Klinge zurück in den Körper des Schwertkämpfers zu stoßen.

Sax wirft ihn um und stürmt weiter zur Tür. Der letzte

Schwertkämpfer dreht sich, um die Verfolgung aufzunehmen, aber er ist zu langsam. Sax rammt die geschwächte Tür, die zerbricht, als der Oratus sie durchbricht. Sax rollt in den Flur, rappelt sich auf dem Boden auf und schießt den Korridor hinunter. Er hört Dalachites Stimme. Ruft ihn, lacht ihn aus. Befiehlt ihm, in den Raum zurückzukehren.

Sax ignoriert die Geräusche seiner Beute.

Er macht sich auf den Weg zu seinen Quartieren. Diesmal gibt es keine grünen Lichter, die ihm den Weg weisen. Keine Vertrauten, die in die richtige Richtung zeigen. Sax konzentriert sich auf eines und nur eines: den Geruch seiner Partnerin. Ihr Duft führt ihn durch die Station, und als er die Tür zu ihren Quartieren öffnet, findet er Bas bereits bewaffnet vor. Sie wirft einen Blick auf den Schnitt an Sax' Schwanz und die Brandmale, die seine Haut bedecken, und zischt. Es ist kein Lachen, es ist keine Begrüßung. Ein tiefes, wütendes, feuriges Fauchen, das zwischen ihren Zähnen, Lippen und den Öffnungen an ihrer Brust hervorstößt. Ein Geräusch, das Sax nur ein paar Mal zuvor gehört hat, ein Geräusch, das für ihn und diejenigen reserviert ist, die es wagen, sich ihr in den Weg zu stellen.

„Ich werde es töten", antwortet Sax.

„Wir werden es töten", erwidert Bas.

„Sichere die Proben", argumentiert Sax. „Sichere das Shuttle. Stell sicher, dass wir von der Station wegkommen."

„Du willst das, oder?"

Sie kennt ihn so gut.

„Ich brauche das", sagt Sax.

Die Beute hat ihn genervt, seit sie hier gelandet sind. Die Vertrauten sind seltsame Abscheulichkeiten. Unnatürlich. Jetzt kann Sax danach handeln. Er darf diesen hochmütigen Schleim an seinen Platz verweisen. Seine Augen wandern zum Schrank über dem Bett. Dort liegen ein Paar kleine Gewehre und die schwarzen Stabschwerter, die er bevorzugt.

Der Amigga hat den Kampf begonnen. Sax wird ihn beenden.

KAPITEL 33
UNSICHER

ICH BIN auf dem Weg zurück zu meinem Zimmer, als meine zwei Familiaren-Begleiter mich plötzlich drängender nach vorne schieben. Auf meine überraschte Frage gibt es keine Antwort, keine Erklärung dafür, warum ich durch die Gänge geschoben werde. Ich werde durch Türen gedrängt, die sich hinter uns schließen und Durchgänge versperren, während wir sie passieren. Schließlich lande ich wieder in meinem Zimmer. Keine Chance auf Essen, Trinken oder irgendetwas anderes. Die Tür schließt sich und ich höre, wie die Familiaren sich entfernen.

Irgendetwas stimmt nicht.

So viel ist klar. Was beunruhigender ist: Die Konsole ist dunkel und reagiert nicht, als ich sie berühre. Ich hatte gehofft, sie könnte mir Informationen darüber geben, was in *Cobalt* vor sich geht, aber Fehlanzeige. Ohne Optionen lässt die neugierige Aufregung nach, was meine Aufmerksamkeit auf meinen eigenen Kopf lenkt und was sich darin befindet.

Findest du mich abstoßend?

Ja. Es gibt keine andere Antwort. Ignos sieht nicht nur erschreckend aus, es ist auch in mir drin. Immer da. Ich weiß jetzt, dass diese langen, dünnen Tentakel sich um meinen Körper wickeln und sich mit meinen Nerven verbinden. Wie soll ich da nicht angewidert sein? Wie soll ich keine Angst haben?

Wissen, Kaishi, ist das Gegenmittel gegen Angst. Du fürchtest mich, weil du nicht verstehst, was ich bin. Lass mich das ändern.

Ich protestiere nicht, also fährt Ignos fort. Es erzählt mir die Geschichte der Sevora.

Die Sevora erwachten in ferner Vergangenheit. Ignos weiß nicht, wie viele Zyklen das her ist, und da ich nicht wirklich begreife, was ein Zyklus ist, bohre ich nicht weiter nach. Alles, was es weiß, ist, dass sie tief in den Höhlen und Kavernen einer felsigen Welt existieren. Eine Welt, deren Oberfläche von Sumpfland bedeckt ist.

Die dortigen Sevora schwammen durch die Gewässer und fanden und verschlangen gelegentlich Kreaturen, die ihren Lebensraum teilten. Einige wuchsen zur vollen Reife heran, verankerten sich am Boden unter den weiten Ozeanen und Sümpfen und brachten neue Generationen hervor. Ignos selbst hat dieses Stadium nie erreicht. Wird es auch nie, wenn es eine Wahl hat.

Denn sobald du reifst, sobald du die nächste Generation hervorbringst, stirbst du einen langen Tod.

Nicht wirklich allerdings. Ignos und ich haben unterschiedliche Definitionen von Tod. Für es, für die meisten Sevora, bedeutet Tod den Verlust neuen Lebens.

Nachdem ein Sevora gereift ist, kann es keinen neuen Wirt mehr annehmen. Um zu reisen und zu sehen, was die Galaxie sonst noch bereithält. Reife Sevora wachsen in ihr Zuhause hinein. Wie Dalachite und diese Raumstation. Sobald der Reifungszyklus einsetzt, hört alles andere auf.

Ich dränge Ignos, zur Geschichte zurückzukehren. So

interessant die Biologie der Sevora auch ist, ich brauche keine weiteren Albträume. Ich werde sowieso nicht schlafen können.

Ignos kehrt zur Zeitlinie zurück, zu dem ersten Moment, als die Sevora eine Ahnung von ihren wahren Fähigkeiten bekamen. Dieser Moment kam, als intelligentes Leben zum ersten Mal den Planeten besuchte. Ein Blitz am Himmel, ähnlich dem, den ich zu Hause erlebt hatte.

Ein Schiff stürzte in einen flachen Sumpf. Gruppen pelziger Kreaturen, die Ignos Flaum nennt, kamen heraus. Dieselben, die ich in den Videos der Konsole gesehen hatte, die zeigten, wie man eine Maske aufsetzt. Sie stolperten im Sumpf umher, unsicher, wo sie waren, und die Sevora nutzten die Gelegenheit. Sie stahlen einen, dann den nächsten und den übernächsten, bis die gesamte Schiffsbesatzung gefangen genommen worden war. Zum ersten Mal hatten die Sevora Daumen und Finger und Ideen, die sie stehlen konnten. Sie nahmen dieses Wissen, sie nahmen das abgestürzte Schiff und bauten mehr.

Und breiteten sich aus.

Ihr Wachstum blieb lange Zeit ungehindert. Ignos prahlt an dieser Stelle. Es taucht in eine lüsterne, wehmütige Geschichte ein, die deutlich macht, dass dies das ist, wozu Ignos zurückkehren möchte. Die Sevora infiltrierten Gesellschaften, Städte, ganze Planeten und wuchsen, um sie alle zu versklaven. Sie nahmen den Verstand jedes empfindungsfähigen Wesens und unterwarfen ihn ihrem kollektiven Willen.

Bis die Amigga sie fanden. Die Vincere schickten, um sie zurückzudrängen. Seitdem herrscht ein ununterbrochener, blutiger Konflikt. Die Sevora brauchen jedoch Gefangene. Brauchen Körper als Wirte. Die Amigga und Oratus, zusammen mit allen anderen Spezies, haben dieses Problem nicht. Die ungleichen Zahlen bedeuten, dass die Sevora sich seit Beginn allmählich zurückziehen mussten und jetzt fast verschwunden sind.

Ignos sucht nach Mitgefühl, aber als Solare, der den Niedergang meines eigenen Volkes erlebt hat, habe ich keines übrig. Es hilft auch nicht, dass die Sevora davon leben, andere zu benutzen. Ich bin abgestoßen von dem Gedanken, ein Gast in meinem eigenen Körper zu sein. Es fällt schwer, motiviert zu sein, einer solchen Spezies zu helfen.

Ja, wir benutzen Spezies. Wir nehmen ihre Ideen und erweitern sie. Verbessern ihre Technologie, reinigen ihre Gesellschaften von physischen und kulturellen Problemen. Wir beenden Gewalt, Kaishi. Verbrechen. Hass. All das verschwindet. Kein Sevora, kein Wirt hungert oder muss auf medizinische Versorgung verzichten.

Ich denke, wir können das haben, ohne die Freiheit zu verlieren.

Dann zeig mir wo.

Ich kann nicht. Noch nicht.

Ignos gibt jedoch nicht auf.

Du und ich sind mit denselben Nerven verbunden. Wenn ich Schmerz fühle, fühlst du Schmerz. Wenn ich Vergnügen empfinde, tust du es auch. Die Spezies, die wir übernehmen, leben weiter und führen großartige Leben. Es ist wie etwas auf einer Konsole zu beobachten, aber die Freuden davon zu erleben. Die Erfolge. Es gibt kein Versagen, es gibt keinen Tod.

Warum sind wir dann hier auf dieser Station, wenn die Sevora so wunderbar sind?

Meine Frage bleibt einen Moment lang unbeantwortet. Schließlich kommt Ignos langsam zurück. Vorsichtig.

Wir sind hier, weil die Galaxie uns nicht versteht. Weil

sie uns als Bedrohung sieht. Als Versklaver, anstatt als Befreier.

Was bin ich dann? Wie sieht Ignos mich, jemanden, dessen Willen, dessen Verstand es nicht übernehmen kann?

Eine Anomalie. Aber vielleicht auch eine Antwort. Du präsentierst der Galaxie eine Wahl, Kaishi. Du bietest die Hoffnung auf ein Gleichgewicht. Wenn wir einer Spezies die Option geben könnten, die Wahl zwischen einem Leben ohne Stress oder Angst oder Sorgen, oder einem mit all diesen Dingen, aber mit echter Freiheit? Dann würden die Sevora vielleicht nicht mehr so sehr gehasst werden.

Ich sehe nicht, wie sich jemand für Ersteres entscheiden könnte, aber Ignos lacht.

Du hast die Gruben von Damantum gesehen, die verzweifelte Person, die sich etwas Besseres wünscht. Die am Ende all ihrer Träume ist. Die, wenn sie die Wahl hätte, das Wenige, was ihre Freiheit ihr gegeben hat, aufgeben und stattdessen Komfort, Glück und Frieden wählen würde.

Ich bin gerade dabei, das Gespräch fortzusetzen, als es klopft. Meine Maske lässt mich mit der Tür verbinden und sie aufschieben. Malo steht draußen, sein Umhang und Gewand zerrissen und zerfetzt, aber mein Blick wird auf Viera gelenkt, die auf Malos Schulter hängt, müde, blass, aber mir trotzdem ein scharfes Grinsen zuwirft.

Ich kann nicht anders. Ich schreie ein wenig vor Freude, laufe nach vorne und umarme die Lunare, dann den Charre. Fest. Sowohl Malo als auch Viera erwidern den Druck, und als ich zurücktrete, sehen sie sich gegenseitig an und dann mich mit kleinen Lächeln.

„Ich habe mich entschuldigt", sagt Malo in der Charre-Sprache. „Viera sagt, ich sei besser mit dem Schwert, als sie erwartet hat."

„Du hast Glück", fügt Viera hinzu. „Mach das noch einmal und du endest mit meiner Klinge in deiner Seite."

Malo schüttelt den Kopf, sieht mich an. „Was ich schmerzhaft gelernt habe, ist, dass wir hier nur uns haben. Egal wie schrecklich Viera sein mag, es ist besser, sie zu haben, als sie zu verlieren."

„Kommt rein", sage ich. Teilweise, weil ich im Flur bemerkt habe, dass zwei Vertraute am Ende unseres Abschnitts stehen. Sie beobachten uns mit ihren leeren blauen Gesichtern, und es verursacht nervöse Schauer.

Malo und Viera treten ein und die Tür schließt sich hinter ihnen. Ich halte das Gespräch in Charre, in der Hoffnung, dass Dalachite nicht verstehen kann, was wir sagen.

„Erzähl mir", spreche ich zu Viera. „Erzähl mir, wie es war?"

„Unangenehm. Ein scharfer Schmerz, dann Bewusstlosigkeit und dann das langsam wachsende Gefühl von tausend Dingen, die mit mir passierten. Ich flackerte wohl ein Dutzend Mal ein und aus. Stell dir vor, du öffnest die Augen und siehst seltsame Metallgliedmaßen, die auf dich zukommen, sich zurückziehen, deine Haut anstupsen und betasten. Du schaust nach links und siehst einen Schlauch, der von deinem Arm zu einem seltsamen Beutel voller roter Flüssigkeit führt. Ich werde für immer Albträume davon haben."

„Sie tauchte an meiner Tür auf", sagt Malo. „Vor wenigen Augenblicken. So wie sie jetzt ist."

„Die Vertrauten brachten mich her. Sie sagten, ich sollte mich ausruhen, aber seit wann befolge ich schon Befehle?"

„Sicherlich nicht meine", sage ich.

„Offensichtlich. Ich bin deine Beraterin, nicht deine

Dienerin." Viera klappert mit den Zähnen. „Und als deine Beraterin frage ich mich, wann kommen wir hier raus?"

Es ist eine Frage, über die ich seit der ersten Sitzung nachdenke. Einerseits bin ich fasziniert von allem um mich herum. Ich möchte mehr wissen, verstehen und in dieses weite Universum hineinwachsen, aber ich habe das Gefühl, dass jeder Moment auf dieser Station mich in Gefahr bringt. Dalachite scheint sich schließlich nicht besonders für meine Gesundheit zu interessieren, was meine Antwort einfach macht.

„So bald wie möglich. Ich glaube nicht, dass Dalachite uns lebend gehen lassen wird."

Ich erzähle ihnen von meinen Sitzungen. Ich erzähle ihnen von Ignos. Sie sind verblüfft, aber Viera ist am schnellsten, ihr Erstaunen abzuschütteln.

„Es gibt eine Kreatur in deinem Kopf, die als Gott dargestellt wird? Kann nicht sagen, dass ich überrascht bin, angesichts dessen, was wir gesehen haben. Spielt sowieso keine Rolle, seine Antworten haben trotzdem funktioniert. Seine Maschinen haben getan, was sie tun sollten. Solange es in deinem Kopf ist und nicht in meinem, lass es uns nutzen."

Meine Augen huschen zu Malo, um zu sehen, wie er es aufnimmt.

„Du bist immer noch meine Kaiserin", antwortet Malo und neigt den Kopf. „Das ist mehr als nur einen Gott im Kopf zu haben."

Nicht gerade befriedigend, aber ich nehme es.

„Das müssen wir tun", sage ich. „Von hier wegkommen. Einen Weg zum Hangar finden, und dann kann ich den Cache und Ignos nutzen, um zu lernen, wie man das Shuttle steuert."

„Glaubst du, dieses Ding wird uns einfach hier rausspazieren lassen?", fragt Viera. „Denn ich wette, es würde uns lieber in Stücke hacken, um jedes unserer Innereien zu untersuchen."

Ihr braucht Waffen.

Ich stelle Ignos' Dilemma dem Paar vor.

„Der Trainingsraum", sagt Malo. „Da gibt es einen ganzen Schrank voller Waffen. Ich bin sicher, wir könnten einige davon benutzen."

„Weil ich genau das will, dass du wieder ein Schwert hältst", sagt Viera.

„Was, wenn ich verspreche, nur unsere Feinde anzugreifen? Diese blauen Dinger aufzuschlitzen?"

„Damit wäre ich einverstanden. Solange ich auf Abstand bin."

Ich schaue beide an. Sie nicken mir zu. Der Plan steht fest.

Wir werden diese Station verlassen.

ES DAUERT NICHT LANGE, bis Sax auf den ersten Widerstand stößt. Nur wenige Schritte von ihrem Quartier entfernt, während Bas in die entgegengesetzte Richtung geht, sieht Sax, wie sich ein Familiar aus einem anderen Gang vor ihm bewegt. Es ist unbewaffnet; die Hände an den Seiten. Sax, mit tödlichen Waffen um seine Taille und in der Maske eingebettet, bewegt sich weiter. *Cobalt* ist eine große Station, es wird ein langer Marsch bis zum Zentrum sein.

„Bitte", ergießt sich Dalachites Stimme in den Gang. „Bevor du kommst, um mich zu töten. Bevor du dich entscheidest, all das zu beenden, wofür diese Station gebaut wurde, möchte ich dir etwas zeigen."

„Du hast mir schon genug gezeigt", zischt Sax.

Der Familiar bewegt sich nicht, also öffnet Sax, als er nah ist, seinen Mund. Er stellt sicher, dass Dalachite, wo auch immer er zuschaut, diese Zähne sehen kann. Sehen kann, was seine Schöpfung zerreißen wird.

„Nicht das. Das hast du noch nie gesehen, das garantiere ich dir." Was Sax innehalten lässt, ist nicht das, was die Amigga sagt. Sondern der Tonfall.

Da ist keine Sorge drin. Keine Angst. Nur eine verschlagene, verlockende Neigung.

„Was?", kann Sax nicht widerstehen.

„Folge mir." Dalachite sagt nichts weiter, und der Familiar dreht sich um und geht den Gang hinunter, in die gleiche Richtung, in die Sax sowieso wollte.

Sax folgt.

Sie gehen an der Küche vorbei, und Sax ist nicht überrascht zu sehen, dass die Tür verschlossen ist, ein rotes Licht leuchtet. Tatsächlich scheinen alle anderen Wege versperrt zu sein. Sogar die Lichter beginnen zu dimmen, während der Oratus läuft, bis Sax einem blauen Familiar durch ein dunkles Labyrinth folgt, nur einzelne Deckenleuchten werfen Flecken von Helligkeit. Es wäre gruselig, wenn Sax diese Emotion verstehen würde. Stattdessen hält er seine Klauen bereit. Seine Maske scannt nach versteckten Dingen.

Monster sind im Dunkeln am beängstigendsten, und es gibt wenige Monster, die schlimmer sind als Sax.

Ein grünes Licht bricht aus der Dunkelheit hervor, und es ertönt das zischende Geräusch einer sich öffnenden Tür. Der Familiar dreht sich zu Sax und zeigt in einen Raum, der gerade aus einem leeren Wandabschnitt erschienen ist.

„Was du suchst, ist hier drin", sagt Dalachite.

„Was ich suche? Was ich suche, bist du."

„Nein, nein, das bist du nicht. Was du suchst, was jeder sucht, sind Antworten. Der Grund, warum du hier bist."

Sax blinzelt den Familiar langsam an. Er hat immer gewusst, warum er hier ist. Um die Sevora zu eliminieren. Und nach ihnen alles andere, was eine Bedrohung für die

Ordnung der Galaxie darstellt. Es gibt keinen anderen Grund. Es gibt kein großes Geheimnis.

„Du liegst falsch", sagt Sax. „Ich kenne meinen Zweck."

Gelächter kommt durch die unsichtbaren Lautsprecher.

„Du denkst nur, du kennst ihn. Du bist Teil eines großen Konstrukts. Eines Spiels, das gespielt wurde, lange bevor deine erbärmliche Rasse erschaffen wurde."

Sax wird es genießen, diesen zu verschlingen.

Wieder gestikuliert der Familiar. Sax betritt den Raum. Er ist neugierig. Es ist ihm egal, was Dalachite sagt, aber wenn hier eine Bedrohung ist, zieht Sax es vor, sie zu neutralisieren. Wenn nicht, hat er die Waffen, um sich den Weg freizukämpfen.

Trotzdem dreht sich Sax, als er vorbeigeht, um und spaltet mit seinen Mittelklauen den Familiar und zerfetzt ihn in Stücke. Er wird sich neu formen, aber der Zug bringt eine gewisse Befriedigung.

Sobald Sax drinnen ist, schlägt die Tür hinter ihm zu und Lichter springen an. Scheinwerfer leuchten um die Kanten der Decke und fokussieren sich auf die Mitte des Raums. Der Raum ist groß, quadratisch, und der mittlere Boden besteht aus einer Reihe von Metallgittern mit Dutzenden kleiner Löcher. Darauf steht eine Plattform, die einen Meter vom Boden aufragt. Flach und glatt und silbern. Darauf werden von vier Familiars zwei Flaum zerlegt. Vom Geruch her sind es frische Körper.

„Das nächste Auftauen", sagt Dalachite. Die Familiars nehmen Teile und stecken sie in Beutel, leiten Flüssigkeit durch die Löcher im Boden ab, indem sie kleine Saugrohre benutzen.

„Was ist das?", sagt Sax die Worte laut und in seinem Kopf gleichzeitig. Es ist klar, dass hier eine Sektion stattfindet, aber warum? Welche Geheimnisse könnten die Flaum, eine Spezies, die seit Zyklen immer und immer wieder auseinandergenommen worden sein muss, noch bergen?

„Siehst du das?", sagt Dalachite. „Das ist Wissenschaft. Kontinuierliches Lernen. Sich ausstrecken und neue Entdeckungen machen. Die Entdeckungen perfektionieren, die wir bereits gemacht haben. Du siehst meine blauen Familiars, ja?"

Sax spürt einen juckenden Zorn. Ein wachsendes Verlangen, die Dinge vor seinen Augen auseinanderzunehmen. Die grauenhafte Show, die er sieht, ist erschreckend, falsch. Was passiert auf dieser Station?

„Jedes Teil dieser Flaum wurde konserviert. Jeder Teil von ihnen wird in meine Algorithmen einfließen. Wird durch meine Familiars weiterleben."

„Weiterleben?"

„Fragst du dich je, Sax, wie ich diese Familiars erschaffe?"

Sax antwortet nicht. Er weiß, dass Dalachite es sowieso erklären wird, und das tut es.

„Ich nehme die Zellen der Lebenden, drehe und wende sie und verwandle sie in das, was du vor dir siehst. Doch sie sind unvollkommen. Es gibt noch so viel zu tun. Also mach weiter, Sax. Mach weiter und du wirst sehen."

Eine Tür öffnet sich auf der anderen Seite des Raums. Jenseits der Plattform. Dalachite will, dass Sax weitergeht. Seine Klauen zucken; sie wollen zerreißen. Aber Sax widersteht. Wie Bas sagen würde, es geht um die Mission, nicht um den Moment.

Sax geht weiter, um die Anzeige herum und aus dem Raum hinaus in den nächsten. Dieser ist genau wie der erste, mit einem entscheidenden Unterschied: Diese Plattform steht auf festem, lochlosem Boden, umgeben von medizinischen Geräten, die Beutel, Tanks und Behälter voll mit etwas halten, was Sax nicht kennt. Sie alle drücken, stechen und stoßen eine Gestalt in der Mitte. Eine, die das Blau der Familiaren hat, aber auch gelbe und rote Flecken. Als ob echtes Fleisch über dem zerbrechlichen Schleim der Familiaren wächst.

„Alles muss wachsen, Sax. Alles muss sich selbst weiterentwickeln. Es hat so lange gedauert, die Familiaren zu erschaffen. Sie an den Punkt zu bringen, an dem sie mein Personal und meine Roboter bei den einfachsten Aufgaben ersetzen konnten", fährt Dalachite fort.

Sax kann eine breite Palette von Chemikalien riechen. Alkohole, Klebstoffe, stechende Düfte des Lebens. Der seltsame Ozon-Eisen-Geruch von Blut. Er macht einen Schritt näher zur Plattform in der Mitte. Ja, das sind Haare. Sie sprießen aus ein paar Flecken auf dem Familiaren. Flecken, die bräunlich-blau sind. Flecken, die fast wie Haut aussehen.

„Es gibt immer anfängliche Unvollkommenheiten. Erste Modelle. Die, die du überall siehst, demonstrieren mein Konzept. Sie setzen Erwartungen für das, was als Nächstes kommt."

Ein grünes Licht blinkt auf und eine weitere Tür öffnet sich abrupt. Weiter.

Sax geht. Ihm ist bewusst, dass dies eine Show ist. Er ist sich bewusst, was hier vor sich geht, dass dies nicht zu Dalachites Nutzen ist, sondern für Besucher der Station. Für diejenigen, die in ihren Fortschritt investiert sind. Warum sonst sollte sich die Amigga damit bemühen?

Der dritte Raum enthält etwas völlig anderes. Er ist dünn und lang. Die Wand zu seiner Rechten ist ein einziger großer Bildschirm. Einer, der sofort aufleuchtet und beginnt, eine kurze Sequenz abzuspielen. Kreaturen gleiten auf den Bildschirm, jede nimmt ihren eigenen Platz ein.

Sax erkennt den Flaum, den Whelk und den Teven - die seltsamen, stangenbewohnenden Kreaturen. Sie alle haben grüne Kreise um ihre Bilder. Es gibt andere, alle mit roten X. Aber es fehlen zwei gänzlich. Seine eigene, die Oratus, und die neuen. Die Menschen.

„Wie du sehen kannst, habe ich noch einen weiten Weg vor mir. Das Projekt ist in vielerlei Hinsicht unvollständig."

Am anderen Ende öffnet sich ein weiterer Weg. Sax bewegt sich weiter. Er kann jetzt nicht aufhören. Er ist neugierig trotz sich selbst. Er ist wütend trotz seiner Neugier. Der nächste Raum enthält eine weitere Plattform, aber diese ist leer. Die Scheinwerfer sind auf die silberne Mitte gerichtet und lassen die Seiten des Raumes im Schatten.

„Komm, Sax. Willst du mir nicht helfen? Willst du nicht mein nächstes großes Experiment sein?" Es gibt plötzlich einen Aussetzer über die Lautsprecher, ein frustriertes Seufzen. „Leider bist du nicht der einzige Unruhestifter auf dieser Station. Amüsier dich gut, Sax. Ich bin bald zurück."

Das ist weit genug gegangen. Sax macht einen Schritt zur Mitte des Raumes, sucht nach dem Türweg, und seine Maske piepst eine Warnung. Die hellen Lichter blenden, sie hindern Sax daran, in die dunklen Seiten um ihn herum zu sehen. Also lässt Sax die Maske auf Infrarotsicht umschalten.

Sie sind überall.

Mindestens ein Dutzend, vielleicht mehr. Sie klammern sich an die Wände und gehen jetzt auf ihn zu. Familiare. Sax kann die Details aus den Klumpen von Orange und Rot, die er sieht, nicht erkennen, also weicht er zurück. Sein Schwanz stößt gegen die Plattform, und Sax klettert darauf, während seine Krallen das Paar schwarzer Stäbe aus der Maske ziehen.

Mit einem Drücken schießt aus jedem Stab eine meterlange Klinge hervor, nanoscharfgeschliffen, um durch die dickste Rüstung zu schneiden. Die Familiaren kommen weiter näher, und Sax wartet. Sobald sie nahe genug sind, wird er sie alle niedermähen können.

Und das tun sie. Eine krachende Welle kommt von allen Seiten auf Sax zu. Er beginnt zu schneiden, zu wirbeln und zu schlitzen. Grün und Rot füllen seine Sicht, und er spürt ihre Hände, die ziehen, schlagen, zerren.

Eine endlose Lawine.

WIR DREI VERLASSEN mein Zimmer in einer Reihe. Wir gehen auf die beiden Familiaren zu, die Wache stehen. Sie schauen uns an, und ich erwarte, dass Dalachite fragt, was wir vorhaben, aber kein Kommentar kommt. Viera lehnt sich an mich, und anstatt direkt zu den Familiaren zu gehen, biege ich plötzlich links in ihr Zimmer ab.

Dort mache ich das Gleiche wie in meinem und öffne das Fach über ihrem Bett. Genau wie in meinem Zimmer befindet sich dort eine Maske. Ich helfe ihr, sie aufzusetzen, und dann gehen wir zu Malo und machen dasselbe. Sie werfen ihre zerlumpten alten Klamotten aus einer Welt weg, die nicht mehr ganz so real erscheint. Eine Welt von Dschungeln und Tageslicht und Wüste und Regen. Jetzt sind wir in dieser hier. Die Heimat von Metall und grellen Lichtern.

Unsere neuen Outfits – die Masken haften wie Silber an unserer Haut, anscheinend wie wir es befehlen – rufen keine Reaktion bei den Familiaren hervor. Viera, die sich trotz der Maske immer noch an mich lehnt, spricht zuerst.

„Hab was von mir in der Krankenstation liegen lassen. Ich würd's gern holen gehen."

„Du hast nichts in der Krankenstation gelassen", sagt Dalachites Stimme. „Jetzt bitte, ich bin mit etwas anderem beschäftigt. Kehrt in eure Quartiere zurück."

Mein Blick wandert zu Malo, und er übernimmt die Führung. Wir haben keine Waffen, aber die Familiaren auch nicht. Sie sind genauso groß wie wir, und ihre Körper sind unseren seltsam ähnlich. Das heißt aber nicht, dass sie wissen, wie man kämpft. Das heißt nicht, dass sie menschlich sind.

Malo rammt dem nächstgelegenen Familiar die Faust in den Magen und nutzt dann den Schwung, um mit dem Ellbogen nach hinten auszuholen und den Familiar rechts zu treffen. Beide taumeln zurück. Beide scheinen ansonsten völlig in Ordnung zu sein. Sie richten sich auf und versperren erneut den Weg nach vorn.

„Ich will euch nicht wehtun, aber ihr habt kein Recht, eure Zimmer zu verlassen. Ihr seid meine Untertanen. Ihr werdet bleiben, bis ich euch rufe." Dalachites Stimme ist hart.

„Ich glaube, wir würden lieber gehen", sage ich.

Ihr müsst gemeinsam auf sie zustürmen. Durchbrechen.

Auf Charre sage ich, was Ignos vorschlägt. Wir stürmen direkt auf die Mitte zu, zwischen den beiden Familiaren. Malo führt, Viera ist die Zweite, ich bin die Letzte. Ich vermute, Dalachite wird mir nicht wehtun wollen. Dass es bei mir zurückhaltender, langsamer sein wird als bei den anderen. Malo beugt sich nach vorne und senkt die Schulter, als die Familiare ihre Arme verschränken wollen.

Malo ist ein starker Löwenkrieger der Charre. Er beugt sich nicht. Er gibt nicht nach. Er drückt und schiebt und er schreit nach seinem Gott. Ich schiebe Viera hinter ihn, und die Lunare stolpert, greift nach unten und stößt sich mit den Händen vom Boden ab, und so sind wir direkt hinter Malo, als er die verschränkten Arme trifft und die Familiare zur Seite des Ganges drängt. Bereit, durchzubrechen.

Ich spüre blaue Hände, die nach meinem Rücken greifen. Sie verfehlen mich.

Wir rennen. Viera und ich folgen Malo, und ich arbeite daran, Viera auf den Beinen zu halten. Ihr Atem geht flach und mühsam. Ich sehe, wie Schweiß unter ihrer Maske ausbricht, und die seltsame Kleidung tut ihr Bestes, um ihn abzuleiten. Sie ist noch blasser als zuvor, als das Fieber sie an den Rand des Todes trieb.

„Bleib am Leben, Viera. Beweg dich weiter", sage ich.

„Keine Sorge, Kaiserin, ich werd schon nicht völlig auseinanderfallen. Zumindest nicht ganz", antwortet Viera.

Türen schließen sich entlang unseres Weges. Als sie sich verschließen, wird das Licht gedämpft. Bis wir plötzlich gar nichts mehr sehen können, außer einer einzelnen Reihe heller Punkte, die uns nach vorne führen. Wir bleiben stehen, und ich drehe mich um, in der Erwartung, die beiden Familiare folgen zu sehen, aber sie sind nirgends zu sehen.

„Da ihr beharrt, werde ich euch zeigen, was ihr sehen wollt. Euch zeigen, wohin ihr gehen müsst. Folgt den Lichtern, meine Untertanen, und ihr werdet eure Antworten finden", sagt Dalachite, seine Stimme dröhnt um sie herum.

„Sollen wir folgen?", fragt Malo.

„Ich sehe keine andere Wahl", sage ich. „Aber lasst uns vorbereitet sein. Denn ich vermute, das führt uns nicht zum Hangar."

Wir bewegen uns vorwärts, Malo immer noch vorne,

Viera in der Mitte und ich hinten. Es ist ein langsamer Gang, und ich nutze die Zeit, um Ignos mit Fragen zu löchern. Versuche, eine Vorstellung davon zu bekommen, was los ist, aber es ist sich nicht sicher.

Die Amigga wird versuchen, euch zu fangen. Das ist alles, was ich sagen kann.

Das hätte ich mir auch selbst denken können.

Die Lichter führen uns schließlich zu einer versiegelten Tür, rotes Licht blinkt uns an. Ich strecke die Hand aus und lege sie auf das Metall, aber es öffnet sich nicht. Auch die Maske kann es nicht entsperren, sie findet keine Verbindung.

„Wir sind den Lichtern gefolgt", sage ich in die Luft.

„Das habt ihr. Das habt ihr. Wenn ihr bitte nur einen Moment wartet, es gibt noch Vorbereitungen zu treffen", sagt Dalachite.

Ich schaue sowohl Viera als auch Malo an. „Ich glaube nicht, dass das gut enden wird."

„Können die Hoffnung noch nicht aufgeben, Kaiserin", sagt Viera. „Wir leben noch, oder?"

„Fürs Erste", antworte ich.

Malo hämmert noch zweimal mit der Hand gegen die Tür. „Macht auf. Tötet uns, wenn ihr das vorhabt, oder lasst uns gehen."

Zu meiner Überraschung tut die Tür, was Malo sagt. Sie gleitet nach oben und öffnet sich. In dem Raum, der von einer Reihe von Scheinwerfern hell erleuchtet ist, wartet eine einzige große graue Plattform. Auf dem Boden darunter befinden sich Metallplatten, die von Dutzenden kleiner Löcher durchbohrt sind. Alles glänzt, als wäre es kürzlich gewaschen worden.

„Wenn ihr nun bitte, alle drei, auf die Plattform treten

würdet. Wir können beginnen." Dalachites Stimme hallt von den Wänden wider.

Wir gehen hinein und die Tür schließt sich hinter mir. Ich drehe mich um, aber das einzige Bedienfeld ist tot schwarz und reagiert nicht.

Wir sitzen in der Falle.

ER KÄMPFT sich in eine Ecke. Sie kommen immer wieder auf Sax zu, obwohl seine Klingen wirbeln und jeden neuen Angreifer in Stücke schneiden. Sie kommen weiter, weil sie wissen, dass seine Schwünge langsamer werden, er wird anfangen zu verfehlen, und schließlich werden sie Sax auseinandernehmen. Als wäre das nicht genug, bemerkt Sax, dass die Familiare größer werden, während die, die er zerschneidet, in der nächsten Welle aufgehen. Es ist ein sinnloser Ansturm, der mit jeder Sekunde schlimmer wird.

Blaue Hände greifen nach Sax' Gesicht und Armen. Sie kratzen und ziehen, bis Sax sie wegbeißt oder wegschlägt und sich dadurch Mikrosekunden Aufschub erkauft, bevor der nächste Familiar die Lücke füllt. Er hat keine Chance zu überleben, wenn das so weitergeht. Keine Möglichkeit, einen endlosen Krieg zu gewinnen.

Also sucht Sax in diesen Mikrosekunden nach einer Lösung.

Es gibt zwei Türen im Raum. Den Weg, durch den er hereinkam, und einen anderen zu seiner Rechten. Mit einer Wand aus Familiaren, die zwischen beiden Möglichkeiten steht. Er duckt sich unter ein paar weiteren Schlägen weg und schlägt zurück, indem er die Arme abschneidet, die sie geworfen haben.

Das Gedränge geht weiter.

Über beiden Türen leuchten rote Lichter, und Sax erwartet nicht, dass Dalachite sie öffnen wird. Er wird seine Bergarbeiter benutzen müssen. Er hat zwei an der Maske befestigt, um seine Mittelklauen herum. Sax greift mit der linken nach einem, während er mit den von seinen Vorderklauen gehaltenen Klingen einen weiten, räumenden Schwung macht, um etwas Platz zu schaffen. Er bereitet sich auf einen Sprung vor und führt ihn dann aus.

Anders als im Trainingsraum hat dieser hier keine hohe Decke, und der flache Winkel lässt blaue Hände nach Sax' Beinen und Schwanz greifen, die ihn zurück in den Mob ziehen. Sax schwingt die Schwerter, während er heruntergezogen wird. Er schneidet seine Angreifer weg und erkämpft sich eine neue Lichtung, als er auf dem Boden aufschlägt. Er ist jedoch umzingelt, also kann er nicht dort bleiben.

Sax kämpft sich zurück zur Plattform, dem einzigen Ort, wo er freie Schussbahn hat.

Seine Beine treiben ihn vorwärts, und Sax benutzt die eine freie Mittelklaue, um sich an der Kante der Plattform festzuhalten und sich hochzuziehen. Oder er versucht es; weitere Hände packen seinen Schwanz und zerren Sax in die andere Richtung. Er dreht sich, bringt die Schwerter in Stellung, aber die Familiare sind bereit.

Einige werden geschnitten, während andere den Schwüngen ausweichen oder zurücktanzen. Dann stürzen sie wieder vor, bevor Sax sich erholen kann, und fixieren seine Arme. Sie greifen sogar nach den Klingen selbst, auch wenn die Schneiden in ihre Haut schneiden. Blaue

Schmiere spritzt überall hin, ein Ozean davon, aber der lebendige Schleim schwimmt im Moment, in dem er eine Oberfläche berührt, zurück zu den Familiaren.

Sax bleibt fokussiert. Die Tür. Das ist das Ziel. Er richtet seinen Bergarbeiter mit der linken Mittelklaue darauf und drückt ab. Der kurze Strahl, ein weiß-blauer Blitz, schießt durch die Familiare und trifft die Tür, brennt ein Loch hinein. Dann reißen greifende Hände den Bergarbeiter weg. Drei Familiare packen ihn, und selbst Sax' Mittelklaue ist dieser Kraft nicht gewachsen. Die Familiare kicken den Bergarbeiter durch den Ansturm zurück, während sie vorwärts stürmen.

Sax knirscht mit den Zähnen, tritt mit den Beinen, schlägt mit jeder freien Klaue, die er hat, aber er wird begraben und weiß es. Ein Trio von Familiaren drückt Sax zu Boden, und er erblickt seinen gestohlenen Bergarbeiter, der jenseits seiner Füße auf dem Boden liegt. Zu weit weg, um ihn zu greifen, aber es gibt ihm eine Idee.

Sax schießt mit dem Kopf nach vorne, beißt ein Stück aus dem Familiar, der seine rechte Mittelklaue am Boden festhält, und füllt seinen Mund mit blauem Schleim. Er nutzt den Moment der Freiheit, um den anderen Bergarbeiter von seiner Maske zu ziehen, richtet ihn an seinem eigenen Körper entlang nach unten, und mit blauen Fingern, die seinen Mund stopfen, in seine Augen und die Lüftungsschlitze entlang seiner Brust drücken, drückt er ab.

Sax sieht den Strahl nicht einmal, aber er hört das Ergebnis.

Eine weiße, kochende Hitze überspült ihn. Die Maske kann damit nicht umgehen, und Sax spürt, wie die Haut seines Schwanzes und seiner Beine verbrennt, während der Schutzschild wegschmilzt. Helle Blitze und wogende orange Ströme durchziehen Sax' Sichtfeld. Das Infrarot wird komplett rot und weiß, also blinzelt Sax zurück zum normalen Spektrum.

Es stellt sich heraus, dass das Abfeuern eines Bergarbeiters in die Batterie eines anderen eine Miniatur-Apokalypse auslöst.

Die Lichter sind weg, und stattdessen kann Sax nur noch verstreute Flammen sehen, die an den Wänden, am Boden und an der Decke kleben. Die Explosion hat Überreste der Familiare überall verstreut, der Schleim verwandelt sich durch die Hitze in blubberndes Schwarz. Dunkler Rauch und verbrannte Gerüche füllen den Raum.

Sax bleibt unten, zwingt seine Beine, die vor Schmerz aufschreien, sich zu bewegen. Er kriecht über die Flammen zur Tür, die er aufgeschossen hat. Es gibt keine Familiare mehr. Oder wenn es welche gibt, haben sie sich nicht neu geformt, und mit den Flammen, die jede Spur von übriggebliebenem Schleim verschlingen, glaubt Sax nicht, dass sie zurückkommen werden.

Sax wirft sich gegen die Tür, die kein Hindernis darstellt; sie fällt einfach weg, geschwächt durch den Bergarbeiter-Schuss und die anschließende Explosion. Der Flur ist kühl, klar, hell erleuchtet. Es gibt keine Türen, die von diesem abgehen. Nur ein langer Korridor, der, wie Sax weiß, zum Stationszentrum führt. Dorthin, wo Dalachite lebt.

Der Oratus sackt gegen eine Seite, das kalte weiße Schott dient als Stütze. Er atmet ein. Dann noch einmal und ein drittes Mal, während Rauch über ihm hinauswabert.

Das hier wird wehtun. Der größte Teil von Sax' Schwanz ist taub, seine Beine ebenso. Ein Blick an seinem Körper entlang zeigt, dass seine grauen Schuppen schwarz werden. Er wird eine lange Zeit in den Heilungstanks brauchen.

Aber das ist für später. Jetzt gibt es die Mission. Dalachite lebt noch.

Sax zieht sich auf die Füße. Es tut weh, aber die Muskeln reagieren noch. Schlimm verbrannt, ja, aber nicht durchtrennt. Nicht zu nichts geschmolzen.

Wut treibt den Oratus vorwärts.

DIE TÜR SCHLIESST SICH KAUM, als irgendwo in der Nähe ein lauter Knall ertönt. Wir drei starren uns an, und Dalachite, das gerade dabei war, uns zu befehlen, zur mittleren Plattform zu gehen, bricht abrupt ab. Lässt uns in Stille zurück.

„Was glaubst du, war das?", sagt Viera.

Ich weiß es nicht, aber ich sage das nicht, ich starre nur Malo an, der zur fernen Tür blickt.

„Ich glaube, es sind die anderen. Die Kreaturen, die uns hierher gebracht haben", sagt Malo. „Der eine, Sax? Er mag diesen Ort nicht. Er traut diesen blauen Dingern nicht."

„Wenn er versucht, diese Station zu zerstören, dann wäre ich lieber nicht hier", sagt Viera und ich stimme zu.

Das bedeutet, wir müssen einen Ausweg finden. Die Tür, durch die wir gekommen sind, reagiert immer noch nicht. Das Gleiche gilt für den anderen Ausgang. Wir sind hier reingekommen und jetzt sitzen wir fest.

„Dalachite will, dass wir auf die Plattform gehen", sagt Malo. „Vielleicht sollten wir das tun?"

„Seinen Befehlen zu folgen hat uns schon hierher

gebracht", sage ich. „Ihnen wieder zu folgen, würde die Dinge nur verschlimmern."

„Nein, nein", platzt Dalachites Stimme in den Raum. „Es wird sie nicht verschlimmern. Nicht schlimmer, als sie ohnehin schon sind. Vielmehr wird es euch einen Zweck geben." Seine Worte haben jetzt Hitze in sich. Wut, sogar Zorn. „Ihr werdet auf die Plattform gehen, und ihr werdet dort liegen und warten. Ihr werdet warten, weil das ist, was Versuchsobjekte tun. Das ist eure Aufgabe."

Wir sehen uns an. „Ich werde das nicht tun", sage ich.

Vorsicht, Kaishi. Das ist keine Kreatur, die du verärgern willst.

„Was die Kaiserin befiehlt, tue ich", sagt Malo.

„Dies ist keine Bitte. Es ist keine Anfrage. Es ist ein Befehl", sagt Dalachite. „Einer, den ich bereit bin durchzusetzen."

Die ferne Tür, nicht die, durch die wir gekommen sind, öffnet sich ruckartig. Dort stehen ein Paar abscheulicher Kreaturen. Sie sind braun und fleckig, und wo kein Fell ist, sind blaue Streifen. Die gleiche glatte Haut der anderen Vertrauten. Ihre Augen sind leer und schwarz, und Haarsträhnen fallen von ihnen auf den Boden.

Sie sind instabil. Seltsam.

„Was sind-" Viera beendet den Satz nicht, bevor die beiden Malo packen und ihn zur Plattform schleifen.

Viera ist zu verletzt, um zu reagieren, aber ich trete vor, greife nach einem ihrer Arme und versuche zu ziehen, aber er bewegt sich nicht. Ich habe die anderen Vertrauten gefühlt. Die blauen. Sie sind stark, aber keine Berge. Ich hatte eine Chance, ihrer Stärke zu widerstehen, aber diese, es ist, als würde man versuchen, einen Stein zu bewegen. Als ob das dünne Blau durch straffe Muskeln verstärkt worden wäre.

„Wehrt euch nicht, Versuchsobjekte." Dalachites Worte werden von Malo begleitet, der auf die silberne Plattform prallt.

Als er das tut, greift ein Vertrauter darunter und zieht einen langen silbernen Stab hervor. Ich versuche einen Tritt und der Vertraute nimmt den Schlag ungerührt hin, dreht sich dann um und stößt mich zu Boden.

Er legt den Stab über Malos kämpfende Beine, und der Stab schnappt zu. Biegt sich um Malos Oberschenkel und drückt fest zu. Der andere Vertraute legt einen zweiten Stab um Malos Brust und fesselt seine Arme an seine Seiten.

Viera und ich betrachten die Chancen, als sich die beiden Monster uns zuwenden. Es steht außer Frage, dass wir gegen sie kämpfen. Nicht bei Vieras Schwäche, nicht bei mir unbewaffnet. Dalachite fordert uns auf, uns zu ergeben, und wir tun es.

Die Vertrauten dirigieren uns auf die Plattform zu Malo, befehlen uns, uns nebeneinander in einer Reihe von drei hinzulegen.

„Nun, es tut mir leid, dass ihr meine Experimente mitansehen musstet", sagt Dalachite. „Sie sind noch nicht ganz fertig, wie ihr sehen könnt. Allerdings zwingen mich einige unerwartete Schwierigkeiten, zusätzliche Maßnahmen zu ergreifen."

Warte auf eine Gelegenheit, Kaishi. Der Amigga ist abgelenkt. Wir werden eine Chance bekommen.

Ich verstehe, was Ignos sagt, und die Vertrauten haben uns nicht in Metallstangen eingewickelt wie sie es bei Malo getan haben. Stattdessen bringen sie, als sie unter die Plattform greifen, klare, gewellte Röhren hervor, die in die Löcher im Boden gleiten. Jede hat am Ende eine lange, scharfe Nadel. Es ist nicht schwer zu erraten, was sie damit vorhaben.

„Ich dachte nicht, dass du uns verletzen würdest", protestiere ich. „Wir sind deine Versuchsobjekte. Deine Prachtexemplare."

„Oh, das seid ihr", antwortet Dalachite. „Die interessantesten Versuchsobjekte, die ich seit Beginn dieser Station untersucht habe. Vielleicht in meiner gesamten Existenz. Allerdings muss ich *Cobalt* über jedes einzelne Experiment, jedes einzelne Exemplar stellen. Das bedeutet, ihr drei werdet für mich tot mehr wert sein als lebendig."

„Du wirst nie alles über uns erfahren", sage ich verzweifelt,

Ich habe keine Ahnung, ob das stimmt. Keine Ahnung, wozu der Amigga fähig ist.

„Kleine, du musst dich erinnern, ich habe euer Shuttle. Ich habe seine Aufzeichnungen. Ich kann einfach jemanden schicken, um mehr von euch zu holen. So viele Menschen zurückbringen, wie ich will. Nun, schließt eure Augen. Es wird so einfacher sein."

Der Vertraute kommt näher. Ich bin offensichtlich die erste Wahl, da sich einer der braunen, fleckigen Albträume an meinem Kopf und ein anderer an meinen Füßen aufstellt.

Viera spannt sich an, und ich habe das Gefühl, dass sie gleich losspringe n wird.

„Nicht", sage ich. Ich spreche in Malos Sprache und hoffe, dass Dalachite es immer noch nicht verstehen kann. „Warte auf mein Zeichen, dann gehst du."

Viera nickt leicht.

Die Vertrauten, Röhren in jeder Hand, bringen die Spitzen auf mich zu. Die Nadeln glitzern im hellen Licht. Sie stechen direkt auf meine Beine, meine Arme zu. Zentimeter entfernt, als ich mich bewege.

Im Dschungel, als wir als Kinder spielten, rollten wir

herum. Überschlugen uns unter verknoteten Lianen und niedrigen Ästen. Spielten uns gegenseitig Streiche und fingen uns. Also ist es für mich ein Kinderspiel, meine Beine hochzuziehen, sie an meine Brust zu bringen, obwohl ich das leichte Kratzen spüre, als Nadeln die nackten Enden meiner Füße streifen. Ich rolle weiter zurück und drücke meine Hände an die Seite der Plattform. Spüre die Nadeln des Vertrauten hinter mir, die meine Schultern kratzen, aber ich ignoriere den Stich. Die Maske dämpft ohnehin einen Teil davon.

Ich drücke mich ab.

Ich treffe nicht so sehr, als dass ich eher in den Vertrauten falle, der hinter meinem Kopf steht. Er lässt die Röhren fallen, als wir beide zurückfallen, und ich treffe ihn hoch genug, dass er das Gleichgewicht verliert und zu Boden stürzt. Der andere rennt um die Plattform herum, als Viera ihren linken Fuß ausstreckt, den Vertrauten am Bein trifft und das Ding stolpern lässt. Es fällt hart, und dann rollt Viera, der die Beweglichkeit fehlt, von der Plattform auf es drauf. Sie landet auf dem Vertrauten und fängt an, zuzuschlagen.

Ich rutsche von meinem herunter, greife die Röhren vom Boden und versuche, nicht auf das rote Nass an den Nadelspitzen zu schauen. Mein Vertrauer beginnt aufzustehen, und als er sich dreht, sein braunes, fleckig blaues Gesicht mir zuwendet, ramme ich ihm die Nadeln hinein.

Tief.

Die Röhren beginnen zu zittern, als die Nadeln sich ganz hineinbohren, und ich begreife, dass ich einen Mechanismus ausgelöst habe. Der Vertraute zuckt zurück, aber ich habe die Röhren weit genug hineingestoßen, dass ich kleine Metalldrähte aus den oberen Enden hervorspringen sehe. Die Drähte greifen in die Haut des Vertrauten und halten die Nadeln stabil, und dann sehe ich zu, wie die Substanz, aus der der Vertraute besteht, durch die Röhren abfließt und sie mit blauem Schleim füllt. Der Vertraute beginnt vor mir zu schrumpfen, während die Röhren sein Leben regelrecht aussaugen.

Das wäre mir passiert. Mein Blut, meine Muskeln, Haut und Knochen, alles wäre in *Cobalts* Eingeweide gesaugt worden.

„Das ist sehr unerwartet", ertönt Dalachites Stimme, während Viera weiter mit ihrem Vertrauten ringt. „Alle meine Experimente laufen heute ziemlich schief."

Ich ignoriere das Ding. Krieche über den Boden dorthin, wo Viera kämpft. Dorthin, wo Viera von ihrem Gegner weggeschleudert und gegen die Wand geknallt wird. Dorthin, wo Viera zu einem Haufen zusammensackt. Dieser Vertraute hat seine Röhren nicht mehr – er hat sie auf der anderen Seite der Plattform fallen lassen –, also habe ich nichts, um ihn zu erstechen, nichts zum Zupacken, außer meinen eigenen Händen.

Die sich als wirkungslos erweisen.

Der Vertraute zögert nicht. Er packt mich, drückt mich fest in seine Arme und hält mich an seine Brust, und dann spüre ich, wie er losrennt. Wir stürzen auf die entfernte Tür zu, durch die er hereingekommen ist, die sich öffnet, als er sich nähert, und sich hinter uns schließt.

Als sie sich schließt, höre ich Malo meinen Namen rufen.

Und dann ist da nichts mehr.

KAPITEL 38

VERTRAUTER RAHMEN

SAX TAUMELT DEN GANG ENTLANG. Langsam. Er erinnert sich nicht daran, das auf der Karte gesehen zu haben. Er hat keine Ahnung, wohin er geht, aber es scheint nur einen Weg zu geben, also schlägt er diesen ein. Alles, was Sax weiß, ist, dass *Cobalt* eine lange, dreieckige Erweiterung einer Kugel in der Mitte ist. Solange er in Richtung Zentrum geht, wird er irgendwann dort ankommen, wo er hin will.

Der Gang endet an einer abgerundeten Tür mit einem rot leuchtenden Licht, wie üblich. Sax hebt seine Klauen, die einzigen Waffen, die ihm noch geblieben sind.

„Lass das", sagt Dalachite. „Du hast schon genug Schaden an meiner Station angerichtet. Wenn du hindurch willst, öffne ich sie für dich."

Sax hat keine Lust zu antworten. Er hat weder die Energie noch den Fokus zu spotten. Er gibt dem Wesen einen Moment Zeit und hält den Minenarbeiter zur Tür hin, als das Licht grün aufleuchtet und sie sich öffnet. Auf der anderen Seite befindet sich ein sogenannter Bandraum. Ein Raum, der das Zentrum einer Station umkreist, ohne

Wände dazwischen. Selten zu haben und kostspielig, aber wenn man den Platz braucht, ist das der richtige Weg.

Dalachite nutzt diesen Raum gut: Vor Sax erstreckt sich in beide Richtungen eine lange Kette. Große Plastikstangen bewegen sich, gezogen von dem, was Sax für programmierte Magnete hält, in einer langsamen Schleife über die breite, flache Silberoberfläche. Jede Stange überspannt die Breite des Raums, und Sax kann sehen, dass ihre Oberseiten mit feinem Stahl gegittert sind. Die Unterseiten der Stangen sind mit kleinen Düsen versehen. Düsen, die, während sich die Stangen bewegen, denselben blauen Stoff herausquetschen, aus dem die Vertrauten bestehen. Sie schichten den Schleim auf dem silbernen Boden auf, der in lange, dünne Abschnitte unterteilt ist, die senkrecht zu den Plastikstangen verlaufen.

Sax erkennt, was das ist, was hier vor sich geht.

Die Schichtungsstangen erschaffen Vertraute. Ein paar Dutzend auf einmal oder mehr. Der tropfende Schleim formt sie zu Wesen. Sax hat nicht einmal die Energie sich zu bewegen. Zu handeln. Er beobachtet einfach nur fasziniert, wie die Stangen sich drehen und drehen und drehen und dann ist die Welle vorbei. Die ganze Reihe hält für einen Moment inne, die Stangen gleiten zur Decke hoch, die sich öffnet und eine neue Ladung Schleim in die Stangen füllt.

Ein leises Summen ist zu hören und ein leicht stechender Geruch erfüllt den Raum. Strom; starke Elektrizität. Was sich weiter durch die zuckenden Formen der Vertrauten zeigt. Nachdem das Geräusch verstummt ist, setzt sich jeder langsam auf. Dann stehen sie auf und erheben sich von der silbernen Plattform. Sie alle drehen sich um und schauen Sax an.

„Da hast du es", sagt Dalachite. „Die Quelle meiner

Diener. Nichts besonders Brillantes für jemanden, der die Galaxie gesehen hat, nehme ich an."

Nur hat Sax noch nie etwas Derartiges gesehen, und er weiß auch warum: Wenn es das überall geben könnte, überall, dann welchen Bedarf hätte noch jemand an anderen Spezies? Die Amigga, *diese* Amigga, könnte ganze Welten mit diesen Dingen betreiben.

Sax stellt die eine Frage, die ihm noch auf der Seele brennt: „Wie kontrollierst du sie?"

„Ganz einfach eigentlich", sagt Dalachite. „Denk an die Sevora. Denk daran, wie sie ihre eigenen Befehle in die Nerven eines Ziels einbringen. Wie sie den Wirt überschreiben und ihre Botschaften überall hin senden. Alles, was ich getan habe, ist, ein bisschen Sevora in mich selbst aufzunehmen. Alles, was ich getan habe, ist, mein eigenes genetisches Material in sie alle einzuspleißen. Sie sind schließlich meine Vertrauten."

„Sevora können nicht durch die Luft kommunizieren", zischt Sax zurück. „Sie müssen in dir sein. Sie müssen dich gefangen nehmen."

„Müssen sie das? Wenn die Sevora jemals wirklich einen Blick auf sich selbst geworfen hätten, würden sie wissen, dass alles, was sie tun, biologischer Impuls ist. Dass alles, was sie mit ihren Wirten teilen, über Signale kommt. Spezifische Frequenzen, spezifische Mikrovolt. Es ist nicht schwer, dieselben Signale durch die ganze Station zu senden. Es ist nicht schwer, eine Belegschaft williger Anhänger dazu zu bringen, einen Mechanismus für dich einzurichten, damit du das tun kannst, besonders wenn sie nicht erkennen, dass es ihr eigenes Ende sein wird, dies zu tun."

„Dann bist du nicht besser als die Parasiten, gegen die wir kämpfen", sagt Sax.

„Ich glaube nicht, dass ich jemals behauptet habe, es zu sein. Der wahre Fehler der Sevora ist natürlich, dass sie es versäumt haben, ihre Macht zu etablieren, bevor wir erkannten, dass sie da waren. Ich werde diesen Fehler nicht machen. Die Amigga werden diesen Fehler nicht machen."

„Das hast du schon."

Er mag verbrannt sein, er mag erschöpft sein, aber Sax hat immer noch vier Klauenarme und ein Maul voller Zähne. Er macht sich daran, sie zu benutzen.

Diese Vertrauten wissen kaum, was sie tun; ihre Bewegungen sind langsam und ruckartig. Sax reißt durch sie hindurch wie durch Gras. Zerfetzt sie in Stücke und stellt dann sicher, auch die Stangen zu packen, indem er die Wand des Raums zu den großen Metallteilen hochkratzt. Seine Klauen brauchen Zeit, um die dicken Stangen zu durchtrennen, aber Sax zerschneidet jede einzelne in zwei Teile. Es ist schwer, sich um das Band herumzubewegen, aber in seinem Zentrum ist *Cobalt* eine viel kleinere Station als an den Rändern.

Jeder Knall der auf den Boden fallenden Stangenstücke ist ein Sieg.

„Jetzt will ich sehen, wie du deine Armee aufstellst." Sax starrt im Raum umher, unsicher, wo die Kameras sind.

„Erst hieß ich dich auf *Cobalt* willkommen. Dann hast du mich getäuscht, gelogen und versucht, meine Schöpfungen zu zerstören. Jetzt reißt du wieder auseinander, was du nicht einmal kennst. Du, Oratus, bist das beste Beispiel für unser Versagen." Dalachite brüllt jetzt. „Deinetwegen wird mein eigener Fortschritt um Zyklen zurückgeworfen. Weißt du, wie lange es dauern wird, das hier zu reparieren? Die Vertrauten zurückzubringen, die du verbrannt hast?"

„Das ist mir egal." Sax sucht nach der nächsten Tür zum Stationskern, aber es scheint keine zu geben.

„Es ist dir egal? Wie typisch für einen Oratus. Wie typisch für dich, alle Wissenschaft zu missachten, nur damit du deinem Zerreißen von Fleisch und Trinken von Blut nachgehen kannst-"

Dalachite tobt weiter, aber Sax blendet es aus. Es muss einen Weg von hier aus tiefer in die Station geben. Die Amigga muss sich ernähren. Sie kann sich nicht völlig abschotten. Sax stapft über den silbernen Druckboden zum anderen Ende. Er scannt die Wand. Schaltet die Maske auf Infrarot um, und da. Er sieht es. Hinter einem Abschnitt eine andere Farbe. Niedrigerer Luftdruck, kühlere Temperaturen. Sax bewegt sich darauf zu, starrt auf die Platte. Jetzt, wo er hier ist, kann er die Linien erkennen. Eine getarnte Schiebetür, aber warum?

Dalachite verstummt. Es muss merken, was Sax betrachtet. „Weißt du was, Oratus? Weißt du, was du in deinem Bestreben, mich zu zerstören, vergessen hast?"

„Erzähl's mir", sagt Sax. Er nimmt seine Klauen und rammt sie mit den Spitzen voran in die Wand. Das Metall leistet Widerstand, aber nicht lange. Es ist zu dünn, nicht dafür gemacht, einem Oratus-Schlag standzuhalten. Sax bricht durch und beginnt, es zu zerreißen.

„Du hast vergessen, dass du nicht allein auf dieser Station bist. Du hast dein Paar vergessen. Deine Menschen."

Sax reißt und zerrt weiter. Bas kann auf sich selbst aufpassen. Die Menschen sind jedoch nicht so fähig, und wenn Bas das Shuttle bewacht, dann hilft ihnen niemand.

„Ich werde alles Nötige tun, um dich von mir fernzuhalten, Oratus. Selbst wenn es bedeutet, meine wertvollsten Versuchsobjekte zu zerstören."

„Hast du sie?", fragt Sax.

„Sie schreien gerade unter meinen Messern", sagt Dalachite. „Aber wenn du zustimmst, mich leben zu lassen, wenn du zustimmst, die Station zu verlassen, lasse ich sie dir. Ich werde euch alle gehen lassen."

Die Metalltür fällt weg, die Fetzen davon enthüllen einen älteren, dunkleren Gang, der weiter führt. Sax sieht andere Eingänge an den Seiten. Wahrscheinlich Lagerräume. Das Essen und Trinken, das Dalachite zum Überleben braucht.

Außer, die Menschen.

Sax ist jetzt so nah, aber wenn er Dalachite tötet, oder wenn er es versucht und die Menschen sterben, dann ist es, wie Bas sagt, die Mission gescheitert. Ihre Chance auf Frieden scheitert.

„Haben wir einen Deal, Oratus?"

ES IST DUNKEL IM RAUM. Für einen Moment. Dann, als mich der Vertraute mit einem Arm mitschleift, leuchtet die ganze Wand zu meiner Rechten weiß auf. Seltsame Formen beginnen den Raum zu bevölkern. Die erste ist braun, pelzig. Wie der Vertraute, der mich zieht, nur ohne die blauen Flecken. Daneben erscheint eine seltsame schneckenartige Kreatur, und eine dritte, lang und gerade, mit etwas, das wie ein Panzer aussieht, der ihren Körper bedeckt, und kleinen Armen und Augen, die aus Löchern hervorlugen. Mehrere weitere tauchen auf, eine rund mit dem, was wie viele kleine Füße aussieht, die aus ihrem zentralen Kreis herausragen.

Diese, anders als die ersten drei, ist rot schattiert.

Ich schaue sie an, weil ich an nichts anderes denken kann. Ich atme schnell, mein Herz hämmert, während der Vertraute mich über den Boden zieht. Ich gerate in Panik, obwohl ich schon in lebensgefährlichen Situationen war, und ich weiß auch warum: Bei dem Opfer auf der Spitze des Vaos, dem Kampf mit dem Lunare, verstand ich, wo ich war und was passierte. Hier ergibt nichts einen Sinn. Der

Vertraute hat keinen Platz in meiner Gesellschaft, in meinem Verständnis des Universums.

Jetzt schon.

Ignos hilft nicht gerade.

Wir sind auf halbem Weg, als hinter uns ein Pochen ertönt. Ein Hämmern an der Tür. Viera, es sei denn, Malo hat einen Weg gefunden, sich von diesen Metallstangen zu befreien. Jedenfalls lässt das Geräusch den Vertrauten zurückblicken. Über meinen Kopf hinweg und weg.

Wehr dich.

Ich tue es fast ohne nachzudenken. Ich fange Ignos' Vorschlag auf, seinen versuchten Befehl an meine Muskeln, der nirgendwo hingeht außer in meinen Kopf. Ich stemme meinen linken Fuß in den Boden und werfe meine Schulter in eine fallende Drehung. Es ist eine schwere Bewegung, aber der Vertraute ist ein schweres Geschöpf. Stärker als ich, aber er erwartet meinen Versuch nicht. Seine Füße rutschen weg, als ich meinen Körper schwinge, und sein Griff lockert sich, als er sich dreht. Der Schwung schleudert den Vertrauten direkt in die große weiße Anzeige, die er trifft, und der Bildschirm zerbricht. Das ganze Ding flackert und stirbt, während der Vertraute, dessen Körper immer noch zu mir herausragt, zuckt, während Funken um ihn herumfliegen.

Ich stehe langsam auf, starre ihn an. Warte darauf, dass der Vertraute wieder aufsteht und mich verfolgt, aber er tut es nicht.

Warte nicht. Geh.

Also tue ich es. Ich renne zurück zu der geschlossenen Tür, durch die wir gekommen sind, aber das Licht ist rot und ich sehe keinen Weg, sie zu öffnen. Die Maske hilft mir auch nicht. Ich schaue zurück zum Vertrauten, aber er steckt immer noch dort fest. Bewegt sich nicht mehr.

Es werden andere kommen. Gibt es einen anderen Ausweg?

Den gibt es. Am Ende des Flurs, sichtbar im flackernden Licht des Bildschirms. Eine offene Tür, obwohl ich nur Schatten hindurch sehen kann. Trotzdem, da ich sonst nirgendwo hin kann, gehe ich in diese Richtung. Renne den Flur hinunter, vorbei am Körper des Vertrauten und in einen anderen Raum. Hier gibt es keine Lichter, und das Weiß, das ich sehe, kommt von dem, was wie eine zerbrochene Tür am anderen Ende aussieht.

Haufen von geschwärzter Flüssigkeit liegen überall herum; aufgerollt und eingebrannt in Böden und Decken. Einige der Haufen glühen stellenweise orange und strahlen Hitze aus. Der Raum riecht nach Rauch und Verbranntem. Es ist ein Ort des Todes, und ich bleibe nicht dort.

Ich bewege mich in einen langen Flur und bleibe auf der anderen Seite der Tür stehen. Am anderen Ende steht die Kreatur, die mich mitgenommen hat, der Oratus. Er steht groß da, obwohl ich bemerke, dass schwarze Verbrennungen über die gesamte untere Hälfte seines Körpers verteilt zu sein scheinen. Sax macht einen humpelnden Schritt auf mich zu.

„Halt", sage ich.

Nicht, dass ich denke, ich könnte ihm etwas befehlen, aber er scheint verletzt zu sein. Weniger tödlich als zuvor.

„Wo sind die anderen beiden?", fragt mich Sax, seine Stimme ein zischendes Rasseln.

„Hinter mir. In einem anderen Raum eingesperrt." Ich denke einen Moment nach. „Kannst du sie befreien?"

„Sie sind in Sicherheit?"

„Vorerst." Ich schätze, ich weiß das nicht sicher, aber es waren keine Vertrauten im Raum, als ich ging. Hoffentlich ist es so geblieben. „Aber wenn wir dorthin zurückkönnen?"

Sax schüttelt den Kopf. „Du bist die Wichtigste, und der Amigga ist die größte Bedrohung. Wir gehen zurück. Jetzt."

Der Oratus dreht sich langsam im Kreis und ich starre auf seinen langen Schwanz. Vorderarme, diese glänzenden Klauen. Es gibt einen schwachen Schimmer zwischen seinem unteren Torso und seinem oberen, und ich bemerke, dass er eine Maske trägt. Eine, die nur zur Hälfte da ist.

Ich kann nicht glauben, dass ich das sage, aber du solltest ihm folgen. Dieser Oratus ist unsere beste Chance, hier lebend rauszukommen.

Ihm folgen? Er geht weg von meinen Freunden. Ich kann sie nicht verlassen.

Wenn du ihm hilfst, den Amigga zu erledigen, werden deine Freunde leben. Es ist der einzige Weg.

Der einzige Weg. Wie oft hatte ich Ignos das sagen hören? Von Schicksal reden. Pläne. Der sichere Weg, meine Hoffnungen und Träume zu verwirklichen.

„Ich gehe zurück, um sie zu holen", sage ich den Flur hinunter, während ich mich umdrehe.

„Wenn du das tust", sagt Sax zu meinem Rücken, „werde ich sterben. Du wirst sterben. Jeder, den du auf der Erde kennst, wird von dieser Kreatur genommen und benutzt werden, um mehr von diesen Vertrauten zu erschaffen. Dies ist unsere Chance. Sei kein Feigling."

Ich schaue auf meine Hände. Es sind immer noch die Hände eines Mädchens. Zwar vom Dschungelleben gezeichnet, aber ansonsten jung. Ich habe nicht viele Kampfnarben. Ich habe keine Jahrzehnte des Mutes, die mich auf diesen Moment vorbereitet haben. Wie soll ich einer tödlichen Kreatur wie Sax helfen, gegen Dalachite zu kämpfen?

Nicht alles wird mit Stärke gewonnen. Manchmal

reichen ein offenes Auge und die Bereitschaft, Vorteile zu nutzen.

Dann höre ich etwas, das ich nicht erwartet habe. Ein tiefes Rasseln, als ob der Oratus selbst kaum glauben kann, dass er es sagt.

„Bitte."

Du musst, Kaishi. Hilf ihm.

Ich erinnere mich blitzartig an die Sitzungen, festgehalten auf dieser Plattform, während seltsame Bilder vor meinen Augen aufflackern. Ich spüre, wie Ignos in meinen Kopf kriecht und wieder heraus, während Dalachite und seine Vertrauten den Sevora zwingen, sich zu bewegen. Die schiere Panik vor wenigen Augenblicken, als mich ein albtraumhaftes Ding wegzerrt.

„Wenn wir dieses Ding töten wollen, lass es uns schnell tun." Ich treffe Sax' Blick, lasse ihn wissen, dass ich keine Angst habe. „Ich will meine Freunde retten."

DAS MENSCHENMÄDCHEN IST MUTIG. Sax ist glücklicher darüber, als er gedacht hätte. Er wird nicht allein in die Kammer des Amigga gehen. Die letzte Begegnung mit der ausgewachsenen Sevora auf dem Samenschiff schwebt ihm noch frisch im Gedächtnis. Wie leicht die Dinge sich gegen eine einzelne Person wenden können. Wie entscheidend ein Partner sein kann.

Sax wünschte, Bas wäre hier anstelle dieses kleinen Menschen, aber er wird mit dem arbeiten, was er kriegen kann. Sie kehren zur zerstörten Vertrautenfabrik zurück, und als Kaishi Sax fragt, was hier passiert ist, erzählt er es ihr.

„Hier werden die Vertrauten hergestellt."

„Wurden hergestellt, denke ich."

Sax wedelt mit seinen Vorderklauen über die Zerstörung. „Dafür wurde *ich* geschaffen."

Die beiden überqueren den Boden. Sie gehen auf die nächste Tür zu. Metallsplitter bedecken den Eingang.

„Ich dachte, wir hätten eine Abmachung, Oratus", dröhnt Dalachites Stimme von irgendwoher.

„Die Abmachung erforderte, dass die Menschen gefangen genommen werden", erwidert Sax. „Wie du sehen kannst, sind sie das nicht."

„Einer vielleicht. Aber die anderen beiden-"

„Werden überleben", sagt Kaishi. „Sie sind Krieger und wissen, wofür sie kämpfen."

„Und was wäre das?", kontert der Amigga.

„Die Menschheit", antwortet Kaishi.

Sax wartet nicht mehr. Er geht durch die Tür, Kaishi hinter ihm. Es gibt zwei versiegelte Türen an den Seiten des nächsten Flurs und eine große runde am Ende. Gedämpftes Licht macht es schwieriger zu sehen als zuvor.

Als sie vorbeigehen, öffnet sich die erste Tür schlagartig. Keine Lichtschlösser an diesen. Vielleicht gibt es hier, tief in *Cobalt*, keinen Bedarf dafür. Unabhängig davon ist leicht zu sehen, was sich darin befindet. Kisten mit gelagerten Vorräten. Anscheinend direkt von den Schiffen hierher gebracht. Nichts, was Sax und den Menschen betrifft, also gehen sie weiter zum Ende. Die andere Tür, rechts, bleibt geschlossen. Sax überprüft sie fast, versucht fast zu sehen, ob sie sich öffnet, aber sie sind jetzt so nah. Zu nah, um Zeit mit Ablenkungen zu verschwenden.

Sax wendet sich an Kaishi, als sie vor der Tür stehen. „Wenn sie sich öffnet, weiß ich nicht, was wir auf der anderen Seite finden werden. Bleib ruhig. Sei bereit, dich zu bewegen. Ich werde seine Aufmerksamkeit auf mich ziehen, und du findest Wege zu helfen, wo du kannst."

Sax weiß, dass die Maske nur seinen Oberkörper bedeckt. Seinen Kopf. Es gibt viele Schmerzen in seinen Beinen, aber er hat noch genug übrig, um das zu tun. Genug übrig, um dem Amigga die Stirn zu bieten. Die Tür ist nicht verschlossen: Bei einer Berührung von Sax' Klaue auf ihrer Oberfläche öffnet sie sich. Dort, vor ihnen, ist ein riesiger

Raum, doppelt so groß wie das Zentrum des Samenschiffs. Laufstege umringen die Kammer, erstrecken sich von der Tür und schlängeln sich um die Mitte. Der Weg vor ihnen führt zu einer Plattform in der Mitte. Darauf ruht der Amigga. Ein Teil davon, jedenfalls. Dalachite selbst erstreckt sich von seinem Kern bis zu den Rändern der Kammer. Es sieht weniger wie eine lebende Kreatur aus und mehr wie eine Synapse. Ein zentrales Cluster von Organen und Gewebe mit zahlreichen Ästen, die zu den Seiten hinausragen, zu Anschlüssen und Terminals, in die sie eingetaucht sind.

Die Beleuchtung ist intensiv und mehrfarbig. Sie leuchtet von Hunderten von Terminals, die alle möglichen verschiedenen Daten anzeigen. Alle sind mit harten Amigga-Fasern mit dem Hauptkern der Kreatur verbunden. *Cobalt* ist Teil des Amigga, und der Amigga Teil der Station. Zerstöre eines, und Sax würde wahrscheinlich das andere zerstören, zumindest in einem funktionalen Sinne.

„Also habt ihr es hierher geschafft. Glückwunsch." Dalachite seufzt. „Ihr habt meine Experimente ruiniert. Meine Vertrauten zerstört. All den Fortschritt, den ich über so viel Zeit gemacht habe, bedeutungslos gemacht. Bist du glücklich, Oratus? Bist du glücklich, dass du deinen Meistern getrotzt hast?"

„Nein", antwortet Sax. Er hat bemerkt, dass Kaishi mit offenem Mund auf das starrt, was sie sieht. Er muss Zeit kaufen, damit sie sich sammeln kann, bereit ist, wenn der Kampf ausbricht. „Befehle zu missachten macht mich nicht glücklich, aber diese Klauen zu benutzen, um dich und deine Kreationen in Stücke zu reißen, wird es tun."

Sax macht einen Schritt nach vorne. Er hat versprochen, das Feuer auf sich zu ziehen, und das wird er tun. Er scannt den Raum nach Waffen und hofft, dass die Maske zuerst alle erkennt, die er nicht sehen kann. Aber es gibt keine. Als ob Dalachite, der auf einer Forschungsstation lebt, nie in Betracht gezogen hätte, dass er eines Tages angegriffen werden könnte.

„Weißt du, wer deine Befehlshaber wirklich sind?", sagt Dalachite, und es ist für Sax beunruhigend, die Kreatur mit ihnen sprechen zu sehen, aber die Stimme von überall zu hören.

Der Amigga hat keinen Mund. Alle anderen Amigga, die Sax gesehen hat, ohne ihre eigenen Stationen, benutzen mobile Anzüge. Mechanische Zubehörteile und Prothesen, um sich fortzubewegen. Die haben klare Lautsprecher. Die bieten klare Ziele.

„Ich weiß, wer sie sind." Sax ist zufrieden damit, Dalachite reden zu lassen, und stoppt seinen Vormarsch.

Sax nutzt die Sekunden, um eine Strategie zu planen. Das erste Ziel ist einfach - so viele Verbindungen wie möglich kappen. Dafür sorgen, dass Dalachite nicht auf die Systeme von *Cobalt* zugreifen kann. Sodass der Amigga zumindest *Cobalt* nicht zur Selbstzerstörung bringen kann, während sie darauf sind.

„Wir sind deine Befehlshaber, Oratus. Die Amigga. Wir haben dich erschaffen, wir besitzen dich. Und du wirst gehorchen."

Als Dalachite dies sagt, gibt es ein schiebendes Rumpeln durch die ganze Station. Sax hört ein Wimmern hinter sich, und er wirbelt gerade noch rechtzeitig herum, um einen Flaum zu sehen, einen alten schokoladenfarbenen mit weißen Fransen im Fell, der einen Bergarbeiter hält und den Raum hinter Kaishl betritt.

Der Flaum feuert.

Der Schuss trifft Sax im Bauch. Es gibt keinen Aufprall von einem Laser, keine Kraft, aber der brennende, sengende

Bolzen setzt Sax' Nerven in Flammen und er stolpert zurück entlang des Laufstegs und dann von ihm herunter. Er prallt auf ein paar der dicken, stammartigen Verbindungen des Amigga, bevor er an den tiefsten Punkt der Kugel rollt und liegen bleibt.

KAPITEL 41

DER PFLEGER

ICH SEHE, wie Sax fällt. Drehe mich um und schaue, woher der Schuss kam. Das Wesen ist etwa so groß wie ich. Fell in der Farbe von Schlamm mit aschgrauen Fransen und ein verwittertes, fledermausartiges Gesicht. Es trägt eine lockere Uniform in verblassten Farben; Grün- und Brauntöne. Es richtet die stämmige, dicke Waffe auf mich, drückt aber nicht ab.

„Nun, Kaishi", sagt Dalachite, dessen Stimme aus Lautsprechern rund um die Kugel kommt, sodass sie von überall her zu hallen scheint. „Du weißt, dass ich dir nicht wehtun will. Du weißt, dass du so viel Potenzial hast. Ja, ja, dieser widerliche Oratus hat mich beschädigt. Hat uns zurückgeworfen. Aber du und ich, wir können die Station wieder aufbauen. Du kannst dich Coorvin hier anschließen und sie wieder ganz machen. Das Universum auf seinen rechtmäßigen Weg bringen."

Ich halte nicht viel von dem, was Dalachite sagt. Es hat schon mehrmals versucht, mich zu töten, und das Monster selbst sieht so verrückt und erschreckend aus, dass ich

Schwierigkeiten habe, zusammenhängende Gedanken zu formulieren.

Ignos hilft mir jedoch.

Was du da siehst, ist der Pfleger des Amigga. Jeder Amigga muss einen haben, sobald er sich niedergelassen hat. Schau es dir doch an. Es kann sich nicht bewegen. Es kann sich nicht einmal selbst ernähren.

Coorvin, was offenbar der Name des pelzigen Wesens ist, starrt in mein Gesicht. Ich sehe Funken von Intelligenz in diesen kleinen schwarzen Augen, aber der Mund bewegt sich nicht. Er hat auf Sax geschossen, also kann ich ihn nicht als Freund betrachten, aber ihn anzugreifen könnte bedeuten, dass ich genauso ende wie die Oratus-verkohlten am Boden der Kammer. Also zögere ich. Beschließe, auf das zurückzugreifen, was ich am besten kann: Fragen stellen.

„Was soll ich tun?", sage ich laut und frage es Dalachite, Coorvin und Ignos.

Coorvin antwortet als Erster, mit einem heiseren, leichten Krächzen. „Hilf mir."

„Ja, hilf ihm", sagt Dalachite. „Sag das Wort, Kaishi. Wir können sogar diese anderen Exemplare verschonen. Deine Freunde. Ihr werdet alle hier auf *Cobalt* zusammen sein. Ihr werdet alle mit mir arbeiten. Ihr werdet nie wieder etwas wollen oder brauchen."

Ich spüre diese Stimmung nicht von Coorvin. Dass all seine Sorgen verschwunden sind und er ein glückseliges Leben an Bord der *Cobalt* führt. In seinem angespannten Gesicht liegt Schmerz. Als würde er mit etwas kämpfen. Also mache ich einen Schritt auf ihn zu.

Kaishi, was machst du da? Provozier nicht-

Ich schiebe Ignos beiseite. Der Sevora ist kein Mensch. Der Sevora hat diesen Blick noch nie gesehen. Aber ich schon. Ich sah ihn in den Augen des Opfers auf der Spitze des Vaos in Damantum. Ich sah ihn in Vieras Augen, bevor sie das Bewusstsein verlor, als ich ihre Wunden kauterisierte. Der Blick von jemandem, der darauf wartet, gerettet zu werden, von jemandem, der die Hilfe eines anderen braucht.

Dem kann ich nicht widerstehen.

„Was ist er?", frage ich den Amigga. „Coorvin?"

„Oh, er ist ein Flaum. Mein Pfleger. Implantiert natürlich, damit ich ihn bei Bedarf beeinflussen kann. Ich brauche ihn weniger mit meinen Vertrauten, aber ich habe dafür gesorgt, dass er ein langes und erfülltes Leben geführt hat. Und ich könnte ihn noch brauchen, bis ich sicher bin, dass die Vertrauten jede Aufgabe ohne Probleme bewältigen können."

Ich bewege mich näher zu Coorvin, und er richtet seine Waffe auf mich, dieser breite schwarze Lauf zielt direkt auf meine Brust. Ignos schreit mich an, sagt mir, ich soll etwas sagen, etwas tun.

Also mache ich einen schnellen Schritt. Vorbei an der Mündung der Waffe. Coorvin beginnt sich zu drehen, aber er ist langsam. Ich lege meine Hände auf den Lauf, packe ihn. Die Waffe ist noch warm von dem Schuss, der auf Sax abgefeuert wurde. Coorvin versucht, sie von mir wegzubewegen, aber ich bin stärker als er. Stärker als ein alter Flaum. Es ist nicht schwer, ihm die Waffe aus den Händen zu reißen.

„Kaishi, was tust du da?", sagt Dalachite. „Du musst verstehen, mir zu schaden wird dir nicht helfen. Du wirst immer noch auf der Station festsitzen. Für immer hier gefangen sein. Ohne mich wirst du nie von hier wegkommen. Du wirst auch Coorvin verdammen – er wird nie mehr Nahrung bekommen. Keine weitere Chance, nach Hause zu gehen."

Ich schwenke die Waffe herum, richte sie auf den Amigga. „Du hattest sowieso nicht vor, uns nach Hause gehen zu lassen."

Dalachite zittert, Wellen bewegen sich auf und ab über seine Haut und die Verbindungen zu den Wänden. Seltsame lila Linien leuchten am Körper des Wesens auf und ab, und ein feuchter Glanz tropft aus diesen Linien, um die Kreatur zu überziehen.

„Du könntest einfach näherkommen, Kaishi. Beende deinen Kampf jetzt. Finde Frieden. Ich bin nicht abgeneigt, meinen Untertanen gegenüber gnädig zu sein."

Der Flaum hinter mir macht eine Bewegung. Stürzt sich auf mich. Coorvin ist nicht schwer, aber er reicht aus, um mich aus dem Gleichgewicht zu bringen. Ich schlage auf dem mit Metall durchzogenen Boden auf und die Waffe springt aus meinen Händen, rollt über den Rand des Laufstegs.

Als Coorvin nach mir greift, trete ich ihn weg, mein Fuß trifft sein Gesicht. Coorvin taumelt zurück, hebt seine pelzigen Hände an den Kopf, schließt die Augen und schüttelt sich hin und her. Ich rapple mich auf.

Höre Dalachites Lachen.

„Jetzt hast du deine Waffe verloren, Kaishi. Was willst du tun, mit deinen Fäusten auf mich einschlagen? Das würde ich gerne sehen. Das ist das Eine, was ich an deiner Art geändert hätte. Aber sie haben mich nicht gefragt. Nein, nein, das haben sie nicht."

Ich weiß nicht, wovon er redet, und Ignos fühlt sich genauso verwirrt. Trotzdem muss ich einen Weg finden, dieses Ding zu zerstören. Dann erinnere ich mich. Ich blicke hinter mich, die Tür zum Verlassen der Kammer ist noch offen. Ich gehe rückwärts hindurch.

„Läufst du weg? Oder hast du entschieden, dass du

wirklich auf der Station hingehörst?", höre ich Dalachite fragen, als ich gehe.

Ich antworte nicht.

Im Flur sehe ich, dass sich die zweite Tür, die sich bei unserer Ankunft nicht geöffnet hatte, zur Seite geschoben hat und eine einfache Unterkunft offenbart. Dort, wo sich Coorvin versteckt hatte. Im Raum rechts liegen immer noch die Vorräte. Kisten mit Namen und Begriffen, die ich nicht kenne. Keine Waffen, keine Lösungen hier.

Ich gehe zurück in den großen Raum, wo Sax behauptet hatte, die Vertrauten würden erschaffen. Es ist nicht weit, und dort liegen, in Stücke zerlegt, die Metallstangen mit den Düsen. Die Dinger, von denen Sax sagte, sie würden die Vertrauten erschaffen. Ich nehme ein Stück. Es ist größer und länger als ich, aber ich kann es heben. Entweder bin ich stärker geworden, seit ich hier bin, oder etwas anderes ist im Gange.

Ich renne den Flur zurück und trage es vor mir her.

Nein, Kaishi. Tu es nicht.

Keine Zeit für neue Pläne. Ich benutze die Metallstange wie einen Speer. Stürme direkt in Dalachites Kammer, halte meine Füße in Bewegung. Coorvin erkennt, was ich vorhabe - ich sehe, wie sein pelziger Kopf zuckt, seine Pfoten nach mir greifen, aber er ist eine Sekunde zu langsam. Ich stoße den Metallkopf direkt in die glänzende, gefleckte Amigga-Haut. Der Speer bohrt sich in Dalachite, und ich höre es schreien.

Ein Schrei, der sich schnell in ein gurgelndes Lachen verwandelt. Ich versuche, den Speer zurückzuziehen, aber er steckt fest. Bevor ich reagieren kann, verdreht das Amigga seinen Körper, rotiert sich und den Speer, mit meinen Händen darum, sodass ich über der Kreatur in die

Luft gehoben werde. Ich bemerke dann, dass der Speer raucht und in das Amigga schmilzt.

Seine Haut ist mit absorbierender Säure überzogen. So ernähren sie sich, Kaishi.

„Clever, so clever, dass du dich selbst getötet hast", kichert Dalachite durch die Lautsprecher. „Das Amigga würde nie eine Spezies erschaffen, die klüger ist als wir. Immer mit Schwächen. Immer mit Mängeln, die wir ausnutzen können."

Eine Spezies erschaffen?

Ich versuche, an die Spitze meines improvisierten Speers zu klettern. Spüre, wie die zackigen Kanten in meine Hände schneiden, als ich mich nach oben ziehe. Die Stange ächzt, während das Amigga sie weiter wegschmilzt. Ich wage einen Blick nach unten; es ist nur noch ein Meter zu dieser glänzenden, brennenden Fleischkugel. Die Überreste des Speers breiten sich, während sie zerfallen, unter mir in einem blassgelben Fleck aus.

„Aber zumindest hat es funktioniert. Zumindest waren sie erfolgreich", spricht Dalachite weiter. „Weißt du, wie lange wir es versucht haben? Wie viele Arten uns enttäuscht haben?"

Noch ein Moment, noch einen halben Meter näher. Ich denke, wenn ich es richtig time, kann ich springen, sobald ich Dalachites Haut berühre. Die Maske sollte mich so lange schützen. Hoffe ich. Ich passe mich an, verbreitere meinen Stand, während ich mich an der Spitze des Speers festhalte. Mache mich bereit.

„Es ist lange her, dass ich frisches Fleisch hatte. Auch ein Meilenstein. Ich stelle mir vor, es ist das erste Mal, dass ein Amigga Menschenfleisch probiert", sagt Dalachite, als meine Zehenspitzen gerade über seiner schimmernden Haut baumeln.

Es gibt einen hellen Blitz. Blau und weiß, schillernd. Er brennt und kocht durch das Amigga nach oben. Verwandelt die braune und grüne Haut der Kreatur in schwarz und orange, während er seinen Körper in Flammen aufgehen lässt.

Mein Speer ächzt und zerbricht in der Hitze, und ich stürze in das kochende Inferno.

KAPITEL 42

LETZTE TATEN

SAX STIRBT.

Ein Loch ist in seine Brust gebrannt, komplett hindurch. Ein Bergarbeiter aus nächster Nähe und eine beschädigte Maske sind eine tödliche Gleichung. Dass er aus der Existenz schwindet, das linke seiner beiden Herzen zu nichts verbrannt, ist nicht das, was den Oratus stört.

Es ist der Gedanke an eine unvollendete Mission. Ein Ziel, das noch steht.

Deshalb entfacht das Klappern des Bergarbeiters, als er die Kugel hinunter zu ihm rutscht, ein schwaches, verschwommenes Leben in Sax' Nerven. Seine Augen durchbrechen den Schleier des Schmerzes und er sieht es, schwarz und verbeult und zerkratzt, aber da. In Reichweite seiner rechten Mittelklaue. Das einzige Geräusch, das er hört, ist ein klingendes, schmerzendes Echo. Der einzige Geruch ist der würzige Brandgeruch seiner eigenen Schuppen.

Seine Mittelklaue bewegt sich ruckartig. Scharf, kurz. Sax' Energie kommt jetzt so. In Krämpfen. Aber es reicht, damit die rasiermesserscharfen Spitzen ihren Griff finden.

Der Bergarbeiter ist jedoch für Flaum gemacht, was bedeutet, dass Sax keine Spitzen für seine Klauen hat. Der Abzug ist für einen Finger geformt – rund und groß. Mit einem weiteren Ruck zieht Sax die Waffe nah an sich heran. Das Metall ist kalt. So kalt, dass Sax einen Moment braucht, um zu erkennen, dass es tatsächlich nicht das Metall ist, das er spürt, sondern die eisige Kälte seines absterbenden Körpers. Seine Beine sind ihm verloren. Er kann seinen Schwanz nicht bewegen. Es ist wie ein beleuchteter Raum, der plötzlich dunkel wird – Sax hat keinen Bezug mehr zu Dingen, die er einst so gut kannte.

Aber er hat einen Griff auf eine Sache. Sax bewegt seine rechte Vorderklaue, wickelt sie um den vorderen Teil des Laufs, dann schwingt er mit beiden Klauen die Waffe hoch, sodass der Schaft gegen Sax' Brust ruht. Dies bringt ein welliges Gefühl mit sich, als der Bergarbeiter seine blasigen Schuppen biegt und zerreißt. Es gibt einen Schmerzschub, und Sax kann spüren, wie er ohnmächtig werden will.

Wie er weggleiten will.

Er kehrt zu einer Erinnerung zurück, seinem ersten formellen Training, als Sax in einer Reihe steht. Es gibt fünf andere Oratus, vier zu seiner Linken, einer, Bas, zu seiner Rechten. Sie stehen auf einer langen, flachen Ebene auf einem Planeten, dessen Name jetzt zu nichts verschwimmt. Es ist sowieso alles Fels und Staub, ein Ort, der schon lange von allem bemerkenswerten Leben verlassen und nun, dank seiner atembaren Atmosphäre, als Oratus-Stützpunkt genutzt wird. Ihre Schule. Ihr Zuhause.

Entlang beider Seiten der sonnengegerbten, felsigen Ebene stehen hohe, schwarze Säulen. Aus einigen ragen Knubbel heraus, die als Naben für kleinere Säulenspeichen dienen. Insgesamt zwanzig, und sie summen mit dem hörbaren Pulsieren von Energie. Ihr Lehrer, ein Oratus mit blaugrünen Schuppen, hebt eine Vorderklaue und lässt sie dann fallen. Als er das tut, brechen Sax, Bas und die anderen in lange, ausholende Schritte aus. Bis sie die erste Säule passieren. Es ist ein kakophonischer, zerstörerischer Klang. Klingende Impulse, die Sax' Nerven wie eine läutende Glocke vibrieren lassen. Er bewegt sich weiter, weil es keine Alternative gibt. Es gibt keine Wahl für einen Oratus. Keinen anderen Weg.

Die nächste Säule schleudert stechende Elektrizitätsbolzen, die ihn mit betäubender Kraft treffen. Dann gibt es Feuer, Kälte, giftige Gase und Schlimmeres, als sie durch die Dreschenden Räder gehen. Gemeinsam kämpfen sich die Oratus durch. Sie bahnen sich ihren Weg zum Ende. Und als sie dort ankommen und sich gegenseitig beim Aufstehen helfen, wartet der blaugrüne Ausbilder und zeigt zurück den Weg, den sie gekommen sind.

Nochmal.

Und nochmal.

Und nochmal.

Sax stabilisiert den Bergarbeiter mit seiner linken Vorderklaue – seine linke Mittelklaue, zu nah am Strahl des Bergarbeiters, ist wie seine Beine und sein Schwanz aus seinem Bewusstsein verschwunden. Er legt seinen Kopf zurück auf den Metallboden. Es ist nicht schwer zu erkennen, was über ihm ist: der gitterartige Laufsteg und durch ihn hindurch die braune Masse des Amigga. Es gibt auch Bewegung, die durch den fettigen Schleier seiner Augen gleitet; was wie Silber aussieht, das nach vorne auf Dalachite zusticht.

Der Mensch. Kaishi.

Die Spezies hat mehr Mut, als Sax erwartet. Mehr als ihre schwachen, weichen Körper vermuten lassen. Aber sie weiß nicht, dass man einen Amigga nicht aus der Nähe bekämpft. Bleib zurück. Feuer von weitem. Jetzt ist sie gefangen. Dalachite nimmt ihre Waffe und Kaishi selbst.

Die Entwicklung ändert Sax' Plan nicht. Bedeutet nur, dass er seinen Zielwinkel anpassen muss. Will den Menschen nicht treffen. Also senkt er den Winkel des Bergarbeiters. Jetzt nicht mehr mittig, aber eine Verbrennung wie diese sollte genügen. Sax drückt mit seiner rechten Mittelklaue nach unten, drückt und hält den Abzug gedrückt. Es gibt keinen Rückstoß – ein Bergarbeiter läuft mit Energie, und da gibt es keinen Rückstoß. Der blau-weiße Blitz, der herauskommt, der weiter brennt, ist wunderschön. Großartig und spektakulär und Sax würde ihn für die Ewigkeit beobachten, wenn er könnte.

Der Bergarbeiter schmilzt durch den Laufsteg, trifft den unteren vorderen Teil des Amigga. Die Flüssigkeit, die die Haut der Kreatur bedeckt, überhitzt sich, bricht in ihre eigene Flamme aus, die sich über das gesamte Wesen ausbreitet. Dalachites Verbindungen zur *Cobalt* schrumpfen und schwärzen, brennende Haut fällt um Sax herum wie vulkanischer Regen.

Sax bemerkt, dass er den Abzug immer noch gedrückt hält und lässt los. Die Welt scheint für einen Moment dunkel, als der Blitz verschwindet, dann wird er durch ein orangenes Glühen ersetzt. Wie die Vertrauten. Feuer, Feind der Weltraumexistenz, scheint für Sax auf dieser Station ein Markenzeichen zu sein. Er möchte darüber lachen, aber der Akt ist erschöpfend, also liegt er stattdessen einfach da.

Beobachtet.

Der Laufsteg, gelockert, als seine Verbindung mit dem äußeren Ring wegfällt, beginnt zu bröckeln. Die brennende Kugel, die Dalachite gewesen war, rollt die Schräge hinunter, fällt auf Sax zu. Langsam natürlich, da die Schwerkraft hier nur ein Bruchteil dessen ist, was sie selbst anderswo auf der Station ist, wo die Drehung der *Cobalt* Unten und Oben in Existenz hält. Dahinter fällt eine Form, die er kennt; der Mensch. Die Flammen kräuseln sich um sie, die Haut unverbrannt, und Sax ist für einen Moment verwirrt, bevor er sich an ihre Maske erinnert.

Sie wird überleben. Das Exemplar.

Bas wird stolz auf ihn sein.

BRENNEND, sengend hell und schwarz. Das ist es, wohin ich falle. Das ist es, was mich bei meinem langsamen, sich windenden Abstieg töten sollte. Ich strecke meine Arme und Beine aus, versuche irgendwo Halt zu finden, während die Welt um mich herum in Flammen aufgeht. Ich schließe meine Augen und erwarte Schmerz, spüre aber nichts davon. Eine leichte Wärme, wie Ignos auf meiner Haut. Keine aufplatzenden Blasen, kein brennender Schmerz des Feuers.

Die Maske.

Als ich von Dalachites Kadaver rolle, der knisternd und blubbernde Geräusche von sich gibt, während alles in der Kreatur platzt und kocht, hält mich die Maske isoliert. Stattdessen sehe ich die blauen, roten, weißen und orangefarbenen Flackern, wie sie das Monster um mich herum rösten. Der Laufsteg, auf dem wir liegen, ächzt, dann bricht er zusammen und ich falle noch tiefer. Hinunter zu den Lüftungsschlitzen und Terminals, die die kugelförmigen Wände des Raumes bilden.

Dalachites Gliedmaßen, diese langen, dehnbaren

Dinge, die von seinem Körper zu den Außenseiten gehen, schrumpfen zusammen und zerfallen zu aschigen Wolken. Irgendwo in diesem Moment wird mir klar, dass ich schreie, aber das Knistern und Knacken des berstenden Metalls, das zischende Flüstern der kochenden Haut übertönen meine Stimme.

Es gelingt mir, mich so zu drehen, dass ich sehe, wohin ich falle, und ich fange mich an der abschüssigen Seite der Kugel. Die Terminals fühlen sich glatt an, der einzige Halt kommt von den kleinen Lücken zwischen den Bildschirmen.

Ich rutsche langsam zum Boden. Geschwärzte Metallstücke und Dinge, die ich nicht erkenne, purzeln um mich herum. Kleben an der Maske, an mir.

Dann ist es vorbei. Alles beruhigt sich. Brennende Stücke von Eingeweiden und Trümmer bedecken den Boden der Kugel. Ich mache eine Sache in der Mitte davon aus. Ein großer Körper. Der Oratus, Sax. Er liegt dort, seine rechten Klauen halten Coorvins Waffe, totenstill.

Ich sehe die breite Verbrennung in seinem Oberkörper und andere Wunden, die seine Haut entstellen. Die Kreatur hat es schwer gehabt. Ich weiß nicht, was es braucht, um eines dieser Dinge zu töten, aber es sieht sicher so aus, als hätte Sax diese Marke erreicht.

„Lebst du noch?", kommt die Stimme von oben. Coorvin, das seltsame pelzbedeckte Wesen, das sich den Kopf gehalten hatte und scheinbar nicht sprechen konnte, starrt mich von dem Sims neben der Tür an.

Wo der Laufsteg einst verbunden war, markiert durch einen gezackten Satz zerrissener Balken und Stangen.

„Ich weiß es nicht", sage ich.

Denn die Wahrheit ist, ich weiß nicht, was gerade passiert. Ich kann mich atmen fühlen, ich kann die Seite der

Kugel durch die Maske spüren, und ich denke, vielleicht bin ich nicht in Gefahr.

Das bist du. Ohne Dalachite wird Cobalt langsam sterben. Du musst von der Station runter.

Ignos reißt mich zurück. Es ist immer noch in meinem Kopf und spricht klar, aber die Station zu verlassen bedeutet, hier rauszukommen, zurück zum Shuttle.

„Hast du eine Möglichkeit, mich hochzubekommen?", frage ich Coorvin.

Das kleine Wesen schaut sich um, dann wieder zu mir. Schüttelt den Kopf.

„Kannst du springen?", fragt Coorvin.

Ich habe nicht in Betracht gezogen, zum Sims zu springen. Alles scheint hier zu schweben, also könnte ich es vielleicht schaffen. Um das zu versuchen, muss ich auf die andere Seite der Kugel. Zurück in Richtung Coorvin. Also gehe ich, einen Fuß vor den anderen, über die zerbrochenen, verdrehten Teile hinweg.

Über Sax hinweg.

Mir fällt etwas auf, als ich auf diese grauen Schuppen starre, auf die Lüftungsschlitze, die seine Brust säumen. Er zittert. Seine Klauen zucken leicht. Lebt der Oratus?

Es spielt keine Rolle. Lass ihn zurück.

Ignos hatte mich auf die Suche geschickt, um die beiden Oratus zu finden und zu töten. Behauptete, sie seien eine tödliche Bedrohung für mich und meine Freunde. Doch Sax hat mein Leben gerettet. Er hat Dalachite zerstört, bevor es mich verschlingen konnte, hatte versucht, Malo und Viera zu helfen.

Bevor ich wirklich darüber nachdenke, beuge ich mich vor, packe die Klauen des Oratus mit meinen Händen und ziehe. Sax ist wie ein großer Baumstamm. Wenn wir zu Hause wären, könnte ich ihn sicher nicht bewegen, aber hier rutscht er ganz leicht über das glatte Metall und zieht Asche mit sich, während er sich bewegt.

„Coorvin, ich brauche Hilfe", rufe ich. „Er lebt noch."

Das beunruhigt das pelzige Wesen, das zusieht, wie ich Sax nahe an die aufwärts geneigte Seite ziehe. Den Teil der Kugel unterhalb des Simses. Ich bin fast da, als Geräusche zu hören sind; scharfe, klirrende Töne, unnatürlich und seltsam, und als ich mich umschaue, kann ich die Ursache nicht finden.

„Alarm!", schreit Coorvin. „Ohne Dalachite können Cobalts Systeme nicht funktionieren. Wir müssen jetzt gehen!"

„Nicht ohne den Oratus!", antworte ich und frage Ignos, von welchen ‚Systemen' Coorvin spricht.

Es gibt unzählige, die möglicherweise ständige Wartung benötigen. Dieses Geräusch könnte etwas Einfaches bedeuten, wie ein Familiar, der nach einem Befehl fragt. Oder etwas Schlimmeres, wie ein Sauerstoffabfall, der repariert werden muss, bevor uns das Vakuum alle aussaugt. Oder eine Kurskorrektur, bevor ein rasender Weltraumschrott die Station in zwei Hälften schneidet.

Das klingt nicht gut. Ich schaue auf Sax, schlaff. Wenn Coorvin nicht bald etwas findet, werde ich den Oratus zurücklassen müssen. Er hat mir geholfen, aber Sax ist auch der Grund, warum ich überhaupt hier bin.

Ich sehe einen Weg, wenn du entschlossen bist, ihn zu retten.

Einen Weg?

Die Oratus drogen sich vor Kämpfen. Es ist widerlich, aber es funktioniert. Sieht aus, als hätte dieser hier seine noch, dort an der Maske befestigt. Es ist eine kleine Box, außen angesengt. Unten an Sax' Taille.

Ich beuge mich vor, hebele den Deckel mit meinen

Fingern auf. Drinnen ist etwas, das wie ein klarer Behälter mit einem schwarzen, glatten Verschluss aussieht, den ich irgendwie durchstechen muss. Die Antwort kommt mir in Form eines gezackten Metallstücks. Ich greife danach, stecke das Stück durch den Verschluss, bis es mit der seltsamen Substanz beschichtet ist. Ich ziehe es heraus. Es sieht verschmiert aus, wie Baumharz.

Ich glaube, sie essen es.

Ich halte es nah an Sax' Mund, aber der ist fest verschlossen.

In meiner Kindheit habe ich wilde Tiere und Menschen gesehen, die mit ihnen spielten. Die Kreaturen bissen ohne Vorwarnung zu, schnappten und schlugen um sich, selbst wenn sie Sekunden zuvor noch geschlafen hatten. Ich weiß, was sich hinter Sax' Lippen verbirgt: all diese Reihen furchterregender Zähne, und selbst wenn Sax es nicht beabsichtigt, könnte er mir die Hand sauber abbeißen.

Aber wenn ich keinen Weg finde, ihn aufzuwecken, wird er sterben.

Ich beginne zu drücken, zu hebeln. Sax' Lippen sind weich, aber mit etwas Kraft bewegt sich sein Kiefer. Wie wenn man einen dicken Ast beiseite schiebt. Ich sehe die Reihen und Reihen von Zähnen und ganz hinten eine lange, sich windende Zunge, die sich auf sich selbst aufgerollt hat.

Ich stecke das Metall hinein, reibe es an der Zunge. Ich versuche vorsichtig zu sein, aber das Metall ist klein, ich bin nervös, es rutscht in meinen Fingern, und ich sehe eine rote Linie, wo es schneidet. Sax' Augen fliegen auf, und ich zucke zurück. Falle um und stoße gegen die Seite der Kugel. Fange mich auf und beobachte, wie der Oratus sich verkrampft.

Sax blinzelt schnell, seine Kehle macht kurze zischende Geräusche, und dann spuckt Sax das Metall aus.

Wir liegen beide einen Moment lang da und atmen, dann sieht der Oratus mich an.

„Ich kann meine Beine nicht bewegen", zischt der Oratus, und Bluttropfen fallen zwischen seinen Lippen hervor, als er spricht. „Du musst mich ziehen."

„Ich hab nicht die Kraft dafür", sage ich.

„Benutz den Stim", erwidert Sax.

Von oben kommt ein Poltern. Es ist Coorvin, und er schleppt eine Kiste mit Vorräten. Er lässt sie fallen, und sie schwebt zu mir herunter. Kommt auf dem Boden der Kugel zur Ruhe. Bevor ich fragen kann, was er da tut, rennt Coorvin wieder weg. Ich wende mich zurück zum Oratus. Seine Klaue ruht auf seinem Stim-Pack, und ich sehe zu, wie sie das Siegel bricht, tief eindringt und glänzend wieder herauskommt.

„Komm näher", sagt Sax.

Ich will nicht. Ich weiß nicht, was diese Droge mit mir machen wird, aber was sind meine Alternativen? Hier zu sterben?

Also krieche ich auf Händen und Knien, um nicht auf dem Metall auszurutschen. Sax streckt die Klaue nach mir aus, hält sie ruhig, und ich lecke daran. Genauso wie ich es bei einem Zuckerrohr tun würde. Genauso wie ich den letzten Saft aus einer aufgeschnittenen Melone holen würde. Das Zeug schmeckt süß, es knistert in meinem Mund.

Und dann bin ich ein neuer Mensch.

KAPITEL 44

WIEDERAUFLEBEN

SAX BEOBACHTET, wie der Mensch das Stim nimmt. Er ist sich nicht sicher, wie der Körper des Wesens damit umgehen wird. Es ist eine kleine Dosis, gerade genug, um einen Oratus durch einen kurzen Kampf zu bringen. Doch diese Spezies hat, wenn die Tests des Amigga stimmen, nur ein Herz. Ihre Körper sind kleiner, zerbrechlich. Das Letzte, was Sax jetzt will, ist, dass Kaishi explodiert. Dass ihre Muskeln zu hart und schnell zucken und reißen oder außer Kontrolle geraten. Er hat das schon bei Flaum gesehen, bei denen, die dachten, sie könnten einen Vorteil finden, indem sie die Kraft des Stims übermäßig nutzten.

Andere Flaum mussten das Chaos aufräumen, das dieses Experiment hinterließ.

Kaishis Augen blinzeln ein paar Sekunden lang schnell, dann schließen sie sich, als sie erschaudert, aber sie scheint am Leben zu bleiben. Es gibt ein weiteres Krachen, als eine zweite Kiste fällt und sich gegen die erste stapelt. Sax versteht, was Coorvin tut: Er erschafft eine Leiter, Stufen, die der Oratus und der Mensch benutzen können, um aus der Kugel zu klettern. Kaishi wird mit dem Stim Sax immer noch hochschieben müssen.

„Jetzt zieh", sagt Sax. „Zieh mich zu den Kisten und heb mich dann hoch."

Kaishi nickt ihm zu, greift dann nach seinem Unterarm und beginnt, Sax zu ziehen. Der Oratus hilft, wo er kann, indem er seinen Schwanz und seine Mittelklauen benutzt, um sich vorwärts zu schieben. Gemeinsam kommen sie zu den beiden Kisten, die Coorvin fallen gelassen hat, während der Flaum eine dritte herunterstößt.

Sie liegen aufeinander, wobei die Basis gegen den Großteil des eingestürzten Laufstegs am Boden der Kugel drückt.

Kaishi benutzt die Kisten, greift die eine und dann die andere und zieht sich und dann Sax hinterher, bis sie oben auf dem Stapel sind. Jetzt sind sie nur noch zwei Meter unter der Kante, wo Coorvin steht und sie beobachtet.

Sax rammt seine Klauen in die flachen Flächen der Terminals an der Seite vor ihnen. Zerschmettert ihre Bildschirme, durchbohrt die grauen Metallplatten und versucht zu klettern, aber selbst mit dem Stim zittern seine Arme; er kann sich kaum halten, was bedeutet, dass Heben außer Frage steht.

Unter ihm schiebt Kaishi. Stößt Sax nach oben, bis der Oratus es schafft, mit einem ausgestreckten Stoß seiner Vorderklauen den Rand der Kante zu greifen. Coorvin krabbelt herüber, packt Sax' rechte Vorderklaue mit seinen Händen und zieht. Die Kraft ist so erbärmlich, dass Sax lachen möchte, aber jedes bisschen hilft.

„Kletter an mir hoch", zischt Sax zu Kaishi hinunter, die nach kurzem Zögern gehorcht.

Sie springt auf Sax' Schwanz und klettert den Körper

des Oratus hinauf. Sax nimmt einen Fuß ins Gesicht, ohne zu jammern. Ohne ihn abzubeißen.

Eine Zurückhaltung, die Bas bewundern würde.

Kaishi kommt auf der Kante an, dreht sich um und sieht ihn an, streckt eine Hand aus.

„Wenn ich danach greife, falle ich", zischt Sax.

„Hast du eine bessere Idee?", erwidert Kaishi.

„Mein Schwanz", sagt Sax. „Mach dich bereit, ihn zu packen."

Kaishi legt sich hin, die Brust auf der Kante. Coorvin bewegt sich neben sie, die Hände bereit. Sax schwingt seinen Schwanz von links nach rechts, hin und her, immer weiter, baut Schwung auf, und dann, als er nach rechts schwingt, lässt Sax seine linke Vorderklaue los und erlaubt seinem Körper, mit dem Schwanz mitzuschwingen. Kaishi und Coorvin ziehen, als Sax sich herumdreht, wobei Sax' Brust über die Kante der Plattform schabt und rutscht. Sax klemmt seine rechte Vorder- und Mittelklaue fest, während Kaishi und Coorvin losrennen, seinen Schwanz halten und den Oratus den Rest des Weges auf die Plattform ziehen.

Er ist oben.

Was Raum für die nächste Krise lässt.

Die Alarme sind jetzt ohrenbetäubend und kommen in tausend Tönen und Rhythmen. Die verbliebenen Terminals blinken rot und gelb. *Cobalt* selbst scheint zu zittern. Sie können nicht hier bleiben. Sax stützt sich auf seinen Schwanz. Er kann seine Beine immer noch nicht spüren und schaut nach unten, um sich zu vergewissern, dass sie noch da sind. Kaishi und Coorvin stellen sich unter seine Mittelklauen und stützen den Oratus auf ihren Schultern. Gemeinsam gehen die drei aus der Kugel und überlassen Dalachite seiner letzten Ruhestätte.

Sie schleppen sich den Gang entlang, durch den Raum,

in dem die Familiaren hergestellt wurden, und zwei der Kammern dahinter. Bis sie zu einer versiegelten Tür kommen, neben einem jetzt zerstörten Bildschirm, von dem Sax sich erinnert, dass er den Fortschritt der Experimente des Amigga zeigte.

Sax hat genug Kraft dafür, mit dem Stim, das immer noch durch sein Blut pulsiert. Er nimmt seine vier Klauen und treibt sie in die Seiten der Tür.

„Zieht mich!", zischt Sax.

Kaishi und Coorvin schieben den Oratus hart, und Sax setzt hinzu, was er an eigener Muskelkraft aufbringen kann. Die Klauen reißen das Metall weg, und die Tür fällt ihm entgegen, um auf der anderen Seite zwei Menschen zu zeigen. Einer, Malo, ist immer noch in Stangen auf dem Tisch eingewickelt. Der andere, Viera, hält die Überreste einer weiteren Stange wie eine Art Waffe, die Augen wild und zum Schwingen bereit.

„Kaishi, du lebst!", ruft Viera.

Aber das Gesicht des Menschen wendet sich, als sie sieht, wie Sax mit geschlossenen Augen zu Boden fällt.

KAPITEL 45

ALLES HINTER SICH LASSEN

ICH HEBE SAX WIEDER AUF, Viera hilft Coorvin und mir. Wir schleppen ihn zu Malos Körper, und obwohl Sax kaum noch am Leben zu sein scheint, benutzen wir seine Klauen wie Messer, um das Metall zu durchtrennen, das Malo festhält. Der Charre-Krieger springt auf und ersetzt mich unter Sax, teilt sich die Last mit Viera.

„Was ist passiert?", fragt Viera, und ich sage, dass ich sie auf dem Weg aufklären werde.

Der Gang durch die Station ist langsam. Ab und zu stoßen wir auf Vertraute; Überbleibsel, einfach blau, die still und unheimlich dastehen. Sie reagieren nicht, bewegen sich nicht und bemerken uns nicht. Wir kommen an der Küche vorbei, und es steht kein Essen bereit. Keine Anzeichen von Gewalt. Wir gehen nicht zurück zu unseren Quartieren – dort gibt es nichts Wertvolles zum Mitnehmen. Nur zur Andockbucht. Zum Shuttle, zu unserer Flucht.

Beweise für die versagende Station zeigen sich in flackernden Lichtern, in verschlossenen Türen, die Durchgänge versiegeln und rot leuchten. Die Geräusche hallen in den Gängen hin und her, prallen voneinander ab in einer gespenstischen Dissonanz, die mich nach den natürlichen Dschungelschreien meiner Heimat sehnen lässt. Ich wusste, was die bedeuteten. Diese Geräusche sind fremd und beängstigend.

Sax, schlaff und den Tod abwehrend, zischt seltsame Dinge. Zeug über Stromversorgungen und instabile Reaktionen.

„Weißt du, wovon er redet?", frage ich Coorvin.

„Wie alle Stationen braucht *Cobalt* modulierte Energie. Meistens kann sie allein funktionieren, aber Dalachite hat so viele Änderungen vorgenommen, dass die Station ohne seine Führung vielleicht nicht überleben kann. *Cobalt* könnte auseinanderfallen."

„Kaishi, wir sollten ihn zurücklassen und gehen", sagt Viera, ihr Atem ist schwach. Ich hatte vergessen, dass sie vor nicht allzu langer Zeit fast gestorben wäre.

„Er hat mich gerettet, Viera", antworte ich. „Er hat sich selbst verletzt, um uns zu retten. Wir lassen ihn nicht zurück."

„Die Ehre verlangt, dass wir helfen", fügt Malo hinzu.

Das bringt Viera zum Schweigen und hält uns alle in Bewegung, bis wir die Andockbucht erreichen. Bis wir zu den Trümmern kommen. An das Shuttle gelehnt sitzt Bas, zwei Bergarbeiter in ihren Mittelklauen, inmitten einer Horde verbrannter und zerbrochener Vertrauter ruhend. Verkohlte Klumpen blauer Masse markieren das Ende eines harten Kampfes. Bas hat ihren Anteil an Wunden; Sie blutet aus Schnitten, und viele ihrer rosagoldenen Schuppen wurden abgeschlagen, beschädigt. Doch als wir eintreten, hebt sie einen Bergarbeiter in unsere Richtung.

„Lebt er?", ihre Zischlaute sind schwach, müde.

Ich trete vor. „Er lebt. Er hat mich gerettet, und wir haben die Amigga getötet."

Bas nickt mir langsam zu. „Ich konnte es erkennen, als sie aufhörten zu kommen."

„Was ist hier passiert?", fragt Malo.

„Musste das Shuttle schützen. Es ist unser einziger Weg von der Station."

Nimm es. Ich kann dir sagen, wie man fliegt. Lass die Oratus zurück. Sie werden dich töten, sobald sie sich erholt haben.

Ich blinzle.

Sie haben dich zuvor mitgenommen. Was glaubst du, wird jetzt passieren? Sie werden dich nicht gehen lassen. Sie werden dich woanders hinbringen. Irgendwohin, das schlimmer ist als hier.

Mir wird plötzlich übel. Ich bin hin- und hergerissen. Meine Augen suchen Vieras und Malos Blicke, und sie warten auf meine Entscheidung. Warten darauf, dass ich ihnen helfe, Bas und Sax ins Shuttle zu bringen.

Aber ich glaube, Ignos hat Recht. Jeder von ihnen, Sax oder Bas, könnte uns alle alleine töten. Oder uns zu einer anderen Station wie dieser bringen. Ich erinnere mich an die Sitzungen, erinnere mich an den Schmerz, den Terror.

Ich kann dich nach Hause bringen, Kaishi. Euch alle.

„Coorvin." Ich schaue den Flaum an. „Gibt es andere Möglichkeiten, von der Station zu kommen?"

„Es gibt mehrere Evakuierungsmodule", antwortet Coorvin. „Aber ich weiß nicht, warum du die benutzen wolltest, wenn dieses Shuttle direkt hier ist."

Siehst du? Kein Grund, das Risiko einzugehen.

„Kommt schon, lasst uns gehen", sage ich. Viera und Malo gehen los, um Sax hochzuheben, aber ich schüttle den Kopf. Ich höre ein scharfes Zischen und sehe, dass Bas ihren Bergarbeiter auf mich gerichtet hat. „Es tut mir leid. Du kannst jetzt versuchen, uns zu töten, wenn du willst, aber wir werden in diesem Shuttle abfliegen."

„Kaishi?", fragt Malo. „Was sagst du da?"

„Ignos hat Recht. Es besteht ein Risiko, Malo. Die Oratus haben uns hierher gebracht, sie werden uns nicht gehen lassen. Wenn wir nach Hause wollen, dann können wir sie nicht mitnehmen. Coorvin sagt, es gibt andere Wege von der Station. Wir müssen sie nicht mitnehmen."

„Ich kann euch nicht gehen lassen", sagt Bas. „Nicht mit diesem Ding in deinem Kopf."

Sie hebt den Bergarbeiter, drückt ab, aber nichts passiert. Er ist leer. Bas sieht nicht einmal überrascht aus, nur besiegt.

„Es tut mir leid", sage ich, und dann gehen Viera, Malo und ich zum Shuttle. Die Einstiegsrampe hinauf nach drinnen, die ich mit Ignos' Anweisungen schließe und unsere Entführer zurücklasse.

SAX KANN NICHTS DAGEGEN TUN, als die Menschen an ihm vorbei in das Shuttle gehen. Er beobachtet sie, seine Nerven flackern, während er versucht, Kontakt zu seinen Beinen herzustellen. Die Rampe des Shuttles fährt hoch, und kurz darauf erfüllt ein Summen die Luft, als die Triebwerke des Shuttles anspringen.

„Du hast sie gehen lassen", sagt Sax atemlos zu Bas.

„Der Miner war leer", antwortet Bas.

„Du hattest noch einen."

„Um was zu tun?", fragt Bas, die sich immer noch an der Strebe des Shuttles abstützt. „Sie zu verletzen? Sie zu töten?"

„Sie hier zu behalten?"

„Sie wären nicht freiwillig mit uns gekommen. Sie wären gestorben, und dann wäre das alles umsonst gewesen. Wir wissen, wohin sie gehen. Wir können ihnen folgen."

Bas hat einen guten Punkt. Wenn sie zum Planeten der Menschen zurückkehren, werden sie leicht genug zu finden sein. Sie wieder aufzuspüren. Aber das bedeutet, dass die Oratus lange genug leben müssen, um das zu tun.

Das Shuttle bebt und die Streben beginnen sich zu bewegen. Bas fällt zu Boden, als ihre Stütze sich wegbewegt. Sie lässt ihre Miner fallen und zieht sich in Richtung Sax. Dieser selbst bewegt sich mit Coorvins Hilfe zur Tür aus der Bucht. Sie müssen raus, bevor sich der magnetische Schild für das Shuttle senkt. Bevor das Vakuum sie ins All saugt.

Wer auch immer das Schiff fliegt, ist kein erfahrener Pilot: Das Shuttle hebt langsam ab, kommt etwa einen Meter vom Boden hoch, bevor es eine träge Drehung vollführt. Mehr als genug Zeit für Coorvin, Sax und Bas, um zur Tür zu gelangen und hindurchzugehen. Um sie zuzuschlagen und sich im Gang einzuschließen.

Ein Vertrauter steht dort und starrt sie regungslos an.

„Die Evakuierungsmodule sind in diese Richtung", sagt Coorvin.

Der Flaum scheint überhaupt nicht beunruhigt zu sein, dass Kaishi das Shuttle genommen hat. Andererseits hat er so lange auf der Station verbracht, dass Coorvin vielleicht einfach froh ist, sie zu verlassen, egal wie.

Ein tiefes Grollen, ein Dröhnen unter dem ständigen Heulen der Alarme, ist zu hören, als das Shuttle aus der Bucht schießt.

„Wir sind im tiefen Weltraum", sagt Sax. „Es gibt keine bewohnbaren Planeten in der Nähe?"

„Weißt du, wie es mit Dalachite war?", sagt Coorvin, seine Stimme hoch und zitternd, aber irgendwie feierlich. „Dieses Ding beherrschte die Station. Es vertrieb das Personal und ersetzte es durch Vertraute. Es experimentierte an uns allen, und es hätte fast meinen Verstand genommen. Jetzt bin ich frei, um einen neuen Ort zu finden. Um von der Station wegzukommen. Die Evakuierungsmodule geben uns eine Chance, also werde ich sie nutzen. Ihr seid willkommen, mitzukommen."

„Dann los", zischt Sax.

Sie gehen durch die Station zu den Evakuierungsmodulen. Der Geruch von Ozon und brennender Elektronik erfüllt die Luft. *Cobalt* zerfällt ohne Dalachite, sein Herz und seine Seele.

„Was wollten die Amigga?", fragt Bas Coorvin im Gehen.

„Dalachite war nicht der Einzige, der nach diesen Dingen suchte", Coorvin schaudert, während er spricht und geht. „Sie kommunizierten. Alle Amigga. Die Vertrauten sind ein Test, eine Möglichkeit, den Bedarf an uns zu beseitigen."

„Uns?"

„Spezies sind unberechenbar, sagte mir Dalachite. Sie brauchen, sie wollen. Vertraute haben weder das eine noch das andere. Sie werden ohne Frage gehorchen, und das in großem Maßstab."

„Warum dann nicht Maschinen?"

„Ich weiß es nicht", antwortet Coorvin. „Ich hatte nicht wirklich Gespräche mit Dalachite. Es war eher so, dass es mich anschrie."

Sie erreichen die drei runden Türen, von denen jede zu einem eigenen Evakuierungsmodul führt. Coorvin bringt sie zu der linken, drückt auf das Panel, und die Tür gleitet auf. Drinnen befinden sich zwei Bänke und viele gebundene Pakete voller Rationen und Wasser. Medizinische Vorräte. Genug, um für eine ganze Weile auszukommen. Sie gehen hinein, Sax und Bas bemühen sich, sich so schmerzfrei wie möglich zu positionieren, öffnen die

Packungen mit Heilsalben und Verbänden und beginnen, sich wieder zusammenzuflicken.

„Bereit?", fragt Coorvin.

„Starte uns", zischt Sax.

Mit ein paar schnellen Tastendrücken wird das Modul fest verschlossen, und eine Sekunde später schießen sie ins All.

KAPITEL 47

EIN LETZTER SPRUNG

ICH STARRE in die unendliche Schwärze und mir wird klar, dass ich keine Ahnung habe, was ich hier tue.

Unter meinen Händen befindet sich eine Reihe von Terminals, nicht unähnlich denen, die ich in der Kammer der Amigga gesehen habe. Bildschirme zeigen Grafiken und was wie Karten aussieht. Einer scrollt eine Nachricht voller Namen, die ich nicht kenne oder verstehe. Von jemandem namens Evva. Ignos sagt mir, ich soll das ignorieren. Alles ignorieren, außer einem einzigen Bildschirm ganz rechts. Ich muss einen Schritt dorthin machen, um ihn zu erreichen, da das Shuttle offensichtlich für längere Arme und größere Körper gedacht ist. Malo und Viera starren hinter mir fassungslos umher.

Ich kann mir nicht vorstellen, wie das wäre, ohne eine Stimme in meinem Kopf, die alles erklärt.

Das ist der Teil, den wir benutzen müssen. Er legt die Sprungbahn fest. Eine Faltung des Universums um das Schiff herum, um uns dorthin zu bringen, wo wir hin müssen.

Andererseits hilft eine Stimme im Kopf vielleicht auch nicht viel.

Ich werde dir eine Reihe von Zahlen geben, und du musst sie genau so eingeben, wie ich es dir sage.

Ein Teil des Displays zeigt eine Reihe von Kreisen mit Zahlen darin, von null bis neun. Links neben dem Ziffernblock befindet sich etwas, das wie eine leuchtende Kugel aus hellen Punkten aussieht. Dinge, die, wenn man sie in den Nachthimmel schießen würde, den Sternen ähneln würden, von denen Ignos spricht. Ignos liest die Zahlen vor, und ich weiß nicht, woher er sie hat, aber ich gebe sie trotzdem ein. Drücke meinen Finger auf die kleinen Kreise, die jede Ziffer darstellen. Als ich die Eingabe abschließe, beginnen sich die Sterne in der Anzeige zu verschieben. Sie zoomen hinein und verengen sich, bis eine isolierte Region dargestellt wird. Es ist eindeutig eine Karte, auch wenn ich nicht sicher bin, wovon.

Die Galaxis, Kaishi. Was jenseits des Himmels der Heimat liegt.

Eine Heimat, zu der wir zurückkehren. Ich wende mich Malo und Viera zu. „Ich habe die Anweisungen eingegeben, die Ignos mir gegeben hat", sage ich. „Wir gehen nach Hause."

Ihr solltet euch anschnallen.

Ich sehe mich um. Es gibt keine offensichtliche Möglichkeit, das zu tun. Keine Sitze oder irgendetwas zum Festhalten. Die Brücke besteht nur aus gekacheltem Metallboden und Terminals.

Du musst zuerst den Knopf drücken.

Ich blicke zurück auf das Display, und das Ziffernfeld hat sich in zwei quadratische Farbblöcke verwandelt. Einer grün, der andere rot.

Den grünen.

Ich berühre ihn, und es ertönt ein angenehmer Klang. Das breite Fenster wird grau, und dann erscheint eine riesige Zahl 10. Sie beginnt herunterzuzählen. Der Boden unter meinen Füßen und die Decke über meinen Händen drehen sich, und glänzende schwarze Netze hängen von oben herab, während dicke Stangen über Paare von Kacheln auf dem Boden gleiten.

Du musst dazwischen treten.

„Stellt eure Füße unter die Gurte", sage ich und trete in meine eigenen.

Als ich meinen Fuß zwischen zwei der gegurteten Kacheln schiebe, blinkt ein helles grünes Licht auf, und dann zieht sich der Gurt zusammen, bis es fast schmerzt, und pinnt meinen Fuß an den Boden. Das Gleiche passiert mit meinem anderen Fuß, als ich ihn hinein- schiebe.

Über mir gleitet das Netz nach unten. Es passt sich mir an; formt sich um meinen Rücken. Ich spüre, wie etwas hinter meinen Füßen einrastet. Es ist fast, als stünde ich in einer Hängematte, ein Komfort, den ich manchmal zu Hause hatte – dicke Moosgewebe, die zwischen zwei Bäumen hingen.

Der Zähler erreicht Null.

„Das ist es, was wir vorher gemacht haben, oder?", frage ich Ignos.

Es hat keine Zeit zu antworten. Das Universum verzerrt sich und spaltet sich. Mein Magen rutscht in sich hinein und wieder heraus, mein Kopf platzt vor klingender Verwir- rung. Das Grau vor mir wird zu einem breiten Weiß, dann spritzt ein Regenbogen von Farben darüber, als würde ich mich schnell durch einen Raum voller Blumen drehen. Es verblasst genauso schnell, wird wieder schwarz. Zu einer sternengefüllten Weite, einem riesigen, völlig beigefarbenen Kreis vor uns, mit grauen Schleiern, die über seine Oberfläche verstreut sind.

Ich atme schwer, aber die Rückkehr von diesem Sprung ist nicht die Katastrophe des ersten. Ich bin in wenigen Sekunden bereit. Selbst Viera und Malo weinen nicht. Sie geraten nicht in Panik, obwohl ich bemerke, dass Vieras Fäuste fest gegen das Netz geballt sind.

Ist es das? Sind wir zu Hause?

Natürlich.

———

Um auf einer fremden Welt zu überleben, muss Kaishi entscheiden, ob sie dem Wesen in ihrem Kopf vertrauen oder es ablehnen und alles riskieren soll, um für ihre Freiheit zu kämpfen.

Setzen Sie das Abenteuer fort Klarheits Morgenröte, Die Himmelwärts Saga Buch Drei!

DANKSAGUNG

Dieser Roman ist das Ergebnis davon, dass meine Familie und Freunde einen Traum nicht sterben ließen. Meine Frau Nicole, die mir erlaubte, früh morgens zu schreiben und dafür sorgte, dass ich nicht verhungerte. Meine Brüder und Eltern für ihre ständigen Kommentare, ihre Unterstützung und ihren Enthusiasmus.

Und natürlich dir, dem Leser, dafür, dass du mir einen Grund zum Schreiben gibst.

A.R. Knight spinnt seine Geschichten in einem frostigen Haus in Madison, WI, das hauptsächlich von zwei Katzen bewohnt wird. Nachdem er während der Wirtschaftskrise 2008 in den Arbeitstrott geraten war, fand er sich in langweiligen Meetings wieder, in denen er gedanklich durch den Weltraum schwebte und große Abenteuer erlebte.

Schließlich, nach einiger Zeit mit Podcasting, Drehbüchern, Kurzgeschichten und anderen Romanen, fand er eine Geschichte, in die er eintauchen konnte, und eine Reihe von Charakteren, die sowohl unterhaltsam als auch herzerwärmend waren.

A.R. Knight plant, in andere Welten zu springen und neue Geschichten zu erzählen, die in den grenzenlosen Weiten unserer Vorstellungskraft entstehen.

Wie immer, danke fürs Lesen!

Für weitere Informationen:
www.adamrknight.com

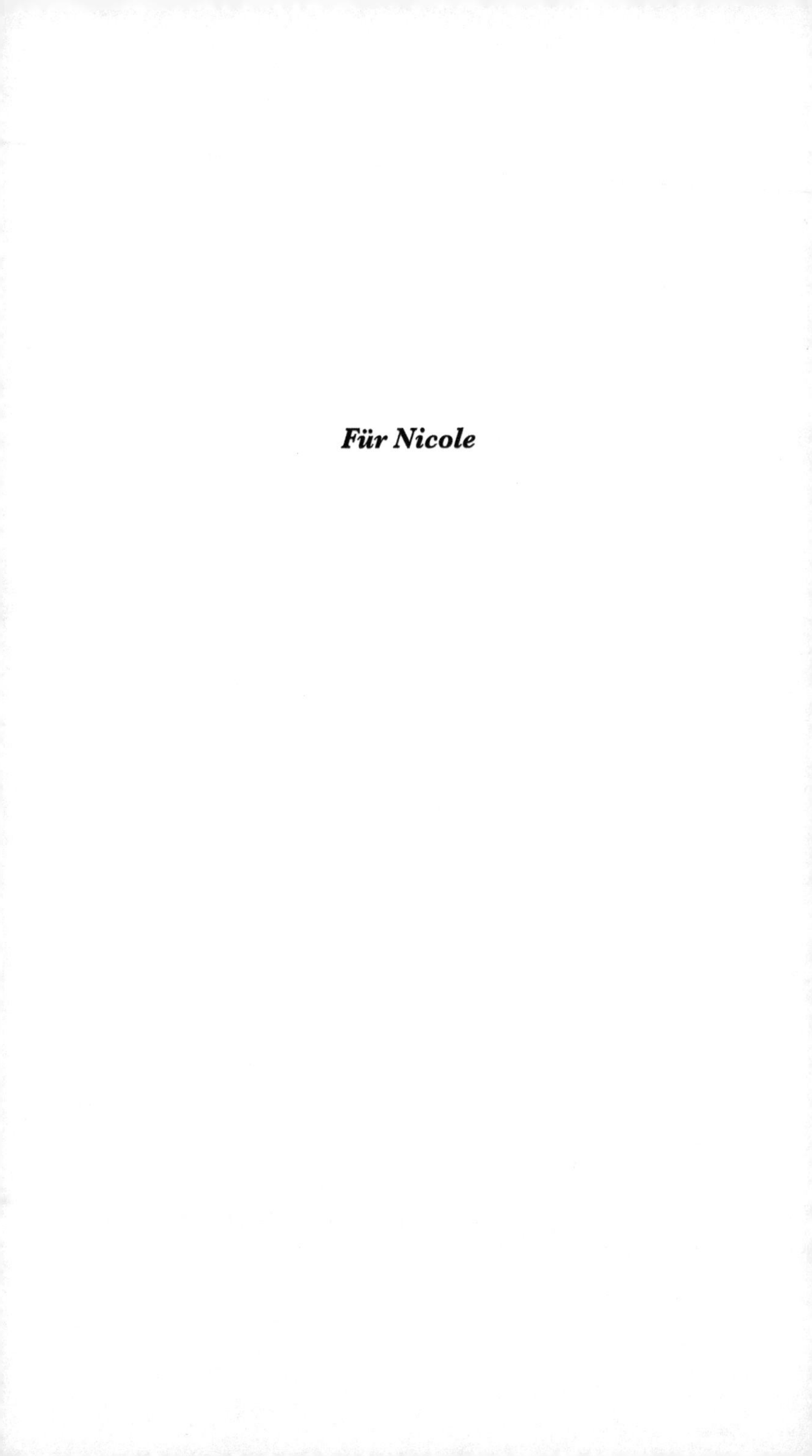

Für Nicole